書下ろし

黄金雛《こがねびな》

羽州ぼろ鳶《とび》組 零

今村翔吾

祥伝社文庫

目次

【登場人物紹介】

飯田《いいだ》町《まち》定火消《じょうびけし》

頭取《とうどり》　松永重内《まつながじゅうない》

重内の息子　源吾《げんご》

頭取並《なみ》　神保頼母《じんぼたのも》

加賀鳶《かがとび》

大頭《おおがしら》　大音謙八《おおとけんぱち》

謙八の息子　勘九郎《かんくろう》

頭取並　譲羽十時《ゆずりはととき》

三番組頭　詠兵馬《ながめひょうま》

八重洲河岸《やえすがし》定火消

頭取　進藤内記《しんどうないき》

町火消い組

頭《かしら》　金五郎《きんごろう》

纏番《まといばん》　漣次《れんじ》

町火消に組

頭　卯之助《うのすけ》

卯之助の息子　辰一《たついち》

仁正寺《にしょうじ》藩火消

頭取　柊古仙《ひいらぎこせん》

新庄《しんじょう》藩火消

頭取　眞鍋幸三《まなべこうぞう》

頭取並　鳥越蔵之助《とりごえくらのすけ》

町火消よ組
十番組組頭　秋仁《しゅうじん》

火事場《かじば》見廻《みまわり》
服部中《はっとりあたる》

毛織物商『糸真屋《いとまや》』
主《あるじ》　久右衛門《きゅうえもん》

尾張藩御付属列衆
中尾采女《なかおうねめ》

大学頭《だいがくのかみ》
林鳳谷《はやしほうこく》

元尾張《おわり》藩火消
伊神甚兵衛《いがみじんべえ》

「黄金雛 羽州ぼろ鳶組」の舞台
加賀藩上屋敷
不忍池
日本橋亀井町毛織物商『糸真屋』
浅草阿部川町
浅草寺
飯田町定火消屋敷
尾張藩上屋敷
神田川
妻恋町
隅田川（大川）
本所
回向院
両国橋
林大学頭屋敷
一橋御門
江戸城
神田・日本橋
馬喰町
日本橋
新大橋
八重洲河岸定火消屋敷
日本橋箔屋町
八丁堀
鍛冶橋御門
永代橋
深川
数寄屋橋御門
日比谷御門
芝口
増上寺
北
西
東
南

序章

宝暦《ほうれき》六年（一七五六年）の秋は例年よりも残暑厳しく、何日もこのような日が続いている。先日、雨が降った。常ならばこれで一気に涼しくなるのだが、今年に限っては違う。夏を名残《なご》り惜《お》しむかのように、陽射《ひざ》しは衰《おとろ》えないでいる。

八重洲《やえす》河岸《がし》定火消《じょうびけし》屋敷の教練場には勇壮な声が満ち溢《あふ》れていた。鳶《とび》の訓練の真最中なのである。喧《かまびす》しく鳴く蟬《せみ》の声に負けぬよう、火消頭取《とうどり》・進藤内記《しんどうないき》は配下を叱咤《しった》する。

「気を抜くな！　それでは、人は救えぬぞ！」

今行っているのは、砂を目一杯詰めた俵《たわら》を担《かつ》ぎながら、教練場の端から端までを何度も往復するもの。俵を人に見立てて助け出す訓練である。重さはさほど変わりないが、俵と異なって重心が定まらず、実際に人を担ぐのはもっと難しい。故《ゆえ》に俵意識が残っている場合には、助け出した者が混乱して暴れることもある。

で手間取っていては話にならない。

「栄三郎《えいざぶろう》！　脚を前へ出せ！　我らよりも火に巻かれた者のほうがもっと苦しいのだ！」

内記は遅れが目立ち始めた配下に向けて声を掛ける。

「はい！」

栄三郎は顔の部位全てを真ん中に集めるような表情で応《こた》える。他の配下も、気張れ、もう少しと励《はげ》ます。配下全員に一体感が生まれているのが解《わか》った。

「よし、休息を挟《はさ》むぞ」

最も遅れていた栄三郎が走り終えるのを見届けると、内記は手を叩《たた》いて微笑《ほほえ》んだ。しばらくぶりの休憩に皆の顔が緩《ゆる》む。銘々《めいめい》水を飲んだり、汗を拭《ふ》いたり、中には日陰で寝そべる者もいる。内記は柄杓《ひしゃく》で水を汲《く》むと、諸手《もろて》を地に突《つ》いて四つん這《ば》いになって喘《あえ》ぐ栄三郎のもとに歩んだ。

「飲むがいい」

「御頭《おかしら》――」

姿勢を正そうとするが、栄三郎は躰《からだ》が思うように動かないのか、尻餅《しりもち》をついてしまった。

「日陰で楽にしておれ。よくやり遂《と》げたな」

「こんなはずじゃあ……」

栄三郎は躰中から滝のような汗を流しており、腕や脚に砂がべったりと付いている。

「初めは皆こんなものだよ」

この春、新たに鳶を募《つの》った。定員九人のところ何と八十人以上の応募があった。栄三郎もその中から選《よ》りすぐって採《と》った者の一人だが、元々いる鳶たちには到底《とうてい》及ばない。

「はい……」

顔をくしゃくしゃにして泣き出しそうになるので、内記は軽く息を漏《も》らした。

「誰か、栄三郎に肩を貸してくれ」
二、三人が寄って来て、栄三郎を木陰《こかげ》へと誘う。それを好ましく見つめながら内記は小さく頷《うなず》いた。
――纏《まと》まってきている。

八重洲河岸定火消を、八つある定火消の中で最も優《すぐ》れた火消に育てる。いや府下最高の火消にするというのが内記の目標である。

定火消は四代将軍家綱《いえつな》の世である万治《まんじ》元年（一六五八年）に初めて置かれた。有力な旗本のみが拝命する、幕府直轄《ちょっかつ》の火消組織である。それまでの火消といえば、大名家が任じられた八丁《はっちょう》火消だけで、それも己の屋敷周辺を守るだけのもの。同じく大名家が担《にな》う所々《しょしょ》火消も方角《ほうがく》火消も、もっと後の時代に設けられた。ために、年間三百を超える江戸の火事の脅威《きょうい》から、長らく民を守って来たのは紛《まぎ》れもなく定火消であった。

しかし年々増加する火事に対して、様々な種の火消が作られ、中でも約四十年前に町火消が登場すると、定火消の存在価値は一気に下落した。

定火消の定員が百十人なのに対し、町火消は最大の「よ組」ともなると七百二十人の大所帯。それが四十八組も作られたのだから、定火消の活躍は徐々にだが確実に減っていた。

この町火消の躍進は、幕府としても有り難《がた》い反面、頭を悩ませるところでもあった。火事には対処せねばならぬが、武士である定火消の面目《めんもく》も保たねばならない。そこで定火消の陣太鼓《じんだいこ》が打たれねば、町火消は半鐘《はんしょう》も鳴らしてはならないという法度《はっと》を定めた。しかし、それでも定火消は落ち目のままで、町火消たちからは陰で、

――太鼓屋。

などと揶揄《やゆ》されている。

十年ほど前から読売《よみうり》が始めた火消番付《ばんづけ》にも、加賀鳶《かが》を始めとする有力な大名火消、民との距離が近い町火消が数多く名を連《つら》ねている。ここしばらくは定火消で名が載せられているのは、僅《わず》かに二人しかいなかった。

だが昨年、内記が頭に就任してから、八重洲河岸定火消は管轄《かんかつ》外にも出動し、数々の火事を鎮圧した。それを受けて読売も彗星《すいせい》の如《ごと》く現れた新人と持て囃《はや》し、生来《せいらい》笑みを含んだ顔と、凋落《ちょうらく》の定火消を救済する者という意味を込め、

――菩薩《ぼさつ》の内記。

の異名で呼ぶようになった。今年初めの火消番付では、いきなり東前頭《ひがしまえがしら》十三枚目に挙げられた。八重洲河岸定火消の鳶を希望する者が多かったのも、この鰻《うなぎ》上りの人気のお蔭だった。

「訓練が終われば、今日は皆で呑《の》みに行こう」

内記が声を掛けると、休んでいた鳶たちは嬉《うれ》しそうな声を上げる。

客観的に見て己には火消の才があると思う。二年目にしては他の火消も目を瞠《みは》るほどの指揮を執《と》り、風を読む目にも優れると評されている。知識を得るに努

め、鍛錬《たんれん》も欠かさない。炎に立ち向かう勇敢さと同時に、命を守るためならば退《しりぞ》くという潔《いさぎよ》さも持ち合わせている。

しかし、全てをどこまで突き詰めてもそれぞれの二番、三番がよいところ。番付上位には、一能《いちのう》に突出《とっしゅつ》している化物《ばけもの》のような火消がひしめいていることを重々承知していた。

だが、それでも絶望はしなかった。火消に必要な能力が幾つかあるとして、その全てで二番、三番になれれば、総合的に最も優れた火消になると考えたのだ。これまで火消番付の最高位である大関《おおぜき》に挙げられた者は、いずれもそのような男たちであった。そして彼らがよく配下を掌握していたことに注目した。

市井《しせい》の者たちは個の活躍を持て囃すが、結局のところ火事は一人で消せる訳ではない。一糸《いっし》乱れず果敢《かかん》に焔《ほのお》に立ち向かう組こそが、千差万別《せんさばんべつ》の火事に対処出来るのである。己は八重洲河岸定火消をそのような組にしたいと望んでいる。

「御頭、来年は十枚目より上に行けるんじゃないですか？」

配下の鳶の一人が白い歯を見せた。今年も半《なか》ばを過ぎたが、すでに三つの火事を鎮火せしめ、十四の現場に応援として駆け付けて手柄を立てている。これは府下の火消全体の中でも目覚ましい活躍と言える。

「番付のことばかり考えていては、火事場でしくじるぞ。炎を憎《にく》み、人々の命を守ることを第一に思わねば」

「すいやせん……」

本分《ほんぶん》を思い出して反省したか、鳶はすまなさそうに口を窄《すぼ》めた。

「……とはいえ、私も八枚目は狙《ねら》えるのではないか……とな」

内記が口元を綻《ほころ》ばせると、鳶たちの表情が明るいものになる。

「御頭ならば狙えます！」

「齢《よわい》十九の定火消の頭にして、一年目に番付入りですもの！」

皆が目を輝かせて頷き、やってやろうなどと互いに肩を叩き合う。

年の割に落ち着いていると言われているが、配下の言うように己はまだ十九の若輩者《じゃくはいもの》である。頭に就任したのも昨年のこと。進藤家は代々定火消頭取を務めている家柄であったが、内記が継ぐまでの二年間は主家である諏訪《すわ》家が定火消の役目を免《めん》じられていたのである。

父は十三年前に火事場で腿《もも》の骨を折る重傷を負い、これでは御役目を果たせぬと潔く隠居を決めた。その決断を下せたのも、己より十四も年上の兄、進藤靫負《ゆきえ》がいたからだった。

兄は文武両道に秀《ひい》で、火消としても極めて優秀であった。どんな火事にも七色の虹《にじ》の如く臨機応変《りんきおうへん》に戦術を変える様から、市井の人々から「虹彩《こうさい》」の靭負などと呼ばれていた。二十歳で火消頭に就任した年、いきなり火消番付西前頭七枚目に入ったのを皮切りに、年々番付の位を上げて四年経《た》った頃には関脇《せきわけ》にまで昇ることになった。大物喰《おおものぐ》いで番付を上げて伝説となった尾張《おわり》藩火消、「炎聖《えんせい》」伊神《いがみ》甚兵衛《じんべえ》と双璧《そうへき》と称されたほどである。

兄は優しい人でもあった。内記は兄に比べて剣術も学問も一等劣《おと》り、厳格で家の名誉を重んじる父に、

「この程度のこと、兄はお前の歳になる前に出来ていたぞ！」

などと毎日のように叱責《しっせき》されていた。口で言われるならまだましで、剣術の稽《けい》古《こ》では青痣《あおあざ》だらけになるほど、木刀で打擲《ちょうちゃく》されたこともある。そんな時、兄はいつも身を挺《てい》して庇《かば》ってくれた。内記が八歳の頃、あまりに父が厳しく接するのを見かねたか、

「我らは父上の人形ではありませぬぞ！」

と、凄《すさ》まじい剣幕《けんまく》で食って掛かった。この時には既に、兄は全てにおいて父を

凌《しの》いでいた。父もそんな兄の反発を受けたものだから、気圧《けお》されたのだろう。

「……進藤の家名を思ってのことだ」

何とか絞り出した父に、兄は冷ややかに言い放った。

「家名の一切は己が背負いまする。それならば文句はありますまい」

この一件があってから、父はたまに小言を零《こぼ》すものの、無闇《むやみ》と厳しく当たることは無くなった。父兄が言い争ったことで動顛《どうてん》していた幼い己の頭を、兄はぐしゃりと撫《な》でて、

「お主《ぬし》はお主のままでよいのだ。お主にしか出来ぬことがきっとある」

と、目尻に小さな皺《しわ》を作り、優しく微笑みかけてくれたのを覚えている。内記はそんな兄が大好きで、そして心より尊敬していた。

――虹彩の靱負死す。

との見出しが火消読売に躍《おど》ったのは四年前のこのような暑い日のこと。

日本橋《にほんばし》で火事があり、折しもの強風で各地に飛び火、それらが風に巻かれて火炎旋風《せんぷう》となった。火消の中では「緋鼬《あかいたち》」と呼ばれ恐れられる、いわば炎の竜巻《たつまき》である。緋鼬は町々を呑み込み、南へと向かった。その速度は、駆け足でも逃げ切れぬほどに達した。天水桶《てんすいおけ》の水を吸い上げた時、一息の間だけ緋鼬が歩を止め

る。それに気付いた兄は心を決めた。

「俺はあれを食い止める。家族がある者は逃げても咎《とが》めぬ……」

兄を慕《した》う配下の中に離脱しようとする者はいなかった。それでも二十歳に満たぬ年若い鳶たち数十名には退くように命じ、兄と八重洲河岸定火消七十四人は、逃げ遅れた民のため、緋鼬に立ち向かった。

三人一組で玄蕃桶《げんばおけ》を担いで突貫《とっかん》するという捨て身の策に打って出た。

「八重洲河岸定火消よ！　最後の一兵になるまで王城の民を救うために戦え！」

それが現場に居合わせた者が聞いた、兄の最後の言葉であった。仲間が次々に討ち死にする中、兄も配下と共に、たった一息の時を稼《かせ》ぐために命を燃やしたのだ。

八重洲河岸定火消は百十人中、七十四人が殉職《じゅんしょく》。遺体は全て消し炭のように真っ黒で、どれが兄のものか判別が付かなかった。町人の死者は四人。八重洲河岸定火消が決死で食い止めなければ、数百の命が散っただろうと後に語られた。兄は定火消としての誇りと、進藤家の家名を守ろうとしたのかもしれない。民を見捨てて退くという選択は出来なかったのだろう。

内記は町火消を憎《にく》んだ。

普段は横柄《おうへい》な態度で定火消を馬鹿にしておきながら、緋鼬を見るや否《いな》や、踏み止《とど》まる兄たちを見捨てて遁走《とんそう》したのである。

兄に絶大な期待を寄せていた父は落胆のあまり腑抜《ふぬ》けのようになり、主家の諏訪家もこれでは定火消を全《まっと》う出来ぬと役目を免じて貰《もら》うように公儀に願って聞き入れられた。これまでは恐ろしくて仕方がなかった父だが、背を丸めて兄の位牌《いはい》に向けてぼそぼそと話しかけている姿が痛々しかった。

「父上……私が火消になります。兄上の代わりとなるべく努めます」

期待はしていないだろう。それでも心の弱った父は涙を浮かべて何度も頷いてくれた。それから三年後、進藤家が務めを果たし得ると認められたことで、諏訪家は再び定火消の御役目を拝し、内記は八重洲河岸定火消頭取になったのである。

――兄上……。

内記は和《なご》やかに談笑する鳶たちを眺めた。今一度、精強《せいきょう》な八重洲河岸定火消を取り戻す。町火消は疎《おろ》か、大名火消にも負けてはならない。幕府直轄の火消としての矜持《きょうじ》を胸に散った兄の為にも。

初めは番付になど興味はなかった。だが、それでのし上がれば江戸中に定火消の返り咲きを知らしめることになる。いつか兄が届かなかった大関の位に上ってみせる。それが内記の生涯の目標だった。

「あれは……」

談笑する鳶たちの背後、東の空に煙が立ち上っているのが目に飛び込んで来た。

「火事だ。陣太鼓を打て！」

内記が叫ぶと、すぐに配下が太鼓を乱れ打つ。

「出るぞ！」

内記は指揮用の鳶口《とびぐち》を抜いて駆け出した。半纏《はんてん》は八重洲河岸定火消結成の頃から変わらない伝統の鶯《うぐいす》色。鳶口、刺股《さすまた》、玄蕃桶、竜吐水《りゅうどすい》などの火消道具を持って配下が続く。

内記の両脇に纏師《まといし》が二人、寄り添うように走る。纏の先端は橋を象《かたど》ったような湾曲《わんきょく》した意匠《いしょう》に「八」の字。兄の代から用《もち》いられた「八重洲河岸の虹」と呼ばれるものである。

方角と目で測った距離からして、火元は目と鼻の先。鍛冶橋《かじばし》御門を渡って堀沿いに八重洲河岸定火消百十名が疾駆《しっく》する。

――まずいな。

周囲に気付かれぬほど小さく舌を弾《はじ》いた。

先日、奉行所に怪しげな投げ文《ぶみ》があったという。十日の内に江戸四宿のどこかに火を放つという犯行の予告だった。

年間の江戸の火事は大小合わせて三百。そのうち付け火は五、六十にも上る。さらにこのように予告のあるものは三、四件。しかし、そのほとんどが悪戯《いたずら》なのだが、何もしない訳にはいかない。さらに今回は、その十日の間に参勤交代《さんきんこうたい》を予定している大名が多かったこともあり、幕府はこれを重く見た。有力火消をそれぞれの宿場に配して厳戒態勢を布《し》いている。

火消番付もあながち馬鹿に出来ない。幕府が動員したのは丁度《ちょうど》、番付の上から東西前頭八枚目までとぴたりと重なっている。いや、もしかしたら幕閣も番付を見ているのかもしれない。

故に今、府内の有力な火消たちは配下を率いて出払っているのだ。副頭が半数とともに残る組もあるが、彼らとて頭がいない時に管轄を越えてしくじることは恐れるはず。つまり常に比べて援軍が駆け付ける期待は薄い状況だった。

辿《たど》り着いた現場は、日本橋通《とおり》南《みなみ》三丁目、四丁目と榑正町《くれまさちょう》との間にある箔屋《はくや》町《ちょう》。燃えているのは商家。天を焦《こ》がすほど炎が暴れ狂い、黒煙を撒き散らしている。気付いた時には、煙はまだか細いものであったはず。この火の回り方は明らかに異常である。

この箔屋町は名の示す通り金や銀の箔打ちが盛んな町である。箔打ちには油《あぶら》紙《がみ》を用いるのだが、この商家は界隈《かいわい》の油紙を一手に卸《おろ》しているのだ。ただの紙でも燃えやすいのに、油紙ともなれば炎の大好物。火はあっという間に回ったに違いない。煙の中に炎の塊が混じっているのも、燃えた油紙が風に舞っているのだと判《わか》った。

早くも家財を運び出し逃げようとする者は、比較的暮らしの豊かな者たち。長屋住まいの家財を持たぬ者は、好奇心の方が勝って野次馬《やじうま》と化す。代わり映《ば》えせぬ日常において、火事こそ娯楽と言って憚《はばか》らぬ者までいる。この火事でも轟然《ごうぜん》と燃える火にも怯《ひる》むことなく、野次馬が集《たか》っていた。

「火消が来たぞ！　どこの組だ⁉」

到着に気付いた野次馬の一人が指差し、他の者たちの目も一斉にこちらに注がれた。

「道を空けよ！」

内記は道の両脇にさっと避けた野次馬の真ん中を突き進んだ。

「虹に『八』の纏……八重洲河岸定火消だ！」

「菩薩の内記だぞ！」

町人の中には全ての組の纏や半纏、番付火消の顔と名まで覚えている火事場好きがいる。すぐに正体が知れた。

己たちの他に火消は到着しておらず、一番乗りだった。火消には、到着した順に消口《けしぐち》を取ってよいという決まりがある。幸いにも逃げ遅れた者はおらず、すぐに消火の支度に入る。風向きは南南東から北北西へ。内記は風上の南側に配下を展開させた。配下に指揮を飛ばしている中、野次馬の囁《ささや》く声が耳に届いた。

「何だ、町火消じゃねえのかよ」

「加賀鳶が見たかったぜ」

「菩薩の内記なんざ、俺は知らねえな」

「昨年火消になったばかり。火消番付東の十三枚目。今、売り出し中の若手だぜ。あの『虹彩』の弟さ」

「進藤靱負のか！　だが靱負は確か一年目が西の七枚目……兄よりは落ちるって

ことか」

「まあ、あの天才靫負と比べるのが可哀相《かわいそう》ってもんよ。筋は悪くねえから、これからに期待ってとこさ。でも内記も運が悪い……」

「何故《なぜ》だい？」

「今年は火消があまりに豊作だからな。昨年頭になった内記も一纏めに『黄金《こがね》の世代』の一人に数えられている」

「なるほど。確かに今年出てきた火消はどいつもこいつも凄いからな」

「ああ、片手じゃあ足りねえほどだ。その中に入れられちまうと内記は何と言うか……」

「華がねえってか。他の連中は皆、派手《はで》だからなあ」

聞こえぬと思っているのだろう。訳知り顔の者たちが口さがなく話している。伝令のために傍《そば》に控えている栄三郎にも聞こえたようで、顔を真《ま》っ赤《か》にして今にも殴《なぐ》りかからん勢いで拳《こぶし》を震わせている。

「栄三郎」

「しかし、あいつら御頭を――」

「火消の本分を忘れるな。だが……私のために怒ってくれて嬉しく思う」

内記は頬を緩めて栄三郎の肩をぽんと叩いた。

「御頭……」

「見返してやろう」

内記が低く言うと、栄三郎は力強く頷いた。

相当な量の油紙があったと見え、商家の火勢はこれまでに対したどの火事よりも強い。燃えた紙が風に乗って北へと飛んでいる。このままでは飛び火も懸念される。正直なところ一家だけで対するには分《ぶ》が悪すぎる。それでも応援が駆け付けるまで持ち堪《こた》えねばならない。公儀直轄の定火消に、あの進藤靱負の弟に、退却の二字は考えることさえも許されない。内記はそれぞれ持ち場に就いた配下を見渡し、割れんばかりの大音声《だいおんじょう》で叫んだ。

「八重洲河岸定火消……火を滅せよ！」

配下の応《おう》という声が重なり一斉に動き出す。纏番は掛けられた梯子《はしご》を駆け上り、屋根の上で虹の纏を掲《かか》げる。それと同時に三機の竜吐水から一斉に水が放たれた。

商家の一方は往来に面している。両隣と裏の三方には既に火が回っており、最早これを消し止めるのは難しい。さらにその両隣と斜め裏の四箇所を濡らし、これ以上の延焼を防ぐつもりだった。そして潰すべき家屋は風下の五軒、風上の三軒。火事の規模が大きくなるにつれて対処せねばならぬ家の数も増えるのだ。

「よし、壊し手、あれを崩せ！　水汲《く》みの手が足りぬ！　この火勢では団扇《うちわ》は用を成さぬ。団扇番は水番を助けよ！」

内記は各組に休むことなく指示を与え続けた。この火勢の危うさを理解し始めたようで、野次馬たちも顔を引き攣《つ》らせて後退《あとずさ》りを始めた。

「退《ひ》け！」

内記が叫んだ時、轟音が鳴り響き炎上する商家の屋根がどっと崩れ落ちた。燃えた梁《はり》が槍《やり》の如く往来に降り注ぐ。声に即応して配下は何とか逃れたが、二機の竜吐水が無残《むざん》に壊れてしまった。

「御頭！　竜吐水が――」

「怪我《けが》は無いか⁉」

「はい！」

「よし。玄蕃桶で直《じか》に叩く。皆の者、押し返すぞ！」

油紙そのものだけでなく、紙に引くための油もあることに気付くべきだった。一組で踏み止まるのには限界が近づいている。だが火消が退けば誰が町を守る。

内記は心で繰り返しながら指揮を執り続けた。

「新手が来たぞ！」

この劣勢《れっせい》でもまだ留まっている野次馬も沢山いることに苦笑する。その内の一人が辻を指差す。

「町火消……あの纏はよ組だ！」

よ組の頭は確か千住《せんじゅ》宿の守りについているはず。副頭は内記から見れば軟弱な男で、管轄に近いとはいえ駆け付けるとは思っていなかった。

「飛蝗《ばった》だ！」

野次馬の一言で、内記は誰か解った。

今年出てきた火消の一人。齢十八。元は三百人の無頼漢《ぶらいかん》たちを取りまとめる名の知れた破落戸《ごろつき》の頭であったが、何を思ったか突然火消になった。男を慕《した》って同時に破落戸七十人も火消を志《こころざ》した。元は九組編成だったよ組に、無頼漢たちばかりの十番組が創設された。十番組は男の拘《こだわ》りで菱《ひし》文様の半纏を身に纏っている。

「よ組十番組頭、『稚蝗《ちこう》』秋仁《しゅうじん》だ！」

野次馬たちが口々に囃したてる。秋仁率《ひき》いるよ組十番組は、野獣の如く目を輝かせて近づいて来た。

「進藤様ですね。秋仁と言います。お初に」

荒くれ者の多い町火消の中でも、一等粗野《そや》な連中のはずだが、組頭の秋仁は存《ぞん》外《がい》礼儀正しいようである。

「何故……」

「副頭が悠長《ゆうちょう》なことを言いやがるんで勝手に」

秋仁はどんと自らの胸を叩いた。

「そうか。助かった」

好き嫌いなど言っていられない状況である。今は町火消の手でも借りたい。

「北側、取ります」

「だが北は……」

死地の風下である。そこに陣取るとなれば当然危険が伴う。

「馬喰町《ばくろちょう》からでかぶつが来そうなんで、腕の違いを見せつけてやろうと」

誰のことを言っているのかは解らないが、秋仁は肩に手を添えながら腕を回して不敵《ふてき》に笑った。

「頼む」

秋仁は頷くと、七十人の配下に向けて乾いた声で叫んだ。

「野郎ども！　群がれ！」

よ組十番組が喊声《かんせい》を上げて消火に移る。加勢は助かるが、これでもまだ足りない。もっと多くの手が必要である。近隣の組に応援を頼むべく配下を走らせようとした時、少し離れたところから歓声が上がった。それも一つや二つではない。ほぼ時を同じくして四方八方から聞こえるのだ。配下の者や、野次馬たちもこれが何なのか判らず眉《まゆ》を顰《ひそ》める。

何があったのか。その答えはすぐに解った。まずは日本橋を渡ってこちらに向かって来る火消組が見えた。

先頭を走るのは一風変わった縞《しま》模様の長半纏の男。これも今年出てきた火消。齢はまだ十六。人並み外れた跳躍力と握力で、いかなる高所にも軽々と上ると聞いている。

「い組！　『小天狗《こてんぐ》』の漣次《れんじ》！」

「来やがったぞ！」

野次馬の視線がい組に注がれる中、秋仁が苦々しく叫んだ。

江戸橋《えどばし》を渡ったのか、新右衛門町《しんえもんちょう》を曲がってこちらにやって来る臙脂《えんじ》の半纏の火消集団が目に入った。集団から抜きん出て猛進するのは、やはり今年火消になった男である。齢十八。身丈《みたけ》六尺三寸（一八九センチ）、筋骨隆々《きんこつりゅうりゅう》で均整のとれた躰に刺青《いれずみ》。未《ま》だ筋彫《すじぼり》だが、その意匠が龍であることはすでに民の話題に上っている。

「あれは『空龍《くうりゅう》』……に組の辰一《たついち》」

内記が呟いた時には、辰一はよ組のすぐ近くまで接近している。よ組の担当する商家の外柱が滅法《めっぽう》太く、鳶たちは鉞《まさかり》で折ることを諦めて鋸《のこぎり》を用意しようとしていた。

「どけ！　秋仁！」

火消羽織が震えたかと錯覚するほどの、まさしく龍の如き咆哮《ほうこう》である。

「うるせえ！　引っ込んでろ糞野郎！」

秋仁は怯むことなく言い返すが、辰一は無視して突っ走ると高く宙を舞った。

両足揃えて蹴り飛ばすと、柱は激しい音を立ててへし折れた。

「こうすりゃいいんだよ」

粉塵《ふんじん》の中、辰一はけろっとして立ち上がった。

「馬鹿力め……」

どうやら因縁《いんねん》があるらしく、秋仁と辰一は顔を寄せて睨《にら》み合っている。

「まだ来るぞ！」

北側の喚声がまた大きくなる。さらに火消が向かって来ているのだ。半纏の色が異なることから二つの組であると解る。互いに肩を内に入れて押し合いへし合いしながら、先を競っているという状態である。さらに火消見たさに野次馬が伴走して歓声を送っている。まるで人の波がこちらに迫ってきているように見える。

「我らに任せて道を譲《ゆず》れ！」

「こっちの科白《せりふ》だ、馬鹿烏《ばかがらす》！」

男二人がいがみ合いながら走って来る。二人ともやはり今年出てきた火消で、内記は面識があった。

一人は齢十七。酢酸鉄《さくさんてつ》を用いて作る高価な黒の革羽織《かわばおり》。火消の王とも称される火消集団で、火消番付大関の父を持つ御曹司《おんぞうし》。火消として将来を最も嘱望《しょくぼう》されている男である。

「加賀鳶だ‼『黒烏《くろがらす》』の大音勘九郎《おおとかんくろう》だぞ！」

野次馬たちが諸手を突き出して歓声を上げる。離れたところからでも、もう一人の男が顔を歪めたのが見て取れた。

その若者は齢十六。刺子《さしこ》長羽織は柿茶。兄と双璧を成したあの「伝説の火消」にあやかろうとしているのだろう。羽織が揺れて裏地に刺繡された鳳凰《ほうおう》が見える。誰にも後《おく》れを取りたくないが、内記は特に、

――この男だけには負けたくない。

と、思っている。己と同じく廃《すた》れゆく定火消であり、久々に現れた期待の新人と目《もく》されているからだった。

「来た、来た、来た！」

野次馬の一人が飛び上がって興奮している。この男、武家でありながら武家らしくない。そのこともあってか、まだ一年も経たずして市井《しせい》で絶大な人気を誇っている。将来は大音勘九郎と並んで、大関にまでなるのではないかと噂《うわさ》されるほどに。

「飯田町《いいだまち》定火消、『黄金雛《こがねびな》』の松永源吾《まつながげんご》だ――‼」

「任せとけ！」

松永源吾が応えて拳を突き上げる。この世代の名を冠した異名も癪《しやく》に障《さわ》ることこの上無い。

　一気に火消の数が増加したことで、陣の割り当てをし直さなければならない。未だ火焔渦《うず》巻く商家を前に、誰からともなく若い火消たちが中央へと歩を進める。

　八重洲河岸定火消頭取の進藤内記。よ組十番組頭の秋仁。い組頭付き筆頭の漣次。に組頭の倅《せがれ》辰一。加賀藩火消頭取の御曹司にして八番組頭の大音勘九郎。そして飯田町定火消頭取の子、松永源吾。

　己のように、一足飛びに番付に入る新人は滅多に現れない。現に昨年までは人気、実力共に若手の中では抜きん出ていた。しかし今年は江戸に火消が出来てから この方、空前の新人豊作の年になっている。そのことで己の活躍も些か霞《かす》み、彼らと一纏めにされて、市井の者たちにこう呼ばれている。

「黄金の世代が勢揃いだ‼」

　野次馬はやんやと割れんばかりの歓喜に沸《わ》き、この珍しい邂逅《かいこう》を焼き付けようと目を見開いている。

「進藤様、この馬鹿に消口を取るなと言って下せえ」

　と、辰一を指差《さしず》しながら秋仁。

「俺は誰の指図も受けねえ。それより八重洲河岸の、馬喰町からでも火の手が見えたぞ。情けねえ」

秋仁と違い、無礼に言い放つ辰一。

「まあ、落ち着いて仲良くいきましょうや。皆でやりゃあ、すぐ消える」

漣次は鞣革《なめしがわ》のような褐色《かっしょく》の頬を指で掻《か》いて苦笑する。

「これより先は加賀が指揮を執る」

先着のこちらに憚ることなく、勘九郎は横柄《おうへい》に言い切る。

「坊ちゃんには荷が重いんじゃねえか。俺に任せとけ」

皆が一目《いちもく》置く加賀鳶にも怯む様子は一切なく、源吾が親指で自らの顔を指す。

「ここは先着の私が指揮を執る。黙って従え」

微笑みながら内記が言うと、辰一、勘九郎、源吾の三人が唾《つば》を飛ばして反論する。間に入った秋仁もいつの間にか辰一の胸倉《むなぐら》を摑《つか》み、漣次は大きな溜息を吐《つ》いて鬢《びん》を掻き毟《むし》る。未だ火事は収まるどころか徐々に広がっているのに、話が紛糾《ふんきゅう》してなかなか決まらないので、嬉々《きき》としていた野次馬たちも、やがて悲痛な声を上げる。

「誰でもいいから消してくれよ！」

その一言で、いがみ合っていた全員がぴたりと動きを止めた。

「そうだな。皆で群がりましょうか」

と、にやりと笑う秋仁。

「俺一人で十分だ」

歯を剝きだして吼《ほ》える辰一。

「纏は任せて下さいな」

ぱんと掌を合わせて、にっかり笑う漣次。

「競えばよい。加賀鳶の勝ちは見えている」

勘九郎は鼻を鳴らして炎を睨みつける。

「癪だが仕方あるまい」

内記が納得したところで、皆が同時に頷き合って散らばる。

――やってやる。

源吾は短く言い放って颯爽《さっそう》と駆けていった。その顔は自信に満ち溢れている。

ここにいる皆が生涯競う火消になるだろう。だが、この男は中でも己の前に立ちはだかる存在となるのではないか。柿茶の羽織をなびかせて炎へと真《ま》っ直《す》ぐに走る源吾の背を眺めながら、そのような予感が内記の脳裏《のうり》を掠《かす》めた。

第一章　炎聖《えんせい》

一

黄金《こがね》の世代登場の三年前――。

宝暦《ほうれき》三年（一七五三年）の如月《きさらぎ》（二月）のことである。未明に浅草阿部川《あさくさあべかわ》町《ちょう》から出た火は、乾いた冬風に煽《あお》られてあっという間に広がった。陣太鼓《じんだいこ》と半鐘《はんしょう》の音が江戸の空を翔《か》けぬける中、尾張藩火消頭《ひけしがしら》、伊神甚兵衛は配下を率《ひき》いて火元を目指した。武家火消は乗馬を許されている。甚兵衛の愛馬は火消としての功績を讃《たた》えられ、主君から賜《たまわ》ったもの。赤毛の駿馬《しゅんめ》で、名を「赤曜《せきよう》」と謂《い》う。

疾駆《しっく》する赤曜を見ただけで、往来《おうらい》を逃げていた人々の顔に生気《せいき》が戻る。

「助かった！　『鳳《おおとり》』甚兵衛が来てくれた！」

「ありゃあ……『炎聖』が来てくれたからにはもう安心さ！」

「来た！　『大物喰《おおものぐ》い』の伊神だぞ！」

これら全てが己の異名《いみよう》。火消としての歴史を物語るものであった。

享保《きようほう》六年（一七二一年）、伊神甚兵衛は、尾張藩火消頭の嫡男《ちやくなん》として生まれた。

尾張藩といえば将軍家の最も有力な親戚筋。世間から一目《いちもく》置かれる大藩《たいはん》である。だが甚兵衛が十歳の頃、尾張藩は難局に直面する。享保十五年（一七三〇年）に家督《かとく》を継いだ主君徳川宗春《とくがわむねはる》が、徳川宗家《そうけ》と徐々《じよじよ》に対立の溝《みぞ》を深めていったのである。

当時の幕府は将軍徳川吉宗《よしむね》の享保の改革が進められ、質素倹約《しつそけんやく》が奨励《しようれい》されていた。しかし宗春はこれに日ノ本で唯一、真《ま》っ向《こう》から反対するかのように名古屋《なごや》において規制を緩和する政策を次々に打ち出したのである。

例えば、祭り、芝居などの廃止を進める幕府に対し、宗春はむしろ芝居小屋などの娯楽、遊郭《ゆうかく》までも推奨する。東照宮《とうしようぐう》祭、尾張祇園《ぎおん》祭、盆踊りなどの期間も延ばすことを決め、一月半もの間、城下の人々は祭りを享受《きようじゆ》した。

他にも寂《さび》れていた藩主の隠居所の改築を行い、その落成式《らくせいしき》には城下の女子どもを招いて二日に亘《わた》って踊りの大会を催《もよお》したりもしている。

宗春は城下の夜も一変させた。日が暮れても街歩きが出来るようにと、城下に無数の提灯《ちょうちん》を並べたのである。旅人たちはまるで江戸の吉原《よしわら》のようだと吃驚《びっくり》したともいう。

宗春当人も華美《かび》を好んだ。名古屋入府の折などは、鼈甲《べっこう》製の唐人笠《とうじんがさ》を被り、着物だけでなく足袋《たび》まで黒尽くめ。洒落《しゃれ》た猩々緋《しょうじょうひ》の裏地に、金の刺繡《ししゅう》を施《ほどこ》した華麗な衣装で、漆黒《しっこく》の馬に跨《またが》って衆目《しゅうもく》を集めた。他にも朝鮮通信使《ちょうせんつうしんし》を真似《まね》た恰好や、能の派手な装束で城下の見廻りに出たり、白い牛に乗って現れて皆を驚かせたりもした。

開放的な経済を標榜《ひょうぼう》してこのような挙に出たとも言われるが、宗春の心中など甚兵衛には窺《うかが》い知ることも出来ない。

江戸で人気を集める火消に、このような宗春が目を付けないはずがない。それまで尾張藩は将軍の連枝《れんし》にして大藩にも拘《かか》わらず、火消の中では特筆《とくひつ》されるような存在ではなかった。人気があるのは大名家ではやはり加賀鳶《とび》。あるいは市井《しせい》に身近な町火消が、注目されるようになっていた。

――幾ら金を注《つ》ぎ込んでもよい。尾張藩火消を日ノ本一にしてみせよ。

宗春のその一言で、享保十七年（一七三二年）より火消組の改革が行われ、莫大《ばくだい》な資金が投じられることとなった。甚兵衛の父が改革を推し進めたが、すぐには実らなかった。元文《げんぶん》二年（一七三七年）、父は病を得て隠居し、齢《よわい》十七の甚兵衛が引き継《つ》ぐことになったのだ。

——幾ら費やしたと思っておる！

金を無尽蔵《むじんぞう》に使ったことで装備は充実し、衣装も華美なものになった。だが人だけは一朝一夕《いっちょういっせき》で育つものではない。火消改革が始まってから五年が経ち、宗春は焦《じ》れ始め、このまま恥を晒《さら》すくらいならば潰してしまえなどと放言するようになっていた。

しかし、父の撒《ま》いた種は五年で大きく育ち、丁度頃合いであった。甚兵衛は頭に就任して間もなく、空前の行動に出た。後に火消たちの間で、

——大物喰い。

と、呼ばれるようになった壮挙である。

元来《がんらい》、八丁火消たる尾張藩火消は自家の屋敷から八町（約八八〇メートル）四方だけを守ればよい。しかし甚兵衛は一度《ひとたび》火事が起これば、二百の手勢を率いて江戸のどこにでも出動した。初めの年の出動は実に百九十七回。江戸の火事が年に三百と言われるので、その約三分の二に出たと言えば、どれほど途轍《とてつ》もないことかが解《わか》るだろう。これは今後も決して破られることのない数と自負《じふ》している。

出動するだけではない。先着の火消がすでに消口《けしぐち》を取っていても、構わずに分《ぶん》捕《ど》るという行動にも出た。このままでは早晩尾張藩火消は潰される。すぐに手柄を立てるには、背に腹は替えられなかったのである。

甚兵衛は毎日のように大小の炎を狩った。裏地に派手な鳳凰《ほうおう》の意匠《いしょう》を凝《こ》らしていることで、

——鳳の甚兵衛。

との異名で呼ばれるようにもなった。

宗春は手を叩《たた》いて尾張藩火消を誉《ほ》めそやした。荒っぽい遣り口は市井から嫌われるのではないかと覚悟していたが、結果は全くの反対。吉宗の倹約令に閉塞《へいそく》感が漂っていたこともあるのだろう。江戸の民はそんな気分を発散させる「大物喰い」を、拍手喝采《かっさい》で迎えたのである。

他の火消たちとは険悪だった。しかし二百を優に超える尾張藩火消と、真っ向から喧嘩《けんか》できるのは加賀鳶くらいのもの。そして甚兵衛も初めの一年こそは揉《も》めてでも消口を奪ったが、名を十分に轟《とどろ》かせてからは、応援に回るようになった。

最も揉めた加賀鳶に対しては、宗春には内密に、一人で詫《わ》びに行った。親藩《しんぱん》の雄《ゆう》である尾張藩の火消頭が頭を下げたこと、加賀鳶の大頭である大音謙八《けんぱち》が優《すぐ》れ

た人格者だったこともあって、加賀藩も手打ちにしてくれた。こうして尾張藩火消は確固《かっこ》たる地位を確立し、府下の火消たちとも協力して炎と闘うようになったのである。

甚兵衛が火消番付《ばんづけ》東の大関《おおぜき》に選出されたのは元文四年（一七三九年）。頭に就任して二度目の番付でのことであった。僅《わず》か二年の間に並の火消の一生分以上の火事と闘ったこともあってか、読売《よみうり》は鳳の異名に変えて新たに、

――炎聖。

という大層な二《ふた》つ名を付けて紙面を盛大に彩ったのである。

それから十四年。甚兵衛はただの一度も大関の座を譲《ゆず》らずに君臨《くんりん》し続けている。尾張藩火消の武勇伝を挙げ始めればきりがない。その中でも特筆すべきことは、甚兵衛が大関になってからというもの、駆け付けた火事では、

――ただの一人も。

見捨てずに救い出し、死人を出さなかったことである。初めは大袈裟《おおげさ》と思われた「炎聖」の異名も、今では相応《ふさわ》しいものと誰もが認めていた。

甚兵衛が浅草阿部川町に辿《たど》り着くと、火元から数軒に飛び火しているのが解った。すでに大量の火消が駆け付けて手分けして消火に当たっている。

「尾張藩火消、馳走致《ちそう》す！」

火元付近に陣を布《し》き、各火消に指示を出している者がいる。赤曜を疾駆させながら甚兵衛は叫んだ。

「来たか。小僧」

指揮棒を掌《てのひら》に打ち付けた男。精悍《せいかん》に引き締まった頰《ほお》をくいと上げ、大袈裟《おおげさ》に鼻を鳴らして出迎えた。これがこの男の癖《くせ》だと甚兵衛は知っている。男が身に纏《まと》う漆黒《しっこく》の革羽織《かわばおり》が熱風になびいている。

「大音殿、もう俺は三十三ですよ？」

甚兵衛は苦笑しながら下馬し、赤曜を配下へと託した。

大音謙八。齢は己より二十年上の五十三。府下最大の加賀鳶を率いる大頭で、「黒虎《くろとら》」の雷名を轟かせる火消である。火消番付は西の大関。己が「大物喰い」で最後に抜き去った男だった。だが、実際には抜き去ったというより、譲って貰《もら》ったというほうが正しい。尾張、加賀の両者が和解した後、己のことを頼もしく思ってくれたようで、読売書きに、

——ありゃあ江戸の民の、火消の希《のぞ》みになる男だ。

と語り、自らその座を明け渡したと後に耳にした。

「あの分捕り小僧がな……俺も歳を取るはずだ」

代々加賀鳶の大頭といえば、威厳《いげん》に溢《あふ》れて近づき難《がた》い男と相場が決まっている。けれども、代を重ねれば変わり種《だね》も出て来るらしく、謙八は豪放快活《ごうほうかいかつ》で面倒見《めんどうみ》がよく、その性格は町火消の頭といったほうがしっくりくる。今では甚兵衛も父か兄のように慕《した》っていた。

「状況は？」

甚兵衛は周囲を見渡しながら尋《たず》ねた。

「江戸中の名立たる火消が集まっているが、一進一退《いっしんいったい》というところか」

会話の最中も謙八は指揮棒を振りかざし、手薄な方へと配下に回るように指示を出す。

「我らが来れば戦況はひっくり返りますよ」

甚兵衛が不敵《ふてき》に笑うと、謙八は眉《まゆ》を開いた。

「相変わらず大口を叩く。よし、陣立てをし直す。各組の頭を集めろ！」

謙八は配下の鳶を各持ち場に走らせ、主《おも》だった火消の頭たちに参集するよう伝えた。火事場で悠長《ゆうちょう》に話している間があるのかというのは素人《しろうと》考えというものの。火消にとって連携こそが最も肝要《かんよう》なのである。これさえ上手《うま》くいけば、個々で戦うよりも数倍の速さで鎮火出来る。配下に現場を維持させ、頭たちが話し合うというのはよく見られる光景だった。暫《しばら》くして続々と武家火消、町火消の頭たちが集まって来た。

「伊神、来たか！」

豪快な笑い声を上げて悠々《ゆうゆう》と歩いて来るのは、火消番付西の小結《こむすび》、仁正寺《にしょうじ》藩火消頭の柊古仙《ひいらぎこせん》。黒白入り混じった灰色の髪、身丈《みたけ》六尺（約一八二センチ）を超える堂々たる体軀《たいく》、まるで三国志演義《さんごくしえんぎ》の老黄忠《こうちゅう》を彷彿《ほうふつ》とさせる。間もなく齢六十に迫るというのに未だ最前線で戦い、火事場で鍛《きた》えた地鳴りのような声から「海鳴《うみなり》」の異名を取っている。

「柊様、達者《たっしゃ》そうで」

「数日前に痛めた腰が軋《きし》んでかなわん。お主らに気張って貰い、とっとと隠居させて欲しいものよ。なあ？」

古仙が振り返った先にいるのも年嵩《としかさ》の火消。頭に手を回して首を傾けつつ歩を進める。い組の頭で東の前頭筆頭《まえがしら》「白狼《はくろう》」の金五郎《きんごろう》であった。

「全くですな。近頃の若えもん《わけ》は……堪《こら》え性《しょう》がねえからなあ」

毎年多くの者が憧《あこが》れて火消になるが、その務めの厳しさから一、二年で辞める者が後を絶たない。

「あそこに迷い子がいる。誰か助けてやれ」

横道から出て来た男が手庇《てびさし》をしながら言った。甚兵衛も視線の先を見た。遠くに逃げ惑う人々がいるのは解るが、それらしき子どもの姿は見つけられない。訊《き》けば三町も先のことだという。

男は、に組の頭を務める「千眼《せんがん》」の卯之助《うのすけ》である。三十路《みそじ》になり、薹《とう》が立ってから火消になった変わり種だが、この頭抜《ずぬ》けた目を生かして関脇《せきわけ》にまで上った、優秀な火消である。

残る主だった頭はただ一人。その男が決して速いとはいえぬ足取りで、こちらに走って来た。そして別に何も引っ掛かるものもないのに、すぐ近くで足を縺《もつ》れさせる。男は気恥ずかしそうに頭を掻《か》いている。

歳は四十を過ぎているはずだが、甚兵衛も詳しくは知らない。一応は火消番付でも、東の前頭九枚目に位置しているが、

――よく、これで名を連《つら》ねているものだ。

と思うほど、何というか冴えない男なのである。

「松永、始めるぞ」

「すみませんな」

謙八に促されて、苦笑する。

男の名を松永重内《じゅうない》と謂う。飯田町定火消の頭を務めており、「鉄鯢《てつけい》」の名で呼ばれる火消である。鉄と鯢《さんしょううお》、どちらも鈍《にぶ》そうな字。恐らく重内のこの緩慢《かんまん》な様子から来ているのだろう。

己も尊敬する謙八が、どうした訳かこの重内を買っているのは常々感じていた。疑問に思って尋ねたこともあるが、謙八は、

——確かに鈍い男だがな……いずれお前にも解る。

と、はぐらかした。特筆すべき技があると聞いたことはない。これまでに目立った手柄もない。何度か見たが指揮も人並み。謙八が冗談を言っているのだと思った。

「尾張藩の数は？」

謙八に訊かれて我に返る。

「私も含めて百七十二人。全員で来ています」

「そりゃあ、心強い」

謙八は指揮棒で自らの肩を叩きつつ、他の火消からも数を聞き取っていく。そ

して即座に陣立てをしていく。流石《さすが》に江戸で最も練達《れんたつ》した火消である。

「……以上だ。行くぞ！」

陣立てを終えると謙八が鋭《するど》く吼《ほ》え、皆は散開して焔《ほのお》へと立ち向かう。尾張藩火消と飯田町定火消の消口は隣同士。甚兵衛の位置からも、少し離れて松永重内が見える。しっかりと配下を掌握出来ており、堅実《けんじつ》な手並みを見せている。が、やはり謙八が一目置くほどとは思えない。結局、尾張藩火消は最速で与えられた持ち場を片付け、飯田町定火消の分まで手伝うことになった。

灰汁《あく》の強い者の多い火消。しかも幕府直属という誇り高い定火消のはずが、

「ありがとうございます。助かります」

と、十ほども年下の己に偉ぶることなく頭を下げる。人の好《よ》さだけは窺《うかが》えるが、それ以外に何の印象も受けなかった。府下でも選《よ》りすぐりの火消たちが出たことで、そこから一刻（約二時間）後、阿部川町の火事は完全に鎮《しず》められることになった。

二

残り火の調べは加賀藩が受け持つこととなり、甚兵衛ら尾張藩火消は帰路に就《つ》いた。柳原《やなぎわら》通りを過ぎ、筋違《すじかい》御門までの短い間だけ、飯田町定火消と行列を並べることとなった。このような時、どちらが先を行くのか難しい。こちらは親藩だが、火消においては、定火消が最も格上と定められているからである。

「松永殿、どうぞ」

甚兵衛は勧《すす》めるが、重内は口辺に深い皺《しわ》を作って首を横に振る。

「尾張藩は大樹公の御一門。しかも伊神殿は江戸一の火消。どうぞ先に……ほら、すでに町衆も心待ちに」

進む先、道の両側に人だかりが出来ている。火消の羽織や半纏《はんてん》は少々の差異はあれど、どれも地味なものである。だが、裏地には皆が思い思いの絵柄を刺繍し、粋《いき》を競っていた。鎮火させた後、火消はこれを裏返して着て帰る。野次馬《やじうま》たちが最も楽しみにしているものだ。しかも尾張藩火消の半纏は、宗春の命《めい》により他の火消よりも格別に煌《きら》びやかで、人気が高いのである。

「道は広い。並んで参りましょう」

　言ってすぐ、ちと酷《こく》かと思った。こちらは人気実力共に府下最高の火消集団。向こうは歴史が古いだけで、全く話題にも上らない者たちなのだ。断るかと思いきや重内は、

「では、御言葉に甘えて」

　と、それ以上の抵抗を示さなかった。非礼に当たると考えたのかもしれない。

　野次馬で溢れる往来を行く。半纏を裏返せばどっと盛り上がり、喝采に次ぐ喝采。しかしその殆《ほとん》ど、いや全てが己たち尾張藩火消に向けてのものだった。飯田町定火消の鳶の中にはばつが悪そうな顔をする者もいるが、頭である重内は朗《ほが》らかな笑顔のままで変わらない。ただ数人出た怪我《けが》人が気になったようで、

「私は殿《しんがり》を行かせて頂きます」

　と、行列の最後尾に向かった。内心は居たたまれなかったのかもしれない。

「伊神様！」

　野次馬の後ろのほうで、ぴょんぴょんと跳ねる武家の少年の姿が目に入った。初めて見てからもう三年になろうか。これまでも何度も火消行列を見に現れ、声援を送ってくれる。幾度か言葉を交《か》わしたこともあり、確か今年で十三歳になる

はず。先日元服《げんぷく》して前髪も落としており、もう子どもとは言えない。

「暫く見なかったな。達者《たつしゃ》だったか？」

行列が進む中、甚兵衛は足を止めて話しかけた。

「あぁ！　今日も伊神様が駆け付けて、一気に片付いたと聞いたぜ！」

前から思っていたが、武家の子息のはずなのに町人のような話し方をする。町人と触れ合うことが多いのだろう。

「俺もいつか伊神様のような火消になる」

若者は目を輝かせて言った。

どこの家かは口にしないものの、武家火消の倅《せがれ》だと語っていた。火事場に立つようになった暁《あかつき》には、一日も早く一人前になって己を助ける火消に、やがては己のような火消になりたいと嬉《うれ》しいことを言ってくれた。

武家火消の子は元服と同時に火消について本格的に学び始め、二、三年で現場に立つ。歳からして、若者はあと数年で火消として火事場に臨《のぞ》むことになるだろう。そして実戦で経験を積み、いずれ父から家督《かとく》を譲られ、鳶たちを率いる身になる。

「期待しているぜ。早く俺を引退させてくれ」

甚兵衛はからりと笑った。若者は軽口と取ったようだが、あながち嘘《うそ》ではない。この十余年で甚兵衛は心も躰も擦《す》り減らしてきた。並の火消よりも引退は早くなるだろう。

「伊神様……お願いがあるんだけど」

「ん？」

改まった口調《くちょう》で言うので、甚兵衛は首を傾げた。

「俺も火消羽織の裏地に……鳳を入れてもいいかな？」

若者はいつもの威勢《いせい》もどこへやら、上目遣いで遠慮がちに尋ねるので、甚兵衛はふっと軽く噴き出した。

「別に俺の許しがいることじゃねえよ」

「俺は伊神様に認めて欲しいんだ」

「構わねえぜ。鳳凰は何度でも蘇《よみがえ》る神鳥……入れるからには、何があっても諦《あきら》めねえ覚悟を決めろよ」

「解った。誓う」

若者は口をきゅっと結んで力強く頷いた。甚兵衛は頬を緩め、拳骨《げんこつ》でぽんと胸を小突《こづ》く。

「頼むぜ……源吾」

今日初めて名を呼んだ。火事場から帰る道々で会っただけで姓も知らない。彼も火消の家の者ならそれだけでよいと考えているし、源吾は家のことを語りたがらない。いずれ源吾が火消として名を馳《は》せた時に知るだろうと、敢えて訊かずにこれまで来た。甚兵衛は行列の先を見ながら続けた。

「そろそろ行かなくちゃならねえ。炎は恐ろしいもんだ。しっかり御父上に学べよ」

すると、これまで嬉々《きき》としていた源吾の表情が曇った。

「どうした……？」

重ねて訊くと、源吾は渋面を作って吐き捨てるように言った。

「親父は碌《ろく》な火消じゃねえから……」

その一言で甚兵衛は察した。火消は人気の職。血気盛んな若者には特に憧れる者が多い。だが、その憧憬《どうけい》の的になっているのは番付火消、その中でも上位の者たちだと相場が決まっている。江戸の火消は一万を超えるが、番付火消は数十名しかいない。

「番付なんて遊びのようなもんさ。読売なぞに評価されずとも、御父上は立派にやられているはずよ」

源吾の父は番付火消ではないのだろうと思い、そう言った。

「違う。力もねえのに、番付に入っているから嫌いなんだ」

「え……」

甚兵衛は声を詰まらせた。番付火消ならば己も名くらいは知っているはず。

「定火消が番付にいなけりゃ面子《めんつ》が立たない。だから上《かみ》つ方《かた》が読売に圧を掛けているとか、金で書かせているとか言われてる……実際に親父はそうでもなけりゃ、番付に入れるような火消じゃないんだ」

源吾の父が定火消だと知ってまた驚いた。どこかの大名家の火消の子だと思っていたのである。甚兵衛は首をゆっくり横に振って諭《さと》すように言った。

「そんなことは有り得ねえ。仮にそうであっても、それは御父上の責ではない」

「そうだけどさ……無様《ぶざま》に名を晒すくらいなら断るべきだ」

「手厳しいな」

苦笑しながらこめかみを搔く。息子にそこまで言わせるとは、余程《よほど》活躍していない火消なのだろうか。

「源吾」

唐突《とうとつ》に後ろから声が聞こえ、甚兵衛は勢いよく振り返った。そこには人の好さそうな笑みを浮かべ、手を上げる松永重内の姿があった。行列の後ろが追いついたのだ。

「親父……」

「そうなのか」

甚兵衛は目尻を指で摘《つま》んだ。松永重内は定火消の頭。番付にも名を連ねている。確かに、甚兵衛もその訳を解しかねていた。

「来てくれたのか」

重内は微笑みながら歩を進める。

「親父を見にきた訳じゃねえ」

源吾はけんもほろろといった態度で返す。

「そうか……伊神殿を見に来たのだな」

ほんの少し哀《かな》しそうな顔になったのも束の間、重内はすぐに笑みを取り戻して深々と頭を下げた。

「伊神殿、息子に御声掛け頂き、ありがとうございます」

「ええ……」

何と答えてよいのか分からず、甚兵衛は曖昧《あいまい》な返事をした。

「では、私はこれで」

重内は踵《きびす》を返して行列に戻っていった。

「源吾」

甚兵衛はそれを見送ると再び呼びかけた。源吾は俯《うつむ》いて耳を赤く染めていたが、

「ごめん」

と、一言残して走り去っていった。確かに松永重内の評判は芳《かんば》しくない。幕府が面子のために云々《うんぬん》という話は、甚兵衛も耳にしたことがあった。

江戸に暮らす者は粋であることを重んじる。粋の象徴である火消が、権力に助けられて番付に入るなど、最も無粋《ぶすい》なこととして忌《い》み嫌われる。難しい時期の源吾にとっては、父がそんな火消であると噂されることは堪え難く恥ずかしいのだろう。次に会った時に何と声を掛けてやろうか。そのようなことを考えながら、甚兵衛は雑踏《ざっとう》の中に消えていく源吾の背を見つめていた。

三

飯田町定火消の行列と別れ、暫《しば》し進んだところで別の火消行列が右手からやってくる。こちらもどうやら同じ火事に出動し、引き上げるところらしい。火消羽織を身に纏っているから武家火消である。遠目に見ても羽織や半纏が貧相《ひんそう》で、どこの家中かすぐに解った。

「眞鍋《まなべ》、鳥越《とりごえ》!」

甚兵衛は軽く手を上げて呼びかけた。

「おお、伊神か!」

快活に笑って同じく手を上げた男。新庄《しんじょう》藩火消頭の眞鍋幸三《こうぞう》と謂《い》う男である。

「相変わらず派手な行列だ」

幸三の横で苦笑するのは、頭取並《なみ》の鳥越蔵之介《くらのすけ》。

「お主たちが酷《ひど》過ぎるのだ。もう少しどうにかならんか」

二人だけでなく、新庄藩火消の半纏はぼろぼろに傷《いた》んでいる。故《ゆえ》に市井の者に陰で馬鹿にされていた。この二人とは己と同時期に火消になったことで、心安くしており、このような軽口を言うことも出来るのだ。

「うちが貧しいのは知っているだろう?」

幸三は恥じる様子なく、からからと笑う。

「まあな。腕はあるのだから、もう少し身形《なり》がよくなれば番付も上がるだろうに」

人気は無い新庄藩火消だが、堅実な消火を行うことで甚兵衛は一目置いている。

「気にしちゃいないよ」

蔵之介は穏やかに微笑みながら手を顔の前で振った。

「眞鍋様、竜吐水の柄が……」

新庄藩火消の鳶が気まずそうに呼びかける。どうやら竜吐水の柄が折れたとかで、直すまで行列を止めて欲しいと伺《うかが》いを立てたのだ。普通に運んでいていきなり折れるものだろうかと首を捻《ひね》ったが、どうやらとっくに壊れており、添え木をして何とか保《も》たせていたらしい。

「修理に出せよ」

「そんな金……」

「その通りだ。直して来る」

幸三は白い歯を見せると、行列の後ろへと走っていった。頭自ら直すというのも如何《いかが》なものかと思うが、少ない予算の中でどうにかしようと修理をしている内に、こつを摑んでしまったという。自然、蔵之介だけが残された。

「調子はどうだ」

「お前と違って、こちらはうだつが上がらないままさ」

蔵之介は項《うなじ》を搔きながら苦く笑う。

「鳥越、そういえば子が生まれたらしいな。男か、女か」

「男だ」

「それはめでたい。跡取りが出来たな」

「危険な御役目だ……嬉しい反面、別の道に進んで欲しいとも思うよ」

蔵之介は目を細めて、躰《からだ》のあちこちに小さな傷を負った煤《すす》塗《まみ》れの鳶たちを見つめた。己にはまだ子がいないため実感が湧かないが、複雑な心境のようだ。

「無いってか」

——松永重内もそうなのかもしれぬな。

ふと先刻の重内の悲哀《ひあい》の滲《にじ》む笑みを思い出した。

蔵之介は思い出したように軽く手を叩く。

「お前もいよいよ妻を娶《めと》ると聞いたぞ。何でも美人と評判だとか」

甚兵衛は火消として名を揚げることに邁進《まいしん》してきたため、これまで縁談を全て断っていた。しかし、昨年急に江戸家老《がろう》の娘との縁談が持ち上がり、今年の冬に祝言《しゅうげん》を挙げることになっているのだ。

「秋代《あきよ》さんを射止《いと》めたお前が言うと嫌味《いやみ》になるぞ？」

「またその話か」

蔵之介の顔にはすっかり苦笑が板に付いている。

「なんたって秋代さんは、俺たち世代の憧《あこが》れの的だったんだからな」

黒羽《くろばね》藩大関《おおぜき》家一万八千石の火消頭、岸三太夫《きしさんだゆう》の次女秋代は、器量《きりょう》が良いことでつとに知られていた。

火消は常に炎との戦に明け暮れ、泰平《たいへい》の中で最も死に近い役目と言える。男子がいたとしても殉職《じゅんしょく》して、跡取りに困ることも多々あった。そこで火消の家どうし縁を結び、事があった時には養子に迎えられるように備えていた。

岸家も火消の家との縁談を探していたが、一方で、婚姻に鷹揚《おうよう》なところがあり、秋代本人が望む相手でなければ結局は上手くいかないと考えていた。見合いの申し入れこそ受けるものの、秋代が気乗りしないと言えば断って来たのである。そのようなことから、一体誰が秋代の心を射止めるのかと、当時、若い火消たちの間ではその話題で持ち切りだったのだ。

岸家と鳥越家の見合いが執《と》り行われると聞いた時、蔵之介には悪いが、

——また断られるだろう。

などと考えていた。これまで十以上の火消の家が見合いを申し入れたが、いずれも結果は芳しくなかった。中には鳥越家よりも遥《はる》かに高禄の家もあったのだから、己だけでなく皆がそう考えていただろう。

故に話がまとまったと聞いた時は真に仰天《ぎょうてん》した。ただ、蔵之介は火消としては堅実だけが取《と》り柄《え》の男だが、誠実な人物であることを知っている。妙に納得し、素直に二人の前途《ぜんと》を祝福した。

「もう一人じゃない。無茶はするなよ」

蔵之介は緩《ゆる》んだ顔を引き締めた。大物喰いに始まり、己の火消人生は無茶の連続であった。大小の火傷《やけど》を負うことなどは日常茶飯事。死にかけたことも一度や二度ではない。

「心配ないさ。俺は『炎聖』だぜ？」

驕《おご》っている訳ではなく、軽口で言ったつもりだが、蔵之介の表情は晴れなかった。

「あいつでさえ散ったのだ」

「靫負《ゆきえ》か……」

進藤靫負。多彩な戦術を編み出すことで、「虹彩」の異名を取った同世代の火消である。

上の世代が優秀な火消を数多く輩出したのに比べ、己たちの世代で名を轟かせるまでになった火消は圧倒的に少ない。故に不作の世代などと揶揄《やゆ》されることもある。

そのような中にあって、己と靫負だけが突出《とつしゅつ》した活躍を見せた。互いに好敵手として切磋琢磨《せっさたくま》し、この世代は甚兵衛と靫負の双璧に尽きると、世間でも語られるほどであった。己が大関に選出された時には、

――先を越されてしまったな。

と、靫負は爽《さわ》やかな笑みを見せて讃《たた》えてくれた。実力だけでなく人格も申し分ない男だったのだ。

だが、その靫負は昨年火事で殉職した。火消が最も恐れる火炎旋風《せんぷう》「緋鼬《あかいたち》」

が起こり、逃げ遅れた民を守るため、最後の最後まで戦って散ったのだ。

江戸の火事は街の発展に伴って今も年々増加の一途《いっと》を辿《たど》っている。早く後進の火消が育ってくれないと、いずれ限界を迎えてしまう。

「それに、尾張藩も大変なのだろう?」

蔵之介は口ごもりながら尋ねた。

「誰に聞いた」

「皆が話しているさ」

甚兵衛は思わず唸《うな》ってしまった。尾張藩が抱えている問題が、思いの外《ほか》世間に知られていることに驚いた。このような話は当人が耳にするのが、最も遅いのかもしれない。

尾張藩火消の名を轟かせるため、莫大な資金を投じて改革を進めた徳川宗春はすでに藩主の座から退いている。今から十四年前の元文四年、甚兵衛が火消頭に就任して二年目、ちょうど大関の位に上った年のことである。

幕府の政策に真っ向から反対する姿勢を咎《とが》められ、蟄居《ちっきょ》を命じられたのだ。宗春はまだ存命であるが、それ以降一歩も屋敷の外に出ることを許されていなかった。

宗春の隠居後、尾張藩に約十五万両もの借財があることが判明した。跡を継いだ藩主宗勝《むねかつ》は倹約政策を採り、あと一歩で健全財政と呼べるところまで立て直しつつある。

だが、藩としても火消の予算だけはなかなか削《けず》ることが出来ないでいた。理由は宗春時代に年雇《ねんやとい》の鳶だけでなく、他家から有能な武家火消を引き抜き、禄を与えてしまっていることにある。また一度尾張藩火消の名を轟かせたことで、幕府も現状の規模を維持するように命じた。尾張藩の財政を圧迫させる嫌がらせという訳ではない。尾張藩火消の力が減ずれば、江戸の防災に支障を来《きた》すほどの実力となっていたのだ。

火消を雇うというのは、能楽師《のうがくし》や力士を雇うのとは違う。人の命に係わること故、そう簡単に後戻りすることは出来ない。生まれ変わろうとする尾張藩において、財政の点からのみ見れば、火消組はまさにお荷物のような存在になりつつある。家中には火消組に対して不満を持つ者が年々増えている。尾張藩は火消とそれ以外という派閥《はばつ》に分かれていると言っても過言《かごん》ではないのだ。

「維持しろという幕閣からのお達しだからな。お偉方《えらがた》も流石に手出しは出来ないさ」

「ならいいのだが……当家も同じように、火消が藩の財政を圧していると不満を持つ者が多い。いざという時には家中の協力も必要になるぞ」

「ああ、分かっている」

甚兵衛も正直不満を持っている。資金こそ未だ滞《とどこお》りなく給されているが、己たちが命懸けで戦っているのに、家中の者たちの目は冷ややかである。

大物喰いで勇名を馳《は》せた時などは、

——見たか。これが尾張藩の力だ。

などと大喜びだったのに、すっかり掌を返した形である。だが尾張藩の財政はまだ窮地《きゆうち》を脱した訳ではなく、いつまでもいがみ合っていられない。今回の甚兵衛の婚姻も両派閥の融和《ゆうわ》を目指し、穏健《おんけん》派の家老から持ち込まれたのだった。

尾張藩火消は、先代宗春の謂わば「我が儘《まま》」から増強された。親子二代に亘って懸命にそれに応えようとし、ようやく叶えた時に宗春は失脚。思えばこの時に火消組を元通りの規模に戻すか、そうでなくとも己が火消頭を辞せば良かったと思う。

しかし、甚兵衛はそのどちらの道も選べなかった。火消組の規模を落とすということは即《すなわ》ち、大量の雇い止めを生むということ。共に死線を潜《くぐ》り抜けた仲間、その家族を路頭に迷わせる訳にはいかない。それに加えて、今の江戸はぎりぎりのところで頻発《ひんぱつ》する火事に抗《あらが》っている。府下最強の尾張藩火消の弱体化はその均衡《きんこう》を崩し、数十万人の死者を出した明暦の大火のような災禍《さいか》を引き起こしかねない。それを見過ごすことはどうしても出来なかった。

己が辞すというのもそう。ここに来るまでの道は平坦ではなかった。火事場で多くの配下を失ったのである。彼らの無念を思えば、己だけが火焔との闘いの螺旋《らせん》から降りる訳にはいかない。

「終わったぞ！」

幸三が小走りで戻って来る。竜吐水に付着していただろう煤が、その頬にべったりと付いている。互いの行列が往来で止まっていたことで、人の流れに滞りも生まれ始めていた。

「そろそろ行く」

「もうか」

甚兵衛が言うと、幸三は少し残念そうな顔になる。極貧の藩の火消頭取なのだ。愚痴《ぐち》の一つや二つ、心許した己に聞いて欲しかったのだろう。

「近々、皆で呑もう。文《ふみ》を送る」

「それはいい。だが安い店にしてくれよ」

「ちょうど心当たりがある」

「楽しみにしている」

共に、火消になったのは十七の頃。その頃に比べれば口辺に薄く皺《しわ》も浮かぶようになったが、この時ばかりは昔のような屈託《くったく》の無い笑みを見せた。

「鳥越もまたな」

甚兵衛は軽く宙に手を舞わせて行列を発進させた。振り返ると蔵之介はなおも不安そうにこちらを見つめていた。同期の火消の殆《ほとん》どが殉職するか、躰か心に傷を負って辞めていった。靭負が死んだことで、些か気が尖《とが》っているのだろう。甚兵衛は今一度手を上げると、今度は振り返ることなく前を見据えて歩み始めた。

四

八重洲河岸にある屋敷の一室。燭台《しょくだい》の灯《あか》りが妖《あや》しく揺れる。それに伴い、壁に茫《ぼう》と浮かんだ四つの影もまた小刻みに震えた。これまでもこのような会合の場を何度か設けていた。だが、今宵《こよい》は皆の顔がいつにも増して強張《こわば》っている。

「ご足労《そくろう》痛み入る」

声を落として言うと、己以外の三人がほぼ同時に頷いた。

己の家には代々の御役目がある。幕府の根幹《こんかん》を担《にな》うものと言っても過言《かごん》ではない。禄こそ三千石余であるが、出世の機会がある訳でもなく、政《まつりごと》の中枢に絡むこともない。己はそれを強く不満に思っており、幕閣たちに恩を売っていくことで、家の地位を向上させようと企《たくら》んでいる。

今の幕府の悩みの種を敏感に察知し、一部の幕閣に近づいた。その悩みを己が取り除《のぞ》こうかと提案し、一年に亘《わた》って計画を推し進めてきたのだ。その悩みというのが、

――徳川宗春の影を完全に消し去りたい。

と、いうものである。

「首尾《しゅび》は？」

三人の内の一人。蛇《へび》の如き冷たい目をしたこの男、姓を服部《はっとり》、名は中《あたる》と少々変わっている。齢は己より一つ上の三十二。火消の軍監《ぐんかん》とも言うべき火事場見廻《かじばみまわり》役《やく》に就いていた。火事場で火消たちが不法な行いをしないか監視し、事件後に調書《しらべがき》をまとめて上に報告する役割を果たしている。

この服部家。本能寺《ほんのうじ》の変の折、神君家康《しんくんいえやす》公を案内して伊賀《いが》を越えた服部正成《まさなり》とは別系統の家である。

伊賀国阿拝《あはい》郡の土豪で、初めは足利《あしかが》将軍家に仕《つか》えたという。次に織田信長《おだのぶなが》に鞍《くら》替《が》えして、桶狭間《おけはざま》の戦いでは今川義元《いまがわよしもと》の本陣へ先駆ける武功を挙げた。だが、僅か五年で再び徳川に転仕する。その訳はよく解っていないが、信長の勘気《かんき》でも蒙《こうむ》ったのかもしれない。この子孫が傲岸《ごうがん》な性質であるということは耳にしており、勝手にそのように想像していた。

さらに小牧長久手《こまきながくて》の戦いでも戦功があり、家康から孫六兼元《まごろくかねもと》の刀を拝領《はいりよう》したと伝わる。この時に同時に「中」の名も授《さず》かったという。そこから代々服部家はこの名を名乗っている。

己はこのように他家の成り立ちには詳しいのである。

諸大名や旗本の大半は源平藤橘《げんぺいとうきつ》のいずれかに連なると言っているが、元は戦国の動乱に乗って家を大きくしたものばかり、実際の素性は怪しいものである。それでは庶民への体面が悪く、しかとした家系図を作ることになった。これを担当したのが当家なのだ。

「松平武元《まつだいらたけちか》殿を除《のぞ》き、全ての老中若年寄《ろうじゆうわかどしより》の内諾《ないだく》を得ました」

幕閣の望んだように動いて、後に梯子《はしご》を外されてはたまったものではない。事を起こす前に、念には念を入れて根回しをしてきた。

「松平様に、今少し積みましょうか？」

この場で唯一の町人髷《まげ》の男が、親指と人差し指で輪を作りながら尋ねた。

男の名は久右衛門《きゆうえもん》。齢三十七。日ノ本で三大富商に数えられる「白木屋《しろきや》」の大番頭で、自らも毛織物を商う「糸真屋《いとまや》」の店主でもある。

白木屋は六年前の延享四年（一七四七年）葉月《はづき》（八月）、先代当主の四代目彦太郎勝全《ひこたろうかつまた》が三十五歳で死んで、翌年、十五歳の彦一《ひこいち》が後を継いだ。まだ若い当主ということもあり、久右衛門が実権を握っている。久右衛門はいずれ主人を凌《しの》いで、白木屋という母屋《おもや》を乗っ取る野望を胸に秘めている。

「無駄です。松平殿は金では動かないでしょう」

本丸老中の松平武元は民を想う清廉《せいれん》な為政者《いせいしゃ》として知られている。これを金で籠絡《ろうらく》するのは難しかろう。頰を歪《ゆが》めながらさらに続けた。

「それに深入りすれば、狸《たぬき》に嚙《か》みつかれます」

松平武元の派閥《はばつ》には田沼意次《たぬまおきつぐ》と謂う男がいる。軽輩《けいはい》から身を起こし破竹《はちく》の出世を重ねており、齢三十五ながら百年生きた古狸のような老獪《ろうかい》さを備えている。彼の者を嫉妬《しっと》して狸と揶揄《やゆ》する者も多いのである。これ以上踏み込めば、その田沼がこちらの尻尾《しっぽ》を摑《つか》みに出て来るかもしれず、それだけは避けねばならない。

「そちらの様子は如何《いかが》ですか?」

残る一人、青い顔の初老の武士に話を振った。

尾張藩御付属列衆《おつきぞくれつしゅう》の中尾采女《なかおうねめ》と謂う者。尾張藩は親藩ということもあり、複雑な家臣団を構成している。他家で言うところの江戸家老のようなものか。

「このような密議をしているとは、夢にも思っていないはず……」

中尾の深い眼窩《がんか》に怯《おび》えが見え、腫《は》れぼったい唇《くちびる》も小刻みに震える。

「怯えずともよろしい。気丈夫でいて貰わねば困りますよ」

内心では中尾の臆病《おくびょう》を嘲《あざけ》っているが、それをおくびにも出さず、諭《さと》すように言った。中尾こそ此度《こたび》の謀計《ぼうけい》の要《かなめ》ともいえるのだ。

灯りに仄《ほの》かに照らされた三人を順に見渡し、薄く微笑みながら宣言した。

「尾張藩火消頭、伊神甚兵衛。並びに火消組をこの世から消しましょう」

服部中は不敵に笑い、久右衛門は目を細め、中尾采女は唇を巻き込みながら頷く。

己も含めた四人、そして幕閣の連中。それぞれ理由こそ違うが、尾張藩火消を貶《おと》しめたいと考えているのだ。

まず幕閣。彼らは対立していた前尾張藩主、徳川宗春を隠居に追い込んだ。だが、天下には宗春の緩和政策のほうが良かったのではないかと考える者も多い。宗春に代わってまた緩和を唱《とな》えだす者が現れることを恐れている。宗春の置き土産《みやげ》とも言うべき尾張藩火消の活躍を見て、度々《たびたび》その気運が高まることもあった。

尾張藩火消頭、伊神甚兵衛は火消制度始まって以来の英雄。安易《あんい》に潰せば世間から相当な反発が予想され、幕府としても手をこまねいていた。

「あの得意顔を見れば虫唾《むしず》が走る」

服部中は舌打ちを放った。服部は火事場見廻として尾張藩火消を担当しており、かつて検分の見立て違いで甚兵衛と争ったことがあった。結果は甚兵衛のほうが正しく、有名な炎聖が絡んだ事件ということで、市井の者たちは服部の無能を大いに嘲笑《あざわら》った。服部は半年の謹慎を命じられ、面子も失った。半ば逆恨《さかうら》みのようなものだが、最も手の掛かる尾張藩火消をこの機に追い込みたいと考えていた。

「越後屋の大得意先を潰せば、私の株も鰻上りというもの」

久右衛門はふわりと両の掌を合わせる。尾張藩の火消改革の折、装備一式を納めた縁で同藩には越後屋が深く入り込んでいる。切っ掛《き》《か》けであり、今も両者をつなぐ火消組を排除すれば、白木屋を尾張藩の御用達《ごようたし》とする内諾を得ているのである。この手柄を元に久右衛門は白木屋を乗っ取ろうとしていた。

「藩内には融和を目指す者もちらほら……急がねばなりません」

中尾采女は乾いた声で言う。尾張藩としても、宗春が隠居した今、最早《もはや》ただの金食い虫でしかない火消組を潰したい。だが、その人気は無視出来ぬところまで高まっており、潰せば尾張藩は批判の嵐に晒される。故に尾張藩火消に大きな失敗をさせたいのだ。尾張藩の大勢を占める考えの下、中尾は渉外役として暗躍していた。だが藩内には火消たちと手を結び、徐々に争いを鎮火させようとする穏健派も僅かながらいる。その内の一人、これも江戸家老の一人が伊神甚兵衛に娘を嫁《とつ》がせようとしているのだ。そうなる前に片《かた》を付けたいというのが、中尾たち一派の考えだった。

「ここから始まるのです」

己の目的は幕閣に恩を売ること。この三人も今後の手駒として使える。だが、それらの実利を別にしても、己は火消のことが、

——反吐《へど》が出るほど嫌い。

であった。己の思想と正反対を行く者たち、火消という存在である。

奴らは全ての命を平等に扱う。貴賤《きせん》は勿論《もちろん》のこと老若男女《ろうにゃくなんにょ》を問わず、命の危機が迫る者を優先的に救う。これだけ聞けば随分と立派なことだが、実は恐ろしいことでもある。将軍と百姓が同じ火事場にいたとして、百姓のほうがより危険ならばそちらを救うということ。極論かもしれないが、実際にそのような行動を取りかねない火消も少なくないのだ。己は身分というものは、先祖の努力による積み金のようなものだと考えている。金子《きんす》それ自体を親から引き継ぐことはよしとし、身分が駄目だという理屈はあるまい。

身分で言うから本能的に嫌悪《けんお》する者もいるかもしれない。ではこれではどうか。目立たぬとも真面目に働いている者と、牢獄に繋がれるような悪人。火消の言い分によると、より危うければ、罪人を助けるということになってしまうではないか。

これを由々《ゆゆ》しき秩序《ちつじょ》の崩壊だと考えている。いくら綺麗《きれい》ごとをほざこうが、命の重さには違いがあって当然なのだ。

火消たちは秩序崩壊の扇動者。奴らに、それに誑《たぶら》かされている民に、現実というものを教えてやらねばならない。

十を超える蠟燭《ろうそく》が置かれ、部屋の中は煌々《こうこう》と照らされている。己はすぐ傍《そば》にある燭台を引き寄せた。

「さあ、皆様。秩序を取り戻しましょう」

薄い唇をにいと綻《ほころ》ばせると、微かな音を発して燃えている蠟燭をふっと吹き消した。

五

深夜、伊神甚兵衛は布団《ふとん》から飛び起きた。屋敷の中が俄《にわ》かに騒々《そうぞう》しくなったのである。火事かと思ったが、太鼓や半鐘の音は聞こえない。

廊下を走って来る跫音《あしおと》に続いて、配下の声が聞こえた。

「頭！　奉書《ほうしょ》です！」

「何……」

「入ります！」

「奉書とは真《まこと》か」

今のような火消諸役が整備される前は、各大名家が自衛のために火消を持つように定められていた。これが大名火消であり、八丁火消の起源である。だが、それでは火の広がりが早い時に手が足りず、幕府が応援を命じることもある。この時の命令書こそ奉書である。勿論《もちろん》、今でも有効な制度だが、定火消と太鼓、方角火消や所々火消、町火消と半鐘が順次出来て、今では奉書が出る頻度は減っていた。

「見せてみろ」

甚兵衛は奉書を受け取って開き、月光に翳《かざ》した。

――火元は目黒不動《めぐろふどう》南の百姓地か。

江戸の最南端とも言うべき地である。今は如月。森を始め路傍《ろぼう》の枯草など燃えやすいものは幾らでもある。二毛作の麦畑などは炎を急速に成長させるだろう。

甚兵衛は縁まで出て頬に風を感じた。今宵は南から北に風が吹いている。このままだと目黒不動を呑み込んでさらに北上し、御城に来た時には手に負えないほどの猛威になるかもしれない。

だが不思議なのは太鼓も半鐘も鳴っていないということ。尾張藩だけに命じて来たということは、何か訳があると見て間違いない。その答えは奉書の続きにあった。

——目黒不動に捕らえている男だと……。

その男は幕府にとって重要な機密を握っており、今も詮議《せんぎ》の最中である。故に何としても死なせる訳にはいかないが、大っぴらに助けることもできない。また、此度の野火はその男を救い出そうと、仲間が放ったものかもしれない。何としても目黒不動に到達する前に火を防いで欲しい。そのような旨が記されていたのだ。

「これを持って来たのは⁉」

甚兵衛は奉書を握るように畳んで鋭《するど》く尋ねた。

「火事場見廻、服部中殿です」

「服部か」

服部は御役目に就いて短いという訳でもないのに、いつまでも素人のような検分をすることで、甚兵衛は内心侮っていた。

「今も教練場に」

服部も奉書の中身を知っているのか。ともかく問い質《ただ》す必要があるとみた。

「解った。俺が話す。お主らはすぐに出られるよう支度を整えよ」

甚兵衛は素早く身形《みなり》を整えると、教練場に駆け込んだ。講堂の前、すでに参集している鳶たちを見ている服部の姿がある。

「服部殿」

「おお、伊神殿。流石に尾張藩は支度が早いですな」

「それよりこの奉書、貴殿も中身を御存知《ごぞんじ》か」

「ああ、知っている」

服部は周囲を窺いつつ声を落として話し始めた。

服部もその男の正体は知らないという。しかし幕府にとって重要な者であるのは間違いないらしい。世に知られれば幕府が転覆するような秘密を握っていると言うのだ。

では何故尾張藩に奉書を出したのか。幕閣もそれぞれが大名。自前の火消組を持っている。隠密《おんみつ》裏に動かすならば、それを使ったほうがよいのではないか。

「並の火消には任せられぬ……尾張藩は徳川一門。謂わば将軍家の御身内。加賀などの外様《とざま》に頼るよりは、こちらと考えたようだ」

確かに筋は通っていると思った。親藩といえども幕府は警戒を緩めていない。あくまで外様よりましだというところまで追い込まれているということだ。

「解った。必ず止めてみせる」

訝《いぶか》しさを僅かに感じた。何がと言われれば解らない。敢えて言うならば今日の服部、いつもより己に対して不満の色が無いということか。甚兵衛が幕府から頼られたとすれば、服部という男はあからさまに妬《ねた》みそうなものだ。

「念のため上の裁可を得る」

何かあった時のために幕府からの命で動いたという証拠が欲しかった。そうでなければ今の尾張藩は、全ての責を火消組に押し付けかねない。

「当然、御歴々《おれきれき》にも話は通してある。間もなくここに来られるだろう」

服部の言う通り、暫くすると供を引き連れて御付属列衆の中尾采女が姿を見せた。

「伊神、話は聞いた」

「はい。お受けしてもよろしいですな」

幕府の命だけあって受けぬという選択肢はない。ただ服部や配下の前で許しを得ておきたかった。

「うむ。幕府の密命とあらば、これは名誉なこと。急ぎ鎮めて参れ」

「は……承《うけたまわ》りました」

甚兵衛は一礼すると、すでに引かれてきた愛馬赤曜に颯爽《さっそう》と跨《また》がった。そして参集を終えた配下を見渡し、高らかに叫ぶ。

「幕命により出陣する。皆の者、行くぞ‼」

応《おう》という声が一つに重なり、尾張藩火消は教練場から飛び出していく。尾張藩火消は己も含めて現在百七十二人。かつては二百人ほどいたが、火事場で殉職したり、怪我をしたりして一人、また一人と脱落していった。本来ならば減った分は補充されねばならない。しかしここ八年ほどはただの一人も新しい人員は入っていない。甚兵衛は何度も訴えたが叶わなかった。だが今の藩の状況に鑑《かんが》みれば、大幅に削減されぬだけましなのかもしれない。反面、今の尾張藩火消は百戦錬磨《れんま》の者たちだけで構成されているということでもある。

「どうした、赤曜」

赤曜が珍しく何度も嘶《いなな》く。此度も厳しい戦いになることを、赤曜は察しているのかもしれない。

己に下賜《かし》された時の赤曜はまだ一歳だった。それから七年、すでに老馬の域に入り、数年前よりは脚も衰《おとろ》えた。それでも並の馬などと比べれば断然速く、自らも炎の向きを読んでいるかのように躱《かわ》すようになった。人だけでなく、馬もまた火事場で経験を積んで成長するのだ。

「思えば長い付き合いになったな。今夜も頼むぞ」

甚兵衛が優しく鬣《たてがみ》を撫でると、赤曜は徐々に落ち着きを取り戻した。

目黒不動の近くまで来ると、茫《ぼう》と炎が見えるようになって正直安堵《あんど》した。服部の話に聞いていたよりも、遥《はる》かに火事の規模が小さいのである。

「頭、あれは……」

後ろから速度を上げて轡《くつわ》を並べたのは、頭取並の荒崎自然《あらさきじねん》。歳は己より一つ上で、火消頭取になった時から支え続けてくれた男である。指揮を執らせても、風を読ませても一流。才が飛び抜けてあったという訳ではなく、無数の現場で経験を積んだ叩き上げの火消で、今年の火消番付では遂に西の前頭二枚目にまで昇った。

「ああ、大したことないぞ」

少し大きめの野焼き程度の火事である。風もまだ緩やかということもあるが、火が広がっていないのは解《げ》せない。

「こんなところがあったとは……」

赤崎は少々面食らったように呟いた。火元は田畑ではない。何もないただ広い野原である。

「何だ、こりゃ」

甚兵衛は眉を顰《ひそ》めた。

珍妙《ちん》な光景である。草っ原の中央に人の手で枯れた木や草が積まれており、それが「どんど焼き」のように燃え盛っている。枯れ枝はともかく、草はその周囲のものを刈り取って使っているようで、野原に直径十五間（約二十七メートル）強の円形の禿《は》げが生じ、さらにその円の中央で火が焚《た》かれているという恰好である。しかも炎の周り、丁度禿げあがった円の中には、人が二人掛かりでようやく持ち上げられそうな岩が無数に散乱しているのだ。まるで妖《あや》しい呪《まじな》いの途中のような不気味さがあった。

「かなり油を撒《ま》いたようですね」

荒崎が鼻を親指で弾いて渋面を作った。

火の勢いが強い原因は油を用いているからであろう。近づいている時から、油を含んだ独特の臭いがしていたのはこのせいだったのだ。

夜だが、近隣の百姓と思《おぼ》しき者たちが数人出ている。水を運べ、火消に報《しら》せろなどと口々に話していた。

「尾張藩火消だ！」

呼びかけながら近づくと、百姓はあっと顔に喜色《きしょく》を浮かべる。

「助かりました！」

「ここは何なのだ」

「村境なのです。誰がこんなこと……」

百姓は歯を噛みしめた。

ここは村どうしの境界にあたり、昔から度々諍《いさか》いが起きていた。水利が悪く水路を整備しなければ良田は望めないということもあり、話し合ってここは村の緩《かん》衝《しょう》地帯とすることにしたらしい。

「近くに川は？」

「この先に」

水路が整備されていないのだ。最も近くで半町（約五十五メートル）先の小川だという。

「解った。お主たちは逃げよ」

百姓たちを退避させた後、甚兵衛は荒崎に向けて呟いた。

「あれは明らかに付け火だな」

「ええ。しかし付けた者は愚か者ですな。あれでは風がだいぶ強くなるまで燃え広がりますまい」

「ああ、火付けが目的ではないかもしれぬな。まるで何かの呪いのようだ。あるいは悪ふざけか……」

「油が飛びきったところを水で攻めますか？」

油が残っている内に水を掛ければ、炎は余計に勢いを増すこともある。砂などをかぶせて鎮火するか、十分に燃やしきってから水を使うのが常套《じょうとう》である。

「ああ、その前にこの岩をどうにかせねばならぬ。竜吐水の置き場も無い」

大小の岩が数十、いや百を超えるのではないかというほど散乱しているのだ。これをどかさなければまともに消火に当たれない。

「皆の者、これでは消すに消せぬ。まずは岩を片づけるのだ！」

荒崎が指示を飛ばし、総出で岩を運ぶ。中には梃子《てこ》を使って持ち上げ、五人掛かりで運ぶほどの大岩もあった。

——これは……何なのだ。

油を使った炎、円形に刈り取られた野原、散乱する岩。どれを取っても明らかに人為《じんい》的なもの。悪戯《いたずら》にしては手が込み過ぎている。幕府の秘密を握るという男に関係するのか。それとも村どうしの諍いに起因するのか。はたまた全く別の淫祠邪教の者の仕業か。余計なことを考えず、消すことに集中すべきだが、やはり奇妙過ぎて気になってしまう。

尾張藩火消全員で作業に当たっているため、煙草《たばこ》を二、三服するほどの間に岩の半分ほどが取り除かれた。あともう少しで消火に移れる。そこまで至った時、甚兵衛の脳裏《のうり》にあることが過《よぎ》った。

――尾張藩火消全員で……。

火消は壊し手、纏番、水番、団扇番《うちわ》など役目が多岐《たき》に分かれている。全員で一つの作業に没頭するということは稀《まれ》である。だが、この無数の岩のせいで皆が同じ作業に当たらねばならなくなっていた。

「荒崎……百姓たちは……」

「ご安心を。もう遠くに逃げたようです」

荒崎は口元を綻《ほころ》ばせて力強く頷いた。

「何かが……」

おかしくはないか。火が発見されてから、あの百姓たちはずっと何をしていたのだ。駆け付けた時に水だの、火消だの言っていた。だがこの先に小川があるにも拘わらず、ただの一度も水を掛けていないのだ。油を使った炎なのだから、結果的にそれでよかったと火消ならば安堵する。だが百姓に油の火かどうか判断がつくのか。少なくとも油が燃えているから傍観《ぼうかん》していたという風には見えなかった。

「どういうことで？」

荒崎は怪訝《けげん》そうにこちらを見つめた。

「油も……」

ここに来るまでにした油の臭い。炎に油を使っているから、そのせいだと納得したが、果たしてそれだけなのか。少々臭い過ぎなかったか。

甚兵衛は勢いよく周囲を見渡した。円形に刈り取られた中に全員が入っている。どの者も懸命に手を動かしている。

「そういうことか……まずい‼　皆、ここから退け――」

甚兵衛が叫んだ時である。重い音が背後でした。突然、刈られていない草から炎が立ち上ったのである。轟然《ごうぜん》と燃え上がる炎に遮《さえぎ》られる前、投げ込まれた松明《たいまつ》が見えた。その奥に立つ百姓姿の男も。嗤《わら》っているように見えた。

「離れろ！」

炎は狂喜したように高速で横に走る。天空から見れば大きな弧《こ》を描いているはず。尾張藩火消が入った円の外、さらに大きな焔の円で囲まれた形である。配下の野太い悲鳴があちこちから上がる。

「罠《わな》だ……取り囲まれた」

「誰がこのようなこと……」

脇の荒崎は舌打ちを放ち、躰を一回転させて周囲を見回している。

「今は抜けることを考えるぞ。全員、参集せよ！」

火焔の壁に取り囲まれているため、元来ならばまずは円の中央に集まるべき。だがその中央には元から炎がある。そのため中央の炎と外側の火の壁の間に集まるほかない。

「一点を突破しましょう！」

そう言ったのは纏番の段五郎《だんごろう》。流石に百戦錬磨の配下。誰がこれを仕掛けたのかという思考を捨て去り、すでにこの場をどう切り抜けるかに集中している。甚兵衛は風読みを務める穴山《あなやま》に呼びかけた。

「穴山、どうだ⁉」

「陽炎《かげろう》を見るに、我らを取り囲んでいる炎はまだ外に広がりを見せています。その厚さは少なく見積もって半町。火を放った者も逃げたことを考えれば、最大は五町ほどもあるかもしれません」

「水は一切ありません！」

脇からすかさず水番の吉良《きら》が伝える。竜吐水を先頭に立て、炎を払いながら突破するという策は使えないということ。

「中馬《ちゆうま》！　中央の火は水無しで払えそうか⁉」

甚兵衛が訊いたのは壊し手の頭を務める大柄の豪傑《ごうけつ》。中馬は下唇を噛みしめながら頷く。

「大火傷《おおやけど》は必至ですが、刺股《さすまた》、鳶口で崩して外に放り出せるかと」

「それしかない……」

中央の炎を命懸けで外に出す。その上で中央に固まって時を稼《かせ》ぐ。これほどの野火ならば必ずや、市中の火消も気付くはず。これはもう外から退路を作って貰うしか方法は無い。それまで何とか堪《た》え忍ぶ。生き残るための苦肉《くにく》の策である。ここから比較的近いのは麻布界隈《あざぶかいわい》の火消。そこには戦友とも言うべき者たちがいる。

——眞鍋、鳥越……気付いてくれ。

心の中で念じると、甚兵衛は皆に向けて指示を出した。

「諦《あきら》めるな！　必ず仲間が助けに来てくれる！」

甚兵衛の鼓舞に応じ、尾張藩火消百七十余が気勢を上げて中央の炎に立ち向かう。

「火傷を負いすぎると死ぬぞ！　代われ！」

「煙に巻かれぬように姿勢を低く保て！」

物頭たちが叫び、鳶たちは火の中に手を突っ込むようにしながら、鳶口、刺股で少しずつ燃える枯れ木を掻き出して外に追いやる。先ほどまで炎があった場所である。立つことも出来ないほど地は熱せられ、何より燻《くすぶ》っている全てを取り去るのは難しい。やがて輪の中央に皆で集まることは出来たが、状況はそれほど好転した訳ではない。

「熱い……耐えられねえ！」

纏番の段五郎が悲痛に叫んだ。

「堅守でよろしいですな⁉」

副頭として荒崎が訊いた。

「ああ！」

「火消羽織、半纏を脱いで壁を作れ‼」

荒崎が叫ぶ。逃げ場を失った火消が取る最後の手段である。全員で密集して外側に半纏、火消羽織を隙間《すきま》なく掲《かか》げて熱波を防ぐ壁を作る。援軍を待ってただ耐えるために。

すぐに皆がぎゅっと一所に集まろうとする。

「赤曜！　来い！」

この状況は並の馬ならば荒れ狂う。他の士分の馬の中には、躰に炎を纏わせながら赤一色の景色に飛び込んでいったのもいた。しかし赤曜は鼻息荒く、並脚でくるくると炎の壁に沿って回っている。まるで突破出来る箇所を探っているかのように。

赤曜は呼びかけに応じて中央に向かって来る。赤曜を中心に据え、その周りに配下が密集。それぞれが半纏、火消羽織で大きな傘を作るように熱風を食い止める。

「息が……」

「苦しい……」

皆が肩で息をしている。密集しているからだけではない。長年の経験で炎は人が命を繋ぐための「何か」を奪うことを知っている。炎の壁に囲われたことで、上空へと凄《すさ》まじい突風が吹き、その「何か」を急速に奪っているのだ。

「くそ……加賀鳶、来てくれ。兵馬《ひょうま》なら穴を……見つけて……」

風読みの穴山は、加賀鳶若手の雄、詠《ながめ》兵馬と竹馬の友である。

「一番組の連中なら恐れずに来てくれるはずだ」

纏番の段五郎は、い組の金五郎、に組の卯之助らに可愛《かわい》がられ、よく呑みに連れていって貰っていた。

「丹衛門《たんえもん》の竜吐水なら、退路を作れるはず」

水番の吉良は下唇を嚙みしめる。松代藩《まつしろ》の「水牛《すいぎゅう》」こと鈴木《すずき》丹衛門は府下で最も水の扱いが巧《うま》い。何かと張り合っていたが、好敵手と認めていたことが今の一言で解る。

「古仙の爺《じい》さん！　早く来い！」

壊し手の中馬は柊古仙の手腕に惚《ほ》れ、教えを請うていた師弟のような関係。皆が皆、己が眞鍋や鳥越を思い浮かべたように、応援が来るのを信じて疑わず、必死の形相《ぎょうそう》で耐える。

「頭、音が」

肩の密着する荒崎は、首を捻って耳元で囁いた。

「ああ、鳴ってねえ……」

これほどの野火となれば、必ず誰かが気付いているはず。それなのに太鼓も、半鐘も聞こえない。流石に全火消がこの罠に加担しているとは思えない。考えられるのは幕府が動くなと命じ、それを火消連中が受け入れたということだ。ただの一家、一組さえも抗うことなく、己たちを見捨てたのだ。

「熱い、熱い、熱い」

水番の一人が気の狂《ふ》れたように叫ぶと、急に木偶《でく》のように倒れ、気を失った。

「しっかりせよ！」

「もう駄目だ――」

「息がまともに……」

熱波が吹き荒れ、風に触れるだけで火傷するほど。刻一刻と息も詰まる。火消羽織の壁ではもう耐えられぬところまで来ている。

――このままでは全滅する……。

羽織の隙間から入って来る煙で咳《せ》き込むのを、甚兵衛は懸命に嚙み殺した。

「眞鍋、鳥越！　来てくれ！」

今度は口を衝《つ》いて言葉が漏《も》れた。だが、周囲からは人の気配は疎《おろ》か、やはり太鼓や半鐘の音も聞こえない。ただ籠《かご》の中の獲物を前に舌なめずりする、炎の不気味な声が聞こえるのみである。一人、また一人と昏倒《こんとう》していく。

「頭、このままでは全滅は必至。幸いにも赤曜が無事です」

鼻と鼻が触れるほど顔を近づけ、荒崎は言い切った。その目は熱を受けて真っ赤に充血している。

「何を……」

「五町ならば、何とか駆け抜けられるかもしれません」

「馬鹿を言うな。お前らを置いて行けるはずない」

「援軍を……援軍を呼んできて欲しいのです」

「間に合わない」

今から最も近い火消の元に駆け込み、引き連れて戻る。そして炎の中に道を作って救出する。どれだけ早く成し遂げても、その前に皆の命が塵《ちり》となる公算の方が高い。

「では、他に方法がありますか」

「それは……」

「近くまで来ている火消がいるかもしれません。よしんば突破出来ても、大火傷は確実。赤曜もただでは……頭にしか頼めません」

荒崎は目から止めどなく涙を零す。これは煙によるものか。それとも心から湧き出しているものか。そのどちらでもあると思った。荒崎は胸を激しく上下させながら、さらに続けた。

「一縷《いちる》の望みでも諦めない。それが『鳳』甚兵衛率いる、尾張藩火消のはず。お願いします」

「解った。必ず戻る」

甚兵衛が頷いたと同時、荒崎が絞るようにして叫んだ。

「御頭に援軍を呼びに行って頂く。一歩前へ‼」

荒崎の咆哮《ほうこう》を受け、唸るような気合いと共に全員が羽織、半纏を掲げて一歩踏み出す。中央に、赤曜に乗れるだけの隙間が出来上がった。たった一歩。だが、この状況で一歩外に踏み出せるのは、府下でも尾張藩火消だけと断言出来る。

数カ月前に祝言を挙げた者。妻が子を宿したと喜んでいた者。病の母のためにもっと気張らねばならないと勇んでいた者。息子が道場で目録《もくろく》を得たと自慢そうに話していた者。景色がゆっくりと流れ、目に入る配下一人一人の語っていたことが蘇《よみがえ》る。

甚兵衛は急いで赤曜に跨り、手綱《たづな》を摑んだ。馬具の鉄も、常人なら触れられぬほどの熱さになっていた。

「御頭！」

「お願いします！」

「耐えてみせますから」

「お早く‼」

皆が振り返って呼びかける。もう立っているのも辛いはずだが、どの顔も不敵な笑みを浮かべていた。

「皆、諦めるな！　待っていろ！」

甚兵衛は鐙《あぶみ》を鳴らした。赤曜は衆から抜け出ると、恐れることなく炎の壁に向かっている。やや進路を左にとったのは、そこが僅かでも火勢が弱いから。赤曜もしかと焔を見ることが出来ている。壁に飛び込む直前、羽織の襟《えり》に手を回して引き上げた。頭から被ってそのまま抜ける。

「赤曜！　頼む‼」

焔が狂気狂乱する灼熱の世界。視界は赤一色で一寸先を見ることすら儘ならない。手甲に、袴に、やがて火消羽織にも火が移る。己の肌がじりじりと焦げ始め爛《ただ》れていくのも分かった。

「頑張れ、頼む……相棒。皆を――」

燃え出した鬣《たてがみ》の炎を迷うことなく掌で払いながら叱咤《しった》した。己と赤曜が燃える悪臭が入り混じり鼻を衝く。この紅蓮《ぐれん》の中で人馬共に滅する。諦めかけたその時、眼前の赤が急に消えた。死んだのか、と思った。炎の壁を突き抜けたのだ。

甚兵衛の視界が大きく傾く。赤曜が嘶きを発して頽《くずお》れ、甚兵衛は地面に投げ出された。激しく転がったことで躰中に纏わりついていた炎が払われた。ただ奴らに嚙みつかれ続けた躰は思うように力が入らない。歯を食い縛《しば》って立ち上がると、横たわって苦しそうに鳴く赤曜に近づいた。

美しい赤毛は見る影もなく黒ずんでいる。目は白く濁っており、途中からは殆ど見えていなかったに違いない。それでも赤曜は駆け続けてくれた。もう助からないことは明らかである。やがて想像を絶する痛みと共に果てる。ならば今、長年連れ添った己がしてやれることは、ただ一つ。

「赤曜……すまない。今、楽にしてやる……」

赤曜の顔に触れた。己を助け、苦楽を共にした相棒に、言葉に尽くせぬ想いを伝えたかった。

己の手は爛《ただ》れて元の倍ほどに腫《は》れあがっている。その醜《みにく》い手で脇差を抜くと、諸手で握って振りかぶった。赤曜の濁った眼に己は映っているのか。赤曜は解っていると言うように、再び小さく鳴いた。

甚兵衛は赤曜に別れを告げた。

脇差を突き立てた甚兵衛はふらふらと歩み始めた。

行かねばならない。一刻も早く。皆が死んでしまう。誰でもいい。火消よ、来てくれ。甚兵衛は心の中で叫び続けていた。きっと火事場で火消を待っていた民も、このように気を失うほど恐ろしかったに違いない。己を見た時の歓喜の顔が思い出された。

だが、己の前にはただの一人も火消は現れてくれない。嘘のように辺りは静まり返り、背後から憎き赤い天魔《てんま》の唸り声が聞こえる。

力の入らぬ足を前へ、ただ前へ。甚兵衛は歩を進める。配下の悲鳴が聞こえたような気がして、甚兵衛ははっと振り返った。

「ああ……」

肌の感覚が無く気付かなかったが、風が強くなっている。何も無い野原に縦《たて》に引いたような緋《あか》い線。それが太りながら歪《いびつ》に左右に揺れる。あの人が抗うことの出来ぬ魔物が降臨《こうりん》しつつある。

「嘘だ……」

甚兵衛は膝を折ってその場に座り込んでしまった。轟然と燃え上がる火焔。あの中に共に死線を潜り抜けてきた、百七十一人の仲間がいる。一人一人の顔も容易く脳裏に浮かぶ。親兄弟よりも同じ時を過ごしてきた者たちである。

「誰が……こんなことを……」

現状を打破することだけを考える火消の思考。それに遮《さえぎ》られて封印してきた怨《えん》嗟《さ》が躰中を駆け巡る。真っ先に考えられるのは、火消組を邪魔に思う尾張藩の家中。だが、一家だけでこれほど大規模な罠を仕掛けることは出来るだろうか。幕府の目もある。

「そういうことか」

憎しみが込み上げて嗚咽《おえつ》に変わる。火事場見廻の服部も謀議の一味。幕府の中に絵を描いた者がいる。あの百姓に扮《ふん》した下手人を派した輩《やから》も。周囲の真の百姓の目に付かぬように、辺りの田畑を買い占めた者も。

知らぬ内に多くの者から恨みを買っていた。ただ江戸の民を守ろうとしただけ

なのに。尾張藩の名誉を損《そこ》なわぬようにしただけなのに。正義は不自由なことは
知っていたが、このような仕打ちが赦されようか。
「音は……しない」
陥《おとしい》れた者たちは火消の増援を何らかの方法で止めた。いや、騙《だま》したのかもし
れない。このような事態に追い込まれながら、まだ己の心は火消を信じようとし
ていた。己の一生において、ただ一つ信じられる者たちであったから。だが、そ
れすらもどうでも良いと思えた。
「荒崎、穴山、吉良、中馬、段五郎……一朗太《いちろうた》、芳助《よしすけ》、裕次郎《ゆうじろう》……」
念仏を唱えるように配下の名を呼び続けた。涙も出ない。躰中の水という水が
涸《か》れ果てたのかもしれない。憤怒《ふんぬ》が脳天を突き抜け、怨嗟が満ちていくとともに
不思議と痛みも和らいできた。
濛々《もうもう》と立ち上る煙は彼らを天上へと連れて行ってくれるのか。どうかせめて安
らかに眠って欲しいと願う。我らの戦いはようやく終わったのだ。
ただ己にはまだ為《な》すべきことがある。たとえ己だけが地獄に落ち、楽土《らくど》での再
会が叶わずとも。奴らを冥府《めいふ》の奥深くまで引きずり込んでやらねばならない。
「必ず殺してやる……必ず」

呪《のろ》われた躰を激しく震わせ、未だ猛威を奮い続ける火焔を見つめながら、甚兵衛は低く絞るような声で誓った。

第二章　死の煙

一

松永源吾は日本橋箔屋町で火事が起こったと聞いた時、流石《さすが》に表情には出せないものの内心では、

——しめた。

と思い、腿《もも》の横で拳《こぶし》を握った。

江戸四宿に火付けの予告があったため、府下の主《おも》だった火消《ひけし》は皆出払っている。つまり、己が活躍する恰好の機会が巡ってきたのだ。

定《じょう》火消の定員は百十人。父もその内七十人を率《ひき》いて江戸四宿の警備に当たっており、残っていたのは若手を中心とした三十九人である。どの者も血気《けっき》盛んな己のことを気に入ってくれており、止めようとする者は誰もいなかった。残るのを誰もが渋《しぶ》る中、管轄《かんかつ》内で火事があった時のために、一人だけ留守として屋敷に置

いて来た。

己には江戸一番の火消になるという夢がある。そのためには多くの手柄を立て、数年のうちに中堅火消を抜き去り、やがては火消番付《ばんづけ》上位の火消たちと肩を並べねばならない。同年代の火消に負けるなどもってのほかである。

だが間《ま》の悪いことに、去年今年に限って火消は未曾有《みぞう》の豊作で、早くも市井《しせい》では期待の新顔たちを一括《ひとくく》りにして「黄金《こがね》の世代」などと呼んでいる。その中の一人に数えられていることはまんざらでもないのだが、いつまでも横並びであってはならない。この中から一歩抜きん出ようと、他の連中も逸《はや》っているのを知っている。

日本橋の火事場に着いて吃驚《びっくり》した。その黄金の世代の面々が一堂に会したのだ。ここで負けるわけにはいかぬと、誰が指揮を執《と》るのかと諍《いさか》いになった。そんな己たちを見て、野次馬《やじうま》から揉《も》めていないで消してくれと泣くような声が上がった。故《ゆえ》に延焼を食い止めるため、組ごとに手分けすることになったのである。

飯田町定火消、加賀藩火消、八重洲河岸定火消、に組、よ組、い組の六つの火消組が、風上に扇《おうぎ》状に並んで火元を叩《たた》く。

「くそっ――」

源吾は咄嗟《とっさ》に火消羽織で顔を守りながら地を転がった。ふいに突風が吹いて、立ち上っていた炎が倒れ込んで来たのである。正直なところまだ風を読み切れるという訳ではない。不用意に近づき過ぎたのだ。だが、それで怯《ひる》んでいる様《さま》は見せられない。

「押し捲《まく》れ！」

源吾はすぐに立ち上がり、指揮用の鳶口《とびぐち》を果敢《かかん》に振った。

「武家火消なんざ、口ほどにもねえ！　秋仁、漣次、町火消が舐《な》められるような真似《まね》したら承知しねえぞ！」

龍の如《ごと》く咆哮《ほうこう》したのは、に組の辰一である。それに続いて、に組の荒くれ者どもが気勢を上げる。

「てめえ、散々殴《さんざんなぐ》っといて、何を言いやがる！」

秋仁は唾《つば》を飛ばしながら罵《ののし》る。持ち場を手分けしたはずなのに、辰一は勢いのまま、よ組の持ち場にまで手を出した。それを止めようとした秋仁と殴り合いの喧嘩《けんか》に発展したようだ。辰一の頬《ほお》が仄《ほの》かに赤くなっているだけなのに対し、秋仁の顔は傷《きず》だらけ。鬢《びん》が乱れ、丈夫な火消半纏《はんてん》も裂けてしまっている。

「まあ、一番組どうし仲良くやりましょうや」

漣次が遠くから仲裁《ちゅうさい》に入るが、辰一、秋仁が同時にうるさいと言い返す。この時だけは息がぴったりで、漣次は思わず苦笑して項《うなじ》を掻《か》いている。

この三人の組は、大きくは町火消一番組に属する。最も人の多い日本橋を受け持ち、町火消の最精鋭《さいせいえい》と言っても過言《かごん》では無い。

「まずい！　若！　退避を――」

「加賀鳶、退《ひ》け」

辰一が鉞《まさかり》で柱を折ると、ぐらりと屋敷全体が傾いて瓦《かわら》が崩れ落ちて来た。加賀鳶の展開するところに瓦が雨のように降り注ぎ、砂塵《さじん》が激しく舞い上がる。

「貴様！」

「無用な争いは止《や》めなされ」

いきり立って辰一に向かおうとする勘九郎の前に、遮《さえぎ》るように手を伸ばす者。加賀鳶の三番組頭を務める詠兵馬である。この男は現場を一度見れば、まるで鷹《たか》が天から見下ろすような景色を脳裏《のうり》に描けることから、「鷹眼《おうがん》」の異名を取っている。齢《よわい》二十二と若いがすでに西の前頭《まえがしら》六枚目。加賀鳶の大頭である大音謙八の孫であり、勘九郎よりも二十一歳上の姉の子で、年上の甥《おい》に当たる。そのこともあって勘九郎の後見役《こうけんやく》も務めている。

「貴様ら、いい加減にしろ。邪魔をするなら、去《い》ね！」

八重洲河岸定火消頭取《とうどり》の進藤内記が左右を見ながら吼《ほ》えたが、皆は馬耳東風《ばじとうふう》とばかりに聞き流して炎に立ち向かう。内記は大袈裟《おおげさ》な舌打ちを見舞うと、配下の火消を鼓舞《こぶ》して自身も火焰に立ち向かった。

「あと一押《ひと》しだ！　行くぞ！」

お前が仕切るなという雑言《ぞうごん》を全身に受けながら、源吾はさらに前へと脚を踏み出した。

二

完全に鎮火したのは、源吾が駆け付けてから二刻半（約五時間）後のことである。此度《こたび》は火に気付くのが早く、近隣の者も素早く避難していたため、転んで擦《す》り傷をつくった者が一人いただけで、死人は出なかった。

源吾は配下に火消半纏を裏返すように言い、揚々《ようよう》と飯田町の定火消屋敷への帰路に就《つ》いた。野次馬に出ていた者たちからの喝采《かっさい》に応じ、源吾は上機嫌であった。だが、この程度で満足している訳ではない。己が目指しているのは府下一の火消。火消番付の最上位である大関《おおぜき》だった。

源吾の父は松永重内と謂《い》い、息子の己から見ても、

――うだつのあがらない火消。

であった。何故判《わか》るかというと、源吾は子どもの頃から野次馬に出て、江戸中の火消を見て来た。故に火消を見るにおいては、そんじょそこらの大人《おとな》たちよりも目が肥《こ》えている自信があった。

母は物心もつかないうちに他界《たかい》した。父は当番を始め、近隣の防火の打ち合わせ、一人での夜回りなど毎日のように家を空けていた。それだけ聞けば誇《ほこ》らしく思えるはずだが、そこまで時を費《つい》やしていながら、父はこれまで一度も目覚《めざ》ましい活躍をしたことが無い。

今から十年ほど前、己が六歳の頃であったか。浅草の大きな商家で小火《ぼや》があり、大火になる前に未然に防いだことが読売《よみうり》に小さく書かれた。幼い源吾は近所の者からそれを聞き、跳び上がるようにして喜んだのだが、父は苦く笑うだけで何も答えなかった。その時は父が謙遜《けんそん》しているのだと思っていた。

初めは野次馬に出たのも、父の活躍を見たかったからだと思う。父は鷹揚《おうよう》を通り越して暢気《のんき》な人であったが、その時だけは、

——火事は見世物《みせもの》じゃない。

と、恐ろしい形相《ぎょうそう》で叱《しか》られたのを覚えている。

それでも源吾は火事を見に行くのを止《や》めなかった。一度《ひとたび》近くで火事があると聞くや、中間《ちゅうげん》や女中の目を晦《くら》まして家を抜け出したのである。

九歳になった頃だったろうか。源吾は野次馬の中に混じって、火事場での父を見た。先着していたのは父の率いる飯田町定火消だったのだが、すぐに大音謙八を先頭に加賀鳶が駆け付けてきた。

定火消も、加賀鳶ら有力大名火消や、昨今《さっこん》とみに力を伸ばしてきている町火消に負けぬように奮闘しているのを耳に挟《はさ》んでいる。幾ら火消の王と呼び声が高い加賀鳶とはいえ、幕府直属の定火消には一定の敬意を払うもの。ましてや飯田町定火消が先着とあっては、加賀鳶もその指揮下に入らざるを得ない。

父の勇姿《ゆうし》が見られると目を輝かしていた源吾だったが、その直後に啞然《あぜん》としてしまった。父が大音謙八に頭を下げ、折角《せっかく》取った消口《けしぐち》をみすみす譲《ゆず》ってしまったのだ。そもそも加賀鳶が消口を奪おうとした訳でもない。これには大音謙八のほうが驚いている様子で、何を言っているかは聞き取れなかったが、二言《ふたこと》、三言《みこと》やり取りがあった。その直後、加賀鳶が正面に展開し、飯田町定火消は後方支援に回った。

驚いたのは野次馬たちも同じ。引き下がる飯田町定火消に向け、幕府お抱えの火消として恥ずかしくないのか、そのような為体《ていたらく》だから町火消に負けるのだと、次々に罵声《ばせい》が投げつけられた。罵詈《ばり》雑言が飛び交《か》う中、源吾は身を縮こませ、隠れるようにしてその場を後にしたのを覚えている。

読売に載ったことを喜んだ時、父が複雑な笑みを見せたのも、いずれ分別《ふんべつ》が付けば己が大した火消でないと知られてしまう。だから大袈裟に喜ばなかったのだと悟った。

一方、その割に後生《ごしょう》大事に当時の読売を文箱《ふばこ》に仕舞っていることも知っている。そんな父の凡夫《ぼんぷ》ぶりが恥ずかしく、源吾はこの日を境に歳を重ねるほど侮《あなど》るようになった。

その後も野次馬に出続けたのは、

――父のような火消にはなりたくない。

という反発が大きかったのだと思う。市井から喝采を浴《あ》びる優秀な火消を見て、己はこちら側になると自らを鼓舞するためである。そして源吾は生涯の目標となる火消に出逢った。

尾張藩火消頭「炎聖」伊神甚兵衛である。甚兵衛はこれからも二度と現れないだろうと言われるほど、人気実力共に凄《すさ》まじかった。同年代の火消には甚兵衛に憧《あこが》れた者も多いはず。

甚兵衛の羽織の裏地の鳳凰《ほうおう》は有名であった。源吾は、度々《たびたび》甚兵衛を見に行き、やがて顔も覚えてもらえた。ある時、

——俺も火消羽織の裏地に……鳳《おおとり》を入れてもいいかな？

と、尋ねたことがある。甚兵衛はそれを背負うからには、決して諦《あきら》めぬ火消にならねばならないと言い、その上で快《こころよ》く認めてくれた。故に今は火消羽織の裏地に鳳凰を入れていた。

三年前、羽織の許しを得た直後である。その甚兵衛が火事で殉職した。報せを聞いた時、源吾は嘘だと呟《つぶや》き、あまりの衝撃でその場に座り込んでしまった。

深夜に目黒不動の近くで野火があった。どの火消の管轄でもない地であったため、幕府は奉書《ほうしょ》を出して府下最強の尾張藩火消に出動を命じたという。

原因は付け火であったらしく、野原のあちこちに油が撒《ま》かれていたらしい。甚兵衛らが深く踏み込んだ時、火の粉がまだ燃えていなかった油に引火し、尾張藩火消は赤い壁に囲まれた。

初め陣太鼓《じんだいこ》、半鐘《はんしょう》は打たれなかった。確かに小火程度の時には真に誰も気付かなかった。しかし尾張藩火消が到着した時には、近隣の火消も皆野火に気付いていた。何故《なぜ》、それなのに太鼓や半鐘が打たれなかったか。

他の火消にも奉書が出ていたのだ。しかも三百諸侯、いろは四十七組、全ての火消に対して。その内容は、

――此度の小火の下手人は火消の疑いあり。直《ただ》ちに点呼《てんこ》すべし。太鼓半鐘を打つことは許さぬ。

と、いうものであった。

それより少し前から連続して火付けが行われていた。幕府はどうやら下手人は火消ではないかと読んでいたらしい。手柄を立てるために自ら火を付けたのでは、と勘繰《かんぐ》った。そのため次に小火があった時、幕府は各火消に点呼をさせ、下手人を炙《あぶ》り出そうとしたのだという。

では小火そのものは誰が消すのか。白羽の矢が立ったのが、尾張藩火消だった。下手人を炙り出すこの罠《わな》に備えて、尾張藩火消だけは火事が起こる度に点呼を取り、先に潔白《けっぱく》を証明していたのだという。この幕府の秘密の策において、尾張藩が唯一の協力者だったという訳だ。

後の調べにより、火消たちの中に下手人がいないことが明らかとなった。全ては幕府の読み違いだった。だが当時の火消たちは、自分の組はともかく他の組の様子は解らない。仲間内に下手人がいるのかと猜疑《さいぎ》の念を抱きつつ待機していたが、暫《しばら》くして状況が一変した。

南の空が赤々と色濃く染まり、それから四半刻後、幕府は一転して火消たちに太鼓、半鐘を打つ許しを与えた。小火が大きな野火へと育ち、城を目指して北進していた。

仲間内に下手人がいると言われるよりも信じ難《がた》い報に、火消たちは皆耳を疑った。それは即《すなわ》ち炎を止められなかったということ。数々の修羅場《しゅらば》を潜《くぐ》り抜け、不敗の神話を持つ尾張藩火消が敗れたことを意味する。

――尾張藩火消を救え！

武家火消、町火消にかかわらず、皆がそう考えた。定火消八家の陣太鼓が江戸中にこだまし、続いていろは四十七組全ての半鐘が鳴った。江戸中の火消が一度は尾張藩火消に援《たす》けられた経験を持っており、今度はこちらが救う番と心を一つに立ち上がったのだ。

府下の名立たる火消が次々に駆け付けた。中でも目黒に近く、甚兵衛と親しくしている者が頭だった新庄藩火消が真っ先に駆け付けたという。

協力して少しずつ野火を消しながら進み、火元に辿《たど》り着いた火消たちは言葉を失った。そこで見たのは尾張藩火消の痛ましい姿だったのである。炎に囲まれても諦めなかったのだろう。百数十の骸《むくろ》が折り重なるように一所に集まっていた。どの者も消し炭の如く真っ黒に焼けており、顔すら見分けられない。後に現場を検分した火事場見廻《かじばみまわり》が尾張藩に問い合わせ、当日出動した火消の数と一致することが解った。全滅である。

火消の中には、幕府の拙《つたな》い策により尾張藩火消が散ったのではないかと憤慨《ふんがい》する者もいた。しかし危険を承知で尾張藩火消も協力したのだから、責める訳にもいかない。二度とこのような悲劇を繰り返さぬことを、全ての火消が心に刻んで野火の一件は収束を見た。

「伊神様……」

源吾は己の羽織の裾《すそ》を摑んでじっと見つめた。伊神甚兵衛と同じ意匠《いしょう》の鳳凰が刺繡《ししゅう》されている。違うのは、甚兵衛の鳳凰が右を向いているのに対し、己のものは左を向いているということ。いつか甚兵衛の傍《かたわ》らでともに指揮した時、鳳凰が向き合って対《つい》になることを夢想《むそう》したためである。

教練場で鳶たちに解散を命じて出ようとすると、丁度《ちょうど》背戸から二人の男が入って来た。皆が一斉にばつの悪そうな顔に変わる。

「源吾、何故勝手に出た」

父の松永重内である。人の好《よ》さそうな丸顔、八の字に垂《た》れた眉、団子鼻《だんごばな》、小太りの躰。どれをとっても己に似ていない。知る者によると己は母方の祖父に瓜《うり》ふたつらしい。敢《あ》えて父に似ているところを挙げるなら、口角が僅かに上がった口元だけである。

「火事があったからな」

源吾は憮然《ぶぜん》として答えた。

「管轄外だ」

一応は怒っているつもりらしいが、己にどう接してよいのか解らないという迷いが感じられた。

「管轄外に出ちゃならねえという決まりはねえ」

「それはそうだが……その間に管轄で火事があればどうする」

「万《まん》組がいる。太鼓を打てるように一人残した」

飯田町を管轄とする町火消は万組。数こそ少ないが、熟練した鳶が多く頼りになる者たちである。

「万組だけで対処しきれねば如何《いか》にするのだ」

「その時はどっかの応援が来るだろう。じゃあ何か。親父は管轄の民だけが安全ならいいって言いたいのか？」

昔は人前では流石に父上と呼んでいた。しかし火消として現場に立つようになってから、親父と呼ぶようになった。他の火消組や、己を慕《した》ってくれる若い火消に、父のようなうだつの上がらない火消を敬《うやま》っていると思われたくなかったからである。だが、それも今まで一度も父に咎《とが》められたことは無い。

「お前たちも付いていながら、どういうことだ⁉ 半数以上を連れて出ている今、管轄以外には出るなと申したであろうが！」

鳶たちを見回しながら一喝《いっかつ》したもう一人の男。頭取並《なみ》を務める神保《じんぼ》頼母《たのも》と謂う。歳は当年三十六であるが、割に口周りの皺《しわ》が深いせいか、見ようによっては四十七歳の父よりも老《ふ》けて見える。頼母は火消としての華は乏《とぼ》しいが、その実力はなかなかのもの。火事場に出た時には、

——右の母屋《おもや》を潰し、その後に裏手へ回ります。

などと、いつも頼母が消火の手順を細かく進言する。父はそれに対して深く頷

くだけで、実際の指揮も殆《ほとん》ど頼母が執っている。二年ほど前から己に火消の基礎を教えてくれているのもまた頼母であった。

いっそのこと頼母が頭取になればよいと思うのだが、武家社会というのはそれほど単純ではない。松永家は松平《まつだいら》隼人《はやと》家にとっては譜代《ふだい》の家柄、それに対して神保家は元禄《げんろく》年間に仕官《しかん》した外様《とざま》の家。このような事情から余程《よほど》のことが無い限り、松永家を凌《しの》いで頭取になることは有り得なかった。

頼母に怒鳴《どな》られて鳶たちが俯《うつむ》くところに、源吾が割って入った。

「神保さん、俺が無理やり連れて出たんだ」

「ならば若に責を負って貰いましょう」

「構わねえ。だからこいつらを責めないでくれ」

若い鳶たちが、顔を上げて源吾に熱い眼差《まなざ》しを向ける。暫《しば》しの間、頼母は険《けわ》しい顔でこちらを見つめていたが、ふうと乾いた溜息を吐《つ》いて囁くように言った。

「若……頭は庇《かば》うだけではいけません。時に心を鬼にして叱《しか》る必要もあるのです」

「解っているよ」

「いいや、解っておられぬ。火消は役者とは違うのです。若は人からどう思われるかに重きを置いておられるように、拙者《せつしゃ》には見えます」

依然《いぜん》声は低い。苦言を呈《てい》しながら、頭取の跡取りとしての威厳《いげん》を崩さぬように配慮してくれている。

「……どっちが親父か判らねえな」

源吾はぼそりと言い、苦笑して父を見た。

そもそも父は、己に火消を継がせたくないと思っていたのだ。決して裕福《ゆうふく》とは言えぬのに、教え方が上手《うま》い剣術道場があると聞けば高い謝儀《しやぎ》を払って入門させる。家中で側用人《そばようにん》に次いで家格の高い月元《つきもと》家の当主が、学問に長《た》けていることを知って助言を求め、高価な書物を取り寄せる。そして火消頭取を神保家に譲り、己を剣か学問で身を立てられるようにし、別の御役目に就けられないかと奔走《ほんそう》していたことも知っていた。

源吾は剣術道場など半年通っただけで馬鹿らしくなって放り出したし、書物に至っては一度も開いたことはない。剣も学問もからっきし。だが火消としては必ず江戸一になってみせると家中で吹聴《ふいちよう》し、父の目論見《もくろみ》を潰すようにした。己は幼い頃から、伊神甚兵衛のような火消になると心に決めていたのだ。

「神保……もうよい。皆も疲れただろう。帰って休め」

父がそう言ったことで、鳶たちは少々気まずそうにしながらも教練場から出てゆく。父は一人一人に労《ねぎら》いの言葉を掛けていた。

「俺も行く。神保さん、罰《ばつ》が決まったら教えてくれ」

「若」

頼母が止めようとするが、父が小さく頭を横に振る。これも見慣れた光景である。

「源吾……ともかくご苦労だった」

その一言が己を苛立《いらだ》たせ、下唇《くちびる》を噛んだ。この期《ご》に及んで頭取としての、父としての最低限の威厳を保とうとしているように思えたのだ。

——俺は認めねえ。

源吾は心の中で呟いた。

父は確かに御役目には熱心なのかもしれない。非番の日も、昼は町を見廻り、夜は拍子木《ひょうしぎ》を打って火の用心を促していた。雨の日も、風の日も、江戸に珍しい雪の日も、父は家を空けた。それは源吾が生まれる前からずっとそうであったという。そう母の死んだ日も。

気立てがよく、凛《りん》とした美しさのある人だったと聞いた。そんな母のことを、源吾は朧気《おぼろげ》にしか覚えていない。源吾が生まれてすぐに胸を悪くし、喀血《かっけつ》するようになった。労咳《ろうがい》であろう。

労咳は人へと感染《うつ》る。源吾は母と離されて育てられ、隣の部屋から離れて対面が叶うのみ。源吾の記憶に微《かす》かに残る母は、いつも少し開いた襖《ふすま》の奥、儚《はかな》げに微《ほほ》笑《え》んでいる姿であった。

母は父の御役目がいかに大事なものかを理解していたそうだ。故に自分が血を吐いて苦しもうとも、父を呼び戻すようなことはしなかったらしい。今宵《こよい》が山だと言われた時でさえそれは変わらず、出動した父に報《しら》せようとする奉公人たちを止めた。明け方、雲雀《ひばり》が囀《さえず》る頃、父が戻った時には母はすでに息を引き取っていたと聞く。

母の死を受けても父は変わらなかった。灼熱《しゃくねつ》の夏も、木枯《こが》らしが吹く冬も、やはり火事に備えて昼夜問わず、町を見て回っていた。生まれてこの方、父より、女中や中間と交わした言葉のほうが遥《はる》かに多い。

——火消の子は仕方ない。

源吾は自らにそう言い聞かせてきた。生死の境にあっても、母は父に御役目を全《まっと》うさせようとした。それに比べれば、己の寂しさなど如何《いか》ほどのものかと我慢した。野次馬に出るようになったのも、そのような「誇るべき」父を一目見たいと思ったからである。

だが、他家の火消に頭を下げて消口を譲るのを見た日、源吾の中で何かが音を立てて崩れた。己を放ったらかしにして家を空け続けるのは、母を看取《みと》ることがなかったのも、全て民の安寧《あんねい》を優先したからではないか。それなのに自ら戦いを避けるためか、あるいは強大な加賀鳶に阿《おもね》るためか、消口をあっさりと放棄する父が赦《ゆる》せなかった。

「源吾……」

父が再度呼びかけるのにも答えず、源吾は一瞥《いちべつ》をくれるのみ。ふと目に飛び込んで来たのは、父がいつも帯に引っかけている、洗いざらしの手拭《てぬぐ》いである。何時《いつ》から持ち歩いているのか解らない。源吾が物心ついた時からずっと使っているように思う。元は鮮やかな藍《あい》であったろうが、もう長年の汚れが染みつき色も抜けかかっている。そんな貧乏臭いところも、粋《いき》な火消を志す今の源吾には堪《たま》らなく嫌であった。

「遅《おせ》えんだよ」

源吾は嚙みしめた奥歯の隙間《すきま》から漏《も》らすように呟き、足早に教練場を後にした。陽《ひ》はすっかり傾いて西の空は茜《あかね》に染まっている。湿気が多いせいだろうか。いつもより滲《にじ》んだ色になっているように思え、源吾は大仰《おおぎよう》に舌打ちをした。

三

加賀藩上屋敷にある自室の戸を開け放ち、加賀鳶の大頭大音謙八は上への報告書に目を通していた。生温かい風が頬を撫《な》でる。すでに暦《こよみ》は葉月《はづき》（八月）に入っているのだが、残暑が厳しく不快な日が続いている。

廊下を歩く音、衣擦《きぬず》れに次いで声が聞こえた。

「罷《まか》り越しました」

「入れ」

「失礼いたします」

敷居近くに端座《たんざ》していたのは詠兵馬である。兵馬は背筋を伸ばして測ったようなお辞儀《じぎ》をする。

「祖父と孫の間柄よ。そのように堅苦しくせんでもよかろう」

この几帳《きちよう》面《めん》な孫の振る舞いを見て、謙八は苦笑した。己が十八歳の時に生まれた長女、凛久《りく》が兵馬の母である。凛久は十六歳の時、同じく家中で代々火消を務める詠家に嫁ぎ、間もなく兵馬が生まれたため孫と言っても、子の勘九郎よりも歳が五つ上である。

「御役目の上では大頭と頭の一人です。そして火消という御役目に、公私などは存在せぬものと心得ています」

「お主《ぬし》はまさしく大音の男よな」

大音家は代々、加賀鳶の大頭を務めている。加賀鳶は奉書火消しかいない頃から、常設の火消として国元の火事に備えるために結成されていた。故に八丁《はっちょう》火消を命じられた時点で、他の家よりも遥かに練度が高かったことになる。自然、活躍することが多く、火消の王と言えば加賀鳶という印象が江戸の人々に根付いたのである。

また、世間だけではなく、この泰平《たいへい》の世にあって、今なお炎との合戦に明け暮れている大音家のことを、

――焔将《えんしょう》の家。

などと呼ぶ家中の者もおり、一種の崇敬《すうけい》を集めている。

その大音家の歴代の当主は質実剛健《しつじつごうけん》、武士の見本のような男が続いている。兵

馬こそ、その大音家の血を見事に引き継いでいると思うのだ。

「俺は何とも大音家らしゅうない」

謙八は苦い笑みを浮かべた。己は幼い頃から奔放な性質で、大音家始まって以来の出来損《できそこ》ないなどと言われたこともあるのだ。

「仮にそうであったとしても……その才は大音家歴代の中でも随一かと」

確かに謙八は五十六歳を迎える今日まで、幾多《いくた》の火事場で焔《ほのお》を狩ってきた。その経験と腕前は年老いたいまでも、そこらの火消に負けないという自負はある。

「いつまで端におる。近くに来い」

兵馬は世辞《せじ》を言う類《たぐい》の男ではない。孫にこのように言われるのは気恥ずかしくもあり、はぐらかすように謙八は顎《あご》をしゃくった。兵馬は定規《じょうぎ》で測ったような歩幅で近づき、すぐ近くに行儀よく座った。

「まことに堅苦しい奴よの」

謙八は、兵馬の静かな表情を見て苦笑した。

「母上にもそう言われます」

「ほう」

「私を見ていると、御祖父《おじい》様を見ているようで息が詰まる。もっと肩の力を抜けと」

「凜久は歯に衣着せぬからな」

謙八は歪《ゆが》めた頬を指で掻いた。長女の凜久は姉弟の中でも最も己に似ており、何と言うか武家の子女らしくない。誰とでも隔《へだ》てなく付き合い、近所の小間物屋の女房が病に倒れて人手が足りぬとなった時、自ら申し出て店先に立ったこともあった。流石にその時には家中の者に、

――娘御をどうにかしろ。

と、厭味《いやみ》を言われたものである。だが兵馬の父や詠家の者たちは、町人からも好かれる凜久を誇りに思ってくれている。そんな凜久から生真面目《きまじめ》過ぎる兵馬が生まれたものだから、つくづく親子とは不思議なものである。

「凜久はお主《ぬし》が可愛いのよ」

謙八が筆を硯《すずり》につけながら言うと、兵馬は窺《うかが》うように顔を上げた。

「と……申しますと」

「大音家の宿命を知っておろう」

大音家が加賀鳶の大頭を拝命したのが、関ケ原《せきがはら》の戦いから数えて三代目。今の己が十一代目に当たる。つまり己も含めて九人の大頭がいたことになるが、その

内七人までが焔との合戦で散った。民を守るため、加賀鳶の誇りを守るため、退却すれば死なずに済んだ局面で踏み止まった場合も多々ある。凛久は歴代の当主を彷彿《ほうふつ》とさせる兵馬なら、同様の決断を下すのではないかと危惧《きぐ》しているのだ。

「命を惜しむは火消の下《げ》。しかし蔑《ないがし》ろにする者はさらに下の下と肝《きも》に銘《めい》じています」

「その通り。出来過ぎた孫よ。夜詰め、ご苦労であったな」

加賀鳶は総勢六百を超える。それらを八つの組に分け、常に一組は詰めさせてすぐに動けるようにしている。この初動の速さこそ、加賀鳶が火消の王とも称される所以《ゆえん》の一つである。兵馬は三番組の頭を務めており、昨夜から朝に掛けて詰めていたのだ。

「一番組に引き継ぎを終えました。お話とは……」

兵馬が静かに伺《うかが》いを立てた。疲れているところ悪いとは思ったが、夜詰めが終われば自室に顔を出して欲しいと伝えていたのである。

「ああ、勘九郎のことよ」

息《そく》勘九郎は今年が初年の火消。しかし将来は己の後を継がせねばならないため、初めから八番組頭として経験を積ませているのだ。

そもそも己には中々男子が生まれなかった。長女の凛久が生まれた後、謙八が二十代の頃に二人生まれたがいずれも女子。ゆくゆくは兵馬を大音家に戻し、家督《かとく》を継がせるつもりであった。

しかし謙八が三十も終わりになった頃、勘九郎が生まれたのである。高齢での出産であったため躰に負担が掛かったのだろう。産んでから一年と少しして、病で命を落とした妻には悪いことをしたと思う。だが、妻は己以上に勘九郎の誕生を喜び、待望の男子を産めたと安堵していたのがまだ救いであった。

「お主はあれをどうみる」

つい先月、宿場の警護に当たっている時、勘九郎が加賀鳶を率いて出た。それ自体は悪いことではない。兵馬も補佐役として出た。だが、やはり勘九郎は未熟で、功を急ぐあまり、逃げ遅れた者がいないかどうか確かめずに消火に当たったと聞いた。結果的に死人が出なくてよかったが、

――火消は民の命を守るのが本分《ほんぶん》ぞ！

と、叱りつけたばかりである。他にも権高《けんだか》な態度で接したためか、他の火消たちとひと悶着《もんちゃく》あったようで、暫くは己の手許から離せないと痛感していた。

「若は立派な大頭になられると思います」

「俺はお主が後を継いでも構わぬと思っておる」

兵馬は顔色を一切変えずに首を横に振る。

「私では力不足です。お言葉ですが、大頭の火消を見る目は確か。若の才を見抜けぬはずはございますまい」

「あれはいつか大きくしくじりそうでな」

謙八は溜息を零しつつ、書類に筆を走らせた。確かに勘九郎には火消の才がある。だが、あの尊大な性格ではいずれ大きな失態を犯してしまうような気がする。火消としての失態は、即《すなわ》ち多くの民を死なせてしまうこと。それならば兵馬が大頭を継いだほうがよいと本気で思う。

「そのために私がいるのです」

兵馬は勘九郎の後見役も務めてくれている。若すぎると反対する者もいたが、二人の歳の差は五歳。長きに亘《わた》って勘九郎を補佐してくれる者は兵馬しかいない。

「そうだな。他にも勘九郎に臆《おく》さず意見してくれる者がいればよいが……」

兵馬が不足という訳ではない。大音家は火消の中では時に雲上人《うんじょうびと》のような扱いを受けることもある。謙八の若い頃は、少し上の先達《せんだつ》たちが己に臆《おく》さず叱責《しっせき》してくれたことで、勘違いせずに済んだ。

だが、勘九郎にそのような仲間が出来るであろうか。しかも火消番付という厄《やっ》介《かい》なものが流行《はや》っているせいで、大音家の地位は己が若い頃よりもさらに高くなっているのだ。勘九郎が増長《ぞうちょう》することを危惧《きぐ》していた。

「それは……心配無用かと」

「どういうことだ？」

「大頭の目で確かめて下さい」

兵馬がこうした含みのある言い方をするのも珍しいが、その口元が微かに緩んでいるのはさらに珍しい。

「お主がそこまで言うからにはそうしよう。目で思い出した……中屋敷の改修が済んだ故、視《み》ておいてくれ」

「承知致しました」

兵馬は切れ長の鋭《するど》い両眼を細めて頷いた。兵馬の眼は特殊である。大音家の長い歴史の中で、五代目の大頭がそのような特技を有したと書物に残されていたが、兵馬が生まれるまでは眉唾《まゆつば》だと思っていた。

「お主のその眼は稀有《けう》よ。勘九郎を頼むぞ」

この特殊な眼に、謙八自身もこれまで何度も助けられており、必ずや勘九郎の力になってくれると確信している。

「それでは」

兵馬が席を立とうとしたその時、謙八は眉間《みけん》に皺《しわ》を寄せて首を振った。

「太鼓の音がする……」

「はい」

兵馬も気付いたようで耳朶《じだ》に手を添える。

「当家も続けて打て！」

兵馬は毬《まり》が跳ねるように立ち上がって、陣太鼓の元へ向かう。謙八はすぐに装束を整えると、最後に黒染めの羽織に袖《そで》を通した。すでに兵馬から伝わって加賀藩の陣太鼓も鳴っている。まだ二、三ではあるが、半鐘の音も聞こえて来ていた。

謙八が教練場へと走り込んだ時、最初に陣太鼓の音が聞こえてから百をゆっくり数えるほどの時しか経《た》っていないが、すでに三十人ほどが集まっている。

「一番組、間もなく揃います」

今日の詰めは一番組頭にして頭取並を務める譲羽《ゆずりは》十時《とどき》と謂《い》う者。齢三十六と、指揮を執る火消としては最も脂《あぶら》の乗っている時期である。その実力は折り紙付きで、火消番付でも西の小結《こむすび》に位置しており、凄《すさ》まじい速さで火元を鎮圧することから「疾刻《しっこく》」の異名を持つ。謙八が最も信頼する配下だった。

「十時、場所はどこだ」

「南南東に十町。湯島聖堂《ゆしませいどう》近くかと」

十時は手庇《てびさし》をしながら空を見る。煙はまだ薄く、細かい場所までは特定出来ない。

「大頭！　三番組にも戻るように指示しました！」

兵馬が鋭《するど》く叫びながらこちらに駆け戻って来る。

「三番組は疲れも出ているだろう。ここで待機せよ。俺は先に出る故、二番、四番が駆け付け次第送れ」

「はっ」

「あと一つ」

謙八は手招きをして兵馬を近くに寄せた。

「勘九郎も待機させよ。あの辺りは火消が入り乱れる。あいつに気を配る余裕は無い」

今の風向きのままだと。炎の勢い次第では湯島聖堂にまで迫ることになる。このような重要な場所を守れば手柄となり、読売も大いに書き立てる。若い火消は功名心《こうみょうしん》に目が眩《くら》み、何をしでかすか解ったものではない。それは己の息子とて例外ではなかった。

「若は抜け出そうとするかもしれぬぞ。兵馬、しかと見張れ」

十時は兵馬の胸を軽く小突《こづ》いてからりと笑った。

「承《うけたまわ》りました」

兵馬は口を真一文字に結んで頷いた。一番組の面々が出揃ったのを確かめると、謙八も馬に乗って大音声《だいおんじょう》で吼えた。

「十時、出るぞ！」

「一番組、疾《と》く疾く駆けよ！」

これまた馬上の人となった十時の号令と共に、一番組が教練場から駆け出す。数は百余。加賀鳶の中でも最精鋭の面々である。

予想通り火元は湯島聖堂の程近く、妻恋町《つまごいちょう》である。一軒の武家屋敷から濛々《もうもう》と煙が出ているのが目に飛び込んで来た。すでに一家が消口を取っている。

「榊原《さかきばら》……早いな」

十時は手綱《たづな》を捌《さば》きながら舌打ちを見舞った。

「気付いたのが榊原なのだろう」

この距離で加賀鳶が出遅れることはまず無い。初めに見つけたのが榊原家の者。そこから定火消に報告に走る間に、すでに支度を整えていたものと推測した。

「それよりあの家は……」

火元の家に見覚えがあった。謙八はこれまで二、三度足を運んだこともある。

「燃やしちゃまずいだろう」

十時もこの家が誰のものか知っており、締まった頬を歪ませた。

「加賀鳶だ‼」

往来《おうらい》の野次馬からうねるような歓声が上がる。謙八を先頭にした加賀鳶は、それを割るようにして火元へと迫った。

「大音殿！」

榊原家の火消の一人がこちらに気付いて駆け寄って来た。

「この家は……」

「はい、火事場見廻の」

榊原家の火消は汗を流しながら頷いた。

火消の軍監《ぐんかん》たる家から火を出すなど、あってはならないことである。

「まだ門は残っているな」

武家屋敷は門さえ残せば消火が間に合ったと見なされ、お咎《とが》めなしとされている。屋敷の隙間という隙間から煙が噴き出し、それが北西から南東への風に流され、隣家を呑み込むように動いている。

しかし火の勢いはまだそれほどでもなく、屋敷の奥にちらちらと赤いものが見える程度。今ならば隣家を潰せば類焼は防げるし、上手《うま》くやれば水だけで消し止めることも出来るかもしれない。

「皆が逃げ遂《おお》せたでしょうな」

謙八は火の回り方を見ながら訊いた。この様子なら逃げるまでに十分な時があったはず。余程のことが無い限り、すでに避難は済んでいると思った。

「いえ、中にまだ人がいます」

「何……」

榊原家の火消は状況を細かく話し始めた。

火が出たのは今から四半刻ほど前。隣家の者が煙に気付いて往来で叫び、たまたま通りかかった榊原家中の者が報告に戻ったとのこと。この流れは謙八の予想通りだった。

近隣の者の話だと屋敷に住んでいるのは、主人とその妻、嫡男《ちゃくなん》と娘の家族四人。他に家臣、中間や女中などを全て含めて二十人余はいるはず。

「それが一人も出て来た様子が無いのです」

「一人もか⁉」

そんなこと有り得るのか。見る限り、火元は屋敷の奥。普通、書院などがあるところ。となると入口に近い台所にいた女中なども一人や二人はいたはずだった。

「主人が荷を運ぶように命じたのかもしれません」

十時が横から口を出す。火の勢いを見誤り、家財を持ち出そうとして全員が煙に巻かれるという場合はある。だが、この屋敷の主《あるじ》は火事場見廻。全くの素人《しろうと》という訳ではない。

「すぐに助けに――」

謙八が突入する者を選抜しようとした時、榊原家の火消が掌を見せて制した。

「つい先刻、当家から選《よ》りすぐった八人を入れました」

「左様か。ならば我らは援護に回ります」

　謙八は三機の竜吐水を前面に出すように指示し、一斉に水を掛け始めた。入口を炎から守ることで、突入した者たちの退路を確保するためである。徐々に武家火消、町火消も駆け付け始め、榊原家に頼まれてその配置も謙八が指示を出す。

「十時」

「はい……遅すぎます」

　突入したという八人の火消のことである。中は煙で相当視界が悪くなっていることだろう。それでも玄人《くろうと》の火消が八人もいて、二十人を超える屋敷の者を一人も発見出来ないことがあるだろうか。仮に見つけられなくとも、火消の常道として一人二人は先に報告に戻らせるはず。

「よいのでしょうか……」

　十時は榊原家の者たちを見ながら呟いた。何か異変が起こっていることは彼らも察したようで、さらに六人を選抜して中に入るように命じている。

「援護を続ける。任せるほかない」

　確かに訝《いぶか》しくはある。だが同じ状況ならば、謙八とてさらに数人中に入れて探ってみるだろう。榊原家の火消が間違った選択をしている訳ではないのだ。

その時、十時が何かに気付いて走り出す。遠巻きに見つめる野次馬の中から、火元に近づいて来る子どもがいたのである。身に着けているものから察するに武家の子らしい。

「坊主、どうした!?」

「父上がいないのです！」

「何……あそこの家の子か」

十時は細身であるが鋼《はがね》の如く引き締まった躰を捻り、火事場見廻りの屋敷を指差す。子どもは目に涙を浮かべ、激しく頭を横に振った。

「その隣……」

「名は」

「島田市之丞政弥《しまだいちのじょうまさひさ》……」

己の名を書けるように手習いをさせられる年頃だからか。子どもは諱《いみな》まで含めて名乗った。

「島田弾正《だんじょう》殿の子か」

島田家と謂えば幕府の要職も輩出する旗本の家だった。屋敷が加賀藩上屋敷から近いということもあり、十時もその存在を知っていたようである。

「市之丞！」

野次馬の中から女が一人駆け寄って来る。どうやらこの子の母親らしい。

「奥方ですか。どういうことか教えて下さい」

「我が家の者を数えていたのですが、主人の姿が見えないのです。まだ残っていると決まった訳ではないと、手分けして捜していたところなのですが……」

「大頭！」

十時がこちらに向かって叫び、謙八は深く頷いた。十時が言いたいことはすぐに理解出来た。島田家は火元の風下にある隣家。火は移っていないがぼやけるほどに煙に巻かれている。主人は煙を吸い込んで昏倒《こんとう》しているのかもしれない。

だが、やはりおかしい。母親の話だと、主人の島田弾正は病でも何でもない。家の者が全員逃げたかもう一度見て回ると言い、屋敷の中で分かれたのが最後に見た姿だという。その時点では煙は殆ど入って来ていなかったらしい。

「坊主、必ず父上を見つけるから待っていろ」

十時は市之丞と名乗った子の頭をぐしゃりと撫で、母親に託して此方《こちら》に戻って来た。

「何かが起きている」

「はい。気味が悪い」

十時の言う通り、何か嫌な予感がする。火の回りはやはり遅い。それなのに元々いた者、新たに入った火消、誰一人出て来ないのである。まるで屋敷が大きな化物に変じ、呑み込んでいるかのような不気味さがある。榊原家の火消は真《ま》っ青《さお》になって、さらに突入組を編成しようとする。

「どうなっている……もう五、六人で中を――」

「お待ちあれ」

謙八は指揮棒を横に突き出して鋭く制した。

「しかし……このままでは……」

「十時、大凡《おおよそ》の見当《けんとう》は付いているな」

「はい。分かっています」

十時は配下の者から十人選抜し、水に濡らした手拭いで口元を覆《おお》うように命じた。煙というものはどれも同じではない。燃える物、燃え方によっては毒気が強まるのである。島田弾正もそれを吸い込んで意識を失っているのではないか。

「なるほど。皆も同じようにしろ」

榊原家の火消も、水に浸《ひた》した手拭いを口元に巻きつける。

「ただ……色が気になります」

濡れた布を口元に巻いた十時が呟く。

「ああ、常のものと変わらん」

毒気の多い煙の場合、淡い黄や紫の色をしている。しかし屋敷からの煙は黒白入り混じった、よく見るものと変わらないのである。

「様子を見ながら、行ってきます」

「頼む」

火元の火事場見廻りの屋敷にはさらに榊原家の火消が六人、そして隣の島田宅には十時ら加賀鳶六人が突入した。

人が残されている間は潰すことも出来ない。じりじりと待ちながら、駆け付けた火消たちにも指示を出し、放水して火の回りを遅くすることに専念した。

「駄目だ……また……」

突入から暫く時が流れた。榊原配下の火消たちの顔が絶望の色に染まっていく。その時、白煙の向こうに人影が見えた。島田宅の方である。やがて輪郭《りんかく》が鮮明になり、それが十時であることが解った。男の脇に手を入れて引きずっている。恐らく妻子が捜していた島田弾正その人だろう。

加賀鳶の何人かが駆け寄り、島田を受け取る。十時はふらふらと覚束《おぼつか》ない足取りで歩くと、口元を覆った布を剝《は》がしてどっと倒れ込んだ。

「くそったれが……」

「十時！」

仰向《あおむ》けになった十時は、かつて見たことが無いほど胸を上下させている。強く嚙みしめたのだろう。唇《くちびる》が割れて鮮血が零れていた。

「何があった！」

「まだ息はあります……俯《うつぶ》せに倒れていたから……殆ど毒気を吸っていない。助かります」

謙八の呼びかけに対し、十時はまず己のことでなく、助けた男について語った。その後で、恐る恐るといったように薄目を開けながら続けた。

「見える……目はやられちゃいない。凄まじい痛みで、目を咄嗟《とっさ》に閉じて息も止めたんです……」

十時は言うや否《いな》や、首を曲げて激しく嘔吐《おうと》した。

「まずは休め。他の者はまだか。すぐに――」

「駄目です」

謙八が立とうとした時、十時は震える手で袴《はかま》を摑んだ。

「何……」

「入れば死にます」

「馬鹿な。見捨てろというのか」

「あいつらはもう……」

十時は激しくえずきながらも必死に袴に縋《すが》りついた。決して仲間を見捨てるような男ではない。場数を踏んできた江戸でも有数の火消なのだ。その十時が言うからには真実であると思わざるを得ない。

「詳しくは後で聞く」

「入るのは無理です……やっちまってください……」

十時の躰からふっと力が抜ける。気を失ったのである。

「十時の手当をせよ！　野次馬を追い払え！」

謙八は立ち上がると配下に向けて命じた。十時の口振りから屋敷の中の煙を吸い込めば、まともでいられないことは確か。今のところ外に漏れている煙を吸って、苦しんでいる者はいない。それでも念のために下がらせるべきと判断した。

「如何にすれば……」

榊原家の火消はもうどうしてよいか解らないようで、己に指示を仰《あお》ぐような恰好である。

——すまぬ……。

謙八は目を閉じて心の中で詫《わ》びた。そして刮《かっ》と目を見開くと、絞り出すような声で言った。

「両脇を崩す」

「中に入った者は——」

「言うな」

奥歯が割れんばかり嚙みしめながら答える。己の眦《まなじり》は吊り上がり鬼の形相になっているのだろう。榊原家の火消は茫然と後退《あとずさ》りした。

「見損なったぞ!」

「加賀鳶は怖気《おじけ》づいたか!」

追い払われていく野次馬から非難の声が上がる。誰かが非情な決断を下さねばならないならば、それは己であると覚悟を決めていた。汚名は一身に背負うつもりである。

丁度その時に加賀鳶の二番、四番組が駆け付ける。普段ならば歓声で迎えられるはずが、罵詈雑言が飛び交っていることに戸惑いを見せている。が、すぐに落ち着きを取り戻した。詳しいことは判らずとも、事態を呑み込んだのである。一番組から後の組に今なすべきことが伝えられる。

知らぬ間に鼻息が荒くなっている。謙八は深く息を吸って整えると、配下の者に向けて雷鳴の如く叫んだ。

「吼えろ、加賀鳶！」

「応《おう》‼」

他家の火消たちがおろおろとする中、加賀鳶だけが激しく躍動する。野次馬からの罵声は一向に止まない。謙八の目の端に、こちらに向けて深く頭を下げる母子の姿が映った。十時の言ったように、どうやら島田弾生は一命をとりとめたらしい。

謙八は煙の向こうに見え隠れする炎を睨み据え、掌に爪が刺さるほど強く拳を握りしめた。

四

火事が鎮圧されたのは、初めの陣太鼓が打たれて二刻（約四時間）後のことであった。中に取り残されている者、助けに入って戻らぬ火消の救助を諦め、両脇の家屋を潰すことに専念したのである。その上で出来る限り距離を取るため、竜吐水で火元に根気よく水を掛け続けた。

隣家から救出された島田弾正は意識を取り戻した。酷《ひど》い腹痛を訴えているが、命に別状は無いとのこと。屋敷に取り残された者がいないか、主人の島田自ら捜していたことは覚えている。しかしその後の記憶は混乱しており、気付けば助け出された後であったらしい。

謙八は間もなく火が消える段になって、

——兵馬を呼べ。

と、命じた。兵馬には勘九郎から目を離すなと命じてもある。命令を二つとも守るため、勘九郎も伴って火事場に現れた。炎が消えて間もなくのことである。

「兵馬、付いて来い」

謙八はそっと手を合わせてから、兵馬を伴って焼け跡を改めた。元来ならば火事場見廻が立ち会わねばならないのだが、火元がその役目の者の家なのだ。他の管轄の火事場見廻が駆け付けるまで、暫し時があった。

屋敷跡からは焼け焦げた骸《むくろ》が幾つも見つかった。その数は家族、奉公人、そして助けに入った榊原家の火消の数を合わせたものと等しかった。つまり屋敷にいた、あるいは踏み込んだ全ての者が死んだことになる。

そして島田宅からも、己の配下五人の亡骸《なきがら》が出て来た。こちらは焔に焼かれた訳ではないため、まるで眠るようにして死んでいる。

「仏の場所の記録を取れ」

兵馬は元の家を視《み》てはいないため、間取りまでは判らない。だが一見しただけで仏どうしの距離などを正確に記していった。記録を取り終えて焼け跡から出ると、配下の制止を振り切って勘九郎が立ちはだかった。

「父上……」

「帰るぞ」

「これは、どういうことですか！」

勘九郎は後ろを指差した。その先にいるのは遠巻きに見つめる野次馬たちである。先ほどのような荒ぶった罵声は無くなった。代わりに加賀鳶が逃げ遅れた者、助けに入った火消を見捨てたことへの怨嗟《えんさ》の声が満ち溢れている。

「出過ぎぞ」

「十時のことは聞きました。踏み込んだ者が帰ってこなかったことも……しかし、他にまだ手はあったのではないですか！　配下を見捨てて――」

謙八は勘九郎の胸倉を掴み、鼻先が付くほど顔を引き寄せた。

「見ている者が不安に思う。黙るのだ」

勘九郎は下唇を嚙みしめる。

「兵馬、勘九郎を連れていけ」

突き放すと、兵馬が勘九郎の腕を取って引いていく。明らかに納得していない表情だが、流石にもう喚《わめ》き散らすことは無かった。

「退くぞ」

謙八は静かに命じて、加賀鳶を引き上げさせた。

十時が目を覚ましたのは、翌朝のことであった。顔色が頗《すこぶ》る悪く、四肢《しし》にも思うように力が入らないらしい。水を飲ませたが、半分以上を吐き戻してしまう有《あり》様《さま》。あとは島田と同じように腹痛も訴えている。それでもまずは大頭と話したいと訴えているとのことで、謙八は十時の枕元に急いだ。

「躰はどうだ」

部屋に入ると、十時はすぐに身を起こそうとした。

「そのままでいろ。これは大頭として命じる」

そうでもしないと、十時は言うことを聞かないだろう。ゆっくりと躰を布団に落とすと、土色の顔を歪めながら乾き切った唇を開いた。

「心配ありません。しかし暫くは休むことになると思います」

「そのようなこと……気にするな」

「苦しいご決断を迫ることになってしまいました。申し訳ありません」

「いや、よくぞ言ってくれた。お主の言葉がなければ、俺はさらに人を向かわせただろう。そうなればその者たちも……」

「はい。死んでいたでしょう。できることは、あれしかなかったかと」

十時は苦しそうに息をする。これも何らかの毒の影響か、白目が血走っている。

「何があった。煙を吸ったというならば、外にいた者も昏倒しているはずではないか」

「そうなんです……訳が判らない」

十時は踏み込んだ時の状況を思い起こしつつ話し始めた。

まず屋敷に入ってみると、中は煙が充満していたが、それでも先が全く見えないというほどでもなかった。この時点で少なからず煙は吸っていることになる。十時らは島田を捜してさらに奥に足を踏み入れた。火元の隣家と面している廊下で、俯せに倒れている男の姿を捉えた。これが島田であった。

前を進んでいた鳶は三人。島田を助け起こすべく近寄ろうとした時、その内の一人が、何の前触れもなく突如《とつじょ》膝から頽《くずお》れたというのだ。

「まるで案山子《かかし》が倒れるかのように……尋常ではありません」

十時は息を止めて短く、

——吸うな！

と、叫んだ。前を行く残る二人にも聞こえていたはず。しかし一人は間に合わなかったか、やはり何の声も上げずに倒れた。残る一人は踏まれた猫の如き声を上げて卒倒《そっとう》する。その刹那《せつな》、十時はその者が目を押さえているのを見た。

「目からでもやられる。そう咄嗟に判断して目を瞑《つぶ》りました……」

その直後、背後から呻《うめ》きが聞こえて、鈍い音が連なるように聞こえた。後ろを付いて来た鳶二人も倒れたものと悟ったという。目を開くことも出来ず、息を吸うことも出来ない。通常の火消ならば万事休す。しかし十時は己の身も、救うべき者の命も諦めなかった。

手探りで島田を担ぎ上げると、脳裏に焼き付けた景色を頼りに、来た道を引き返した。当然ながらその途中、一度も目を開かず、一度も息を吸ってはいない。数々の場数を踏んだ経験と、想像を絶する胆力が無ければ出来ぬことだった。

「島田殿は」

「助かったようだ。しかし一人を助けるために五人も……」

「火消は算術じゃない。そう仰《おつしや》ったのは大頭です」

十時は瞼《まぶた》を震わせながら微かに頷いた。

「そうだな……」

脳裏に、散った鳶たちの顔が浮かぶ。謙八も込み上げるものを懸命に抑えて頷いた。十時は天井に向けて糸を吐くような溜息を零して話を転じた。

「あれは何なんでしょうか」

「判らない。このような奇怪な煙は初めてだ。色は無かったか？」

「色は白。間違いありません」

通常、毒になる煙には黄や紫の淡い色が付いている。さらに発生するのは、閉じられた空間であることが多い。今回の場合は色も白で、倒れた場所も開けた廊下。両方とも当て嵌《は》まらないのである。

「これは恐ろしいことだ」

「はい。見分けが付きません」

外に漏れ出た煙に毒は無かった。同じ白色の煙でも毒であるものと、そうでないものが存在するということになる。

「いや、待て……風はどうだった」

謙八は顎に添えていた手をぱっと開く。十時は暫し考えてから、確かな口調で答えた。

「確かに廊下に入った時、風で煙が揺れました」

「なるほど……」

毒の発生源である火元の屋敷にいた者は悉《ことごと》く死んだ。隣の屋敷に踏み込んだ加賀鳶の多くも死んだが、より長くその場にいた島田は生き残っている点が気になる。あくまで予想の範疇《はんちゅう》は出ないが、一度目に強風が吹いて毒の煙が隣家に流れ込んだ。すでに毒気が弱まっていたのか、それを吸った島田は昏倒したが、辛《から》くも死ななかった。そして十時らが駆け付けた時、また新たに毒の風が吹き込んで加賀鳶を襲った。俯せだった島田は吸い込まなかったと考えられる。

「火元に毒になるようなものが？」

「改めたが、それらしいものは無かった。あれほど焼けては跡形《あとかた》も残らなかったのかもしれないが……」

確かに燃やせば毒になるものは存在する。だが、これまで千を超えるほどの火事場を見て来たが、そのようなものを置いている家は見たことがなかった。謙八は再び手を顎の下に戻して続けた。

「考えられることは二つ。一つは火事場見廻が、そのような御禁制《ごきんせい》の物を持っていたということ」

だが、役目柄、燃えて毒になるような特殊なものならば、それを毒と知らずに持っていたということは考えにくい。火を出してしまったならば、真っ先にそれを遠ざけるだろう。一家心中を図ったのでも無い限り、自ら燃やすということはさらに考えられない。

「やはり火付けか」

状況に鑑《かんが》みれば、こちらを疑うべきと端《はな》から考えている。どのように火を付けたのか。毒は意図したものか、はたまた偶然か。さらに下手人《げしゅにん》は何者で動機は何か。何故これほどまでに手の込んだことをするのか。全てが闇《やみ》に包まれている。

「大頭、火付けだとすれば……」

「ああ、続くかもしれぬ」

理由は判らないが綿密《めんみつ》な火付けであることは確か。このような手口を用いる者の多くは、一軒だけに留まらず二軒、三軒と続けて火を放つ傾向が強い。

毒を孕《はら》んだ煙を生む火付けがいるかもしれないこと。それはまだ続くと見て警戒すべきこと。それらを江戸中の火消に周知せねばならない。さらにもう一つ、気を付けねばならないこともある。それも了承させねばなるまい。火消になって三十七年。時に鎬《しのぎ》を削り《けず》、時に手を携《たずさ》えてきた火消たちを思い浮かべながら、謙八は重々しく口を開いた。

「府下の主だった火消を集める」

五

事件の翌日、謙八は加賀藩家老を通じ、会合の場を持ちたい旨《むね》を幕府に上申した。事件が火付けであるかもしれないこと。その手口が些《いささ》か変わっており、火消にかなりの被害が出かねないこと。その訳も全て書き連ねたのだが、二日後には会合を認めないとの返答があった。全ては憶測に過ぎないというのが理由である。

——悠長なことを。

幕府の腰の重さに謙八は奥歯を鳴らした。間違いであったならばよいのだ。だが読みの通りだったならば、多くの人が死ぬ。そうなってからでは全てが遅い。

再度、具申しようとした時、加賀藩上屋敷を訪ねて来る者があった。西の丸御《ご》書院番《しょいんばん》を務める長谷川平蔵《はせがわへいぞう》という旗本である。これまで面識は無かったが、働きぶりもさることながら人格者ということを耳にしていた。家老の話によれば、近く小十人頭《こじゅうにんがしら》に出世するという噂《うわさ》も立っているらしい。

「長谷川平蔵と申します」

歳は三十八。意志の強そうな両眼を見れば、並の者でないことはすぐに解った。謙八が名乗り終えると、平蔵はすぐに本題を切り出した。

「貴殿が上申した内容ですが、真《まこと》でございますな」

「ご存知なのですか」

西の丸御書院番の耳に入るには早すぎると思った。

「私は使いのような者と思って下さい。この問いは御老中《ごろうじゅう》、松平武元様からです」

大物の名が飛び出たことで、謙八は思わず唸り声を上げた。

「間違いございません」

今判っている事件のことを詳《つまび》らかに話した。

「解りました。近く、松平様より会合の許《ゆる》しが出ると思います」

話を聞き終えると、平蔵は凛然《りんぜん》と言い切った。

「それにしても、ご老中が上申書を読んで下さるとは……」

松平武元と言えば、今の幕政《ばくせい》を一手に担っていると言っても過言ではない人物。手元に届くかも怪しいと思っていた
「これはと直《じか》に届けられた方がいるようです」

「それは……」

「おそらく、御側御用取次《おそばごようとりつぎ》、田沼意次《たぬまおきつぐ》様」

足軽の子に生まれながら破竹《はちく》の出世を重ね、御側御用取次に取り立てられた男。こちらも将来を嘱望《しよくぼう》する声が多く、いずれは大名、側用人《そばようにん》、いや老中にまで上り詰めるのではないかと大きな話をする者もいるほどであった。

「私を使いにするよう進言したのも、田沼様のようです」

平蔵は田沼と面識が無いらしい。口の端《は》に上る評を聞いてとのことだが、そこまで目が行き届いている田沼は、やはり並の男ではないということか。しかし一方で、賄賂《わいろ》を受け取るという噂も聞いていた。

「長谷川様をはじめ、何故皆様そこまで……」

「異《い》なことを仰る。貴殿の申される通りです。人の命が懸かっている以上、たとえ空振《からぶ》りに終わっても用心し過ぎるということは無い。幕閣の連中は我が子が死ぬかもしれぬとは考えていないらしい」

毒煙についてまだ詳しいことは何も解らない。下手人は量の調節も出来るかもしれず、町一つが毒に侵《おか》されるということも有り得るのだ。

「長谷川様にはお子が？」

ふと気に掛かって尋ねた。

「ええ、今年十二になる息子が一人。これがなかなかのやんちゃ坊主で困っております」

子を語る平蔵の顔には慈愛《じあい》の色が満ち溢《あふ》れている。

「拙者にも四人。特に末の倅《せがれ》が近頃血気盛んで、心配ばかり掛けられて」

「親というものは心配を掛けられる内が華やもしれませんな」

平蔵はにこりと笑って頷いたが、すぐに真面目な顔付きに戻って続けた。

「幕閣が許しを与えなかったことですが……田沼様は怠慢《たいまん》からだけではないかもしれぬと仰《おつしや》っていたようです」

「と、言いますと」

「当番老中だけでさっさと撥《は》ね退《の》けたのです」

幕閣の連中は何事にも事なかれ主義で、相談せず決裁することは滅多《めつた》に無いという。しかしこの件に関しては、即日に否決したのが気に掛かったらしい。

「噂に違《たが》わぬ御方のようですな」

たったそれだけのことで、事件に何か裏があるかもしれないと考えるとは、田沼は常に神経を張っている人物なのだろう。出世の片鱗《へんりん》を見たような気がした。

「ともかく松平様は必ず許しを出させると。支度を進めて下さい」

平蔵がそう言って帰った僅《わず》か二日後、真に幕府から火消会合の許しが出たので謙八は舌を巻いた。そこから各所に連絡を取り、会合の場が持たれたのは火付けから十日後の葉月二十三日のことである。

府下の火消頭全てとなると、その数は武家火消だけで大小三百余。ほかに定火消が八、町火消が四十七と膨大《ぼうだい》な人数になってしまう。主だった火消たちにまず説明し、そこから手分けして周知するほかない。そこで謙八は渋々であったが、あるものをもって基準の一つとすることにした。

——火消番付。

である。火消番付など、謙八が幼い頃には無かった。寛保《かんぽう》の末頃からちらほらと見られるようになり、宝暦になった頃にはすっかり定着した。人気の高まりと共に、いい加減なものでは売れないと考えたらしく、読売書きも熱心に取材をするようになった。遊びのようなものとは言え、あながち馬鹿にできぬほど実力を正確に表していたりもする。これに三十万石以上の雄藩《ゆうはん》、八の定火消の頭を加え、五十四人となった。

集会の場は仁正寺藩上屋敷。あちらを立てればこちらが立たずで、場所にも困った。如何《どう》すべきかと頭を悩ませていた時、柊古仙が、

――儂《わし》が一番の年長者じゃ。こっちまで脚を運ばせろ。

と、豪快に笑って打開案を示してくれた。実力本位の火消の世界にあって、四十年も最前線に立ち続けた古仙を敬う、というのは理由になる。

こうして仁正寺藩上屋敷の火消教練場の一角にある、講堂に一堂が会することになった。

「……という次第でござる」

謙八が十日前の事件のあらましを語り終えた。まだ一件だけだが、これを偶然と軽んじる者はいなかった。ここに集まっているのは、百度以上現場を踏んだ火消ばかり。その誰もが遭遇したことのない異様な火事なのである。人為《じんい》的なものと見るべきだと解っている。その上で、

「硫黄《いおう》でも置いていたか。いや、それだと炎が青くなるか……」

と、早くも分析を始める者。

「火付けなら火盗改《かとうあらため》なんて頼りにせず、とっとと捕まえちまおう」

などと、勇壮なことを吐く者。並み居る火消頭たちの反応は様々であった。

「待たれよ。火付け云々《うんぬん》の前に、話さねばならぬことがあるじゃろう」

手を上げて一座を鎮《しず》めたのは柊古仙。当年六十一になる最古参の火消である。ここ数年でさらに白髪は増えたものの、その腕は未だに隆々《りゅうりゅう》と逞《たくま》しい。謙八は古仙の言葉を引き取って再び口を開く。

「左様。この火事……残された者を助けることが出来ぬ」

踏み込んだ火消が全員死んだ。踏み込んだのが火元ではなく隣家であったにも拘《かか》わらず、加賀鳶も五人命を落としている。同じことがまた起きたとすれば、助けに入った火消がまた帰らぬ人となってしまうかもしれない。しかもこの件の性《た》質《ち》の悪さは、外からでは通常の火事と全く見分けが付かぬところにある。

「此度と同じ仕掛けがされていれば火消が死に、常と同じ火事ならば中の者を見捨てることになる」

言われるまで気付かなかった者もいるのだろう。謙八の言に衆が騒《ざわ》めいた。

「では大音様はどうしろと？」

声低く尋ねてきたのは、に組の頭の卯之助。火消番付では町火消の中で最も位の高い西の関脇《せきわけ》。その脇には副頭で同じく番付火消としてこの場にいる、「不退《ふたい》」の異名を取る宗兵衛《そうべえ》の姿もある。

「中に人がいると知れば……我らは踏み込まねばならない」

「しかしそれでは……」

卯之助は正面を見たまま口を動かす。千眼の異名の由来は常人《じょうじん》離れした視野の広さ。卯之助から見て左にいる己も、目の端に捉えられているのだろう。

「ああ……死ぬる。毒の正体、煙の見分け方を調べたいが、いかんせん生き残ったのは十時一人だけ。手掛かりが少なすぎる」

火元の屋敷にいた二十五人は皆が死んだ。死人に口なしで、何が起こったのかを訊くことは出来ない。次に同じような火事があってもまた全員が死ぬかもしれず、一向に手掛かりを得ることが出来ないという恐ろしさもある。

「誰かが踏み込み、確かめるしかないということですな」

苦々《にがにが》しく言ったのは、い組の頭を務める金五郎。まだ四十二であるが、古仙より白い雪のような髪をしている。

「そうなる。そこで皆に提案がある」

謙八は五十四人の名立たる火消たちを見回しながら続けた。

「二十歳以下の火消は、事件に決着がつくまで火事場に出さんで頂きたい」

多くの火消が何を言い出すのかと怪訝《けげん》そうな顔つきになる。謙八には、この間ずっと考えてきたことがあった。

宝暦六年は火事の多い年だった。江戸では毎年、三百を超えるほどの火事がある。だが、この年は三分の二が過ぎた葉月の終わりの時点で小火も含めて二百四十五件。例年だと二百件ほどになるため、二割強多いことになる。

だが、実際はそれほど単純ではない。火事が集中するのは秋から冬にかけて。湿気の多い梅雨から夏にかけては最も少ない。それにも拘わらずこの件数である。このままだと年の暮れ方には四百件に到達してもおかしくない。

では火事の要因として最も多い火付けの件数はどうかというと、これは例年とあまり変わっていない。つまり失火から生じた火事が増えているということ。これらを総合して考えると、火事が増えている原因は、

――火消の疲弊《ひへい》。

ではないかと謙八は考えている。

火消というものは元来寿命が短い。現場での消火作業は勿論のこと、いつ何時火事が起こるかも知れぬため、眠りも浅くなる。躰と心が追いつかずに辞めていく者は後を絶たない。

指揮を執るほどの立場になれば、実際に躰を動かすことは減る。とは言えその

ような者は一握《ひと》り。現場の鳶の多くは齢三十五にもなれば大抵《たいてい》が潮時《しおどき》と見るものである。さらに真の寿命が尽きる者も年に必ず数十人は出る。つまり火事場での殉職である。

故に江戸の火消は自らの後継者を育てることを常に意識してきたし、これまではそれが上手く回っていた。しかし現在、この連鎖が途切れつつあるのだ。

己を挟《はさ》んだ前後十年は優れた火消が沢山出た。今この場にいる柊古仙、卯之助、宗兵衛、金五郎などもそう。

謙八は彼らと時に競い、時に力を合わせて、一年の火事を二百件以下に抑えた年もあった。だが、誰しも寄る年波には勝てない。そろそろ引退を考える頃である。同じく同年代で名を馳《は》せた、松代藩の鈴木丹衛門なども一昨年に火消の職を退いている。

次の世代は綺羅星《きらぼし》の如く、とはとても言えなかったが、上の世代にも負けない火消が二人いた。尾張藩火消の伊神甚兵衛、八重洲河岸定火消の進藤靱負である。だが、この二人が相次いで殉職したことで、世代にぽっかりと隙間が空いてしまったような状況になっている。

ではさらにその次の世代はどうか。手前味噌《てまえみそ》にはなるが、孫の兵馬などは極めて優秀な火消である。だが正直なところ他に目ぼしい火消はいない。火消番付が持て囃《はや》されるようになり、火消の地位が飛躍的に向上するのを、子どもの頃に見た世代である。多くの若者が火消を志したが、軽い気持ちで火消になり、現実の過酷さに耐えきれずに辞める者が急激に増えているのだ。

このままでは江戸の火消は危ういと危惧していた矢先、昨年今年に掛けて見込みのある火消が続々と現れた。世間が「黄金《こがね》の世代」と呼ぶ者たちである。だが、子の勘九郎を含め、まだまだ未熟である。その世代が一人前になるまで、己たちが老骨に鞭《むち》打って繋がねばならない。

時代の主力たる甚兵衛、靫負の抜けた穴は大きく、皆が無理をしてなんとか日々凌《しの》いできたのだ。町の見廻りや、夜警に出る間も著《いちじる》しく減って、そのせいで失火が増加している。それに加えて、この度の奇怪な火事である。今、最も守らねばならぬものは何か。謙八の腹は決まっていた。

「もし誰かが死なねばならぬならば我ら……若い火消を死なせる訳にいかぬ」

己たちが残ったとしても、若い芽が摘《つ》まれれば、数年後には江戸を火事から守る火消がいなくなってしまう。

「加えてもし現場に複数の火消が居合わせた場合、三十より四十、四十より五十の火消が踏み込むべきだと思う」

「そうなれば儂はどこの火事場でも真っ先に行かねばならぬな」

古仙は豪快な笑い声を上げた。

「今の江戸だけでなく、十年後、二十年後の江戸を守らねばならないということですな」

金五郎は独り身で子はいない。配下を子のように思っているからか。遠くを見つめる目は父親のそれに思えた。

「構いませんぜ。ただうちの倅は馬鹿力なんで……縛っておく必要がありそうです」

卯之助が軽口を叩きながら了承すると、皆も微笑みながらそれに続いた。

「よろしいでしょうか」

場が纏まるかと思ったその時、離れたところから声が上がった。皆の視線が一斉にそこに注がれる。どこか柔和《にゅうわ》で優しげな相貌だが、こちらを見据える眼の奥に熱いものを感じる。

「貴殿は確か……」

「八重洲河岸定火消頭取、進藤内記でございます」

昨年火消になったばかりの若者。衆から感嘆《かんたん》とも溜息ともつかぬ声が上がる。皆が思っていることは同じであるはず。

――靫負《ゆきえ》の弟だな。

謙八もそう思ったが、口には出すことはない。

「どうぞ」

まだ若いとはいえ、八重洲河岸定火消を率いる頭。そうでなくとも謙八は歳で男を侮ることは無い。

「もしその場に若い火消しかいない場合は、踏み込むしかないと思います」

町火消の頭は世襲されないため、二十歳にも満たずに頭になる者はほぼ皆無。武家火消でも稀有《けう》なことである。少なくともこの場において進藤内記ただ一人だった。

「敢えて二十歳と言いましたが……あくまで目安。しかし若い火消には自重して頂きたい」

「ならば私は――」

「万が一そのような局面に遭《あ》った時は、八重洲河岸定火消の中から年嵩《としかさ》の者を踏み込ませなさい」

「大音殿、失礼ながら……ご自分で何を仰《おっしゃ》っているのかお解りか」

内記は気色《けしき》ばんで鋭く睨んできた。謙八は細く息を吐くと、丹田《たんでん》に力を込めて悠然《ゆうぜん》と言い放った。

「解っている。配下を捨て駒にしても生き残れ、と」

「それが配下の命を預かる頭の言うことですか⁉」

内記は激昂《げっこう》して床を叩く。この若者に己は今何を言うべきか。心の中で幾つもの言葉が浮かんで消える。

「貴殿なら解るはずだ」

謙八が短く言うと、内記は戸惑いの色を見せて黙り込んだ。謙八はその隙に他の火消たちに向けて続けた。

「八重洲河岸定火消の管轄は、周囲の大名火消、町火消で特に警戒して頂きたい。特に方角《ほうがく》火消大手《おおて》組、桜田《さくらだ》組に属する八家はお頼み申す」

応《おう》という声が講堂内に響くと、謙八は深く頷いてさらに言葉を継ぐ。

「この毒煙に遭遇した者は、死ぬまでに何か一つでも手掛かりを伝えるように頼みます」

「なっ……」

声を詰まらせたのは内記だけ。他の者は当然とばかりにこれにも応じた。

若い火消を守ると同時に、この煙の正体を解き明かさねばならない。不審な音は無いか。臭いはどうか。口に変わった味が広がらぬか。色は同じと言っていたが本当に違いはないかを確かめる必要がある。その為には耳を欹《そばだ》て、鼻で息を吸い、口を開き、刮目《かつもく》せねばならない。早々に目口を閉じた十時があの症状である。十中八九《じっちゅうはっく》死ぬるであろうが、手掛かりを積み上げて答えを探ってゆく他にない。

「それでは皆々様、本日のことを事前に割り当てた火消に申し送り下され。よろしくお願い致します」

謙八は厚い胸を張って深々と頭を下げ、これをもって会合は終わった。

六

会合を終えて皆が席を立つ。久しぶりに会ったのか、そのまま話し込む者もいた。笑みながら会話している者もいたが、やはりその表情には翳《かげ》がある。

「謙八、話が」

普段は声の大きな古仙が囁き掛けて来た。

「俺もだ」

会合の途中、気に掛かったことがあった。五十四人の火消の中でただ一人、明らかに様子のおかしい男がいたのである。古仙はさらに耳に口を近づける。

「尾張だな」

古仙も同じことを考えていたらしい。謙八は頷くと、覚《さと》られぬように小声で返す。

「あれは何か知っている」

「如何にする」

「問い詰めても口を割らないだろう。何とかして炙《あぶ》り出そう。二人では心許ない
……何人か引き込む」

「皆を信じていない訳ではないが、相手は御三家。どこと気脈《きみやく》を通じているか判らぬぞ。余程信用出来る者でないと……」

「爺さん、同じことを考えている奴が他にもいるようだ」

なかなか席を立たずに話している二人がおり、示し合わせたように、同時にちらりとこちらを見た。

「あいつらなら……」

「心配ない。たとえお上が相手でも怯まぬ町火消。それを地で行く奴らだ」

卯之助と金五郎である。彼らが頭を務める「に組」と「い組」は共に日本橋界《かい》隈《わい》を守る町火消一番組に括られる。日頃から会合の場を持っており、気心の知れた間柄のはず。謙八が頷くと、卯之助も頷き返した。

「よし、四人でやるか」

「いや、定火消からも一人欲しい」

大名火消、町火消、定火消、それぞれで独自の伝手《つて》がある。尾張藩を調べ上げるとなれば、様々な話を耳に入れたい。

「誰にする……」

「飯田町定火消頭取、松永重内」

「お主はあれを高く買っておるな……で、松永は？」

古仙は首を伸ばすようにして探すが、重内の姿は見当たらない。

「すでに帰っちまったようだ」

謙八は苦笑しながら項《うなじ》をひたひたと叩いた。鋭敏《えいびん》な性質の男ではない。尾張藩の異変にも気付かなかったらしい。

「それでも松永か」

古仙は他にも定火消はいると言うが、謙八は首を横に振った。

「それでもさ」

定火消は役目柄、管轄以外の地に踏み込むことは稀《まれ》である。そのため管轄以外の火消と現場を共にすることがなく、その実力は伝わりにくい。古仙ほどの古株でも重内をよく知らないのである。

謙八は今から十数年前、松永重内と火事場で鉢合わせたことがある。その時に、

——この男は本物だ。

と、思い定めた。火消番付などはお遊びだと思っていた謙八だが、案外読売書きの目も馬鹿には出来ぬと思ったのも、重内が番付に入ったことがきっかけであった。

「呼び戻しに行かせよう」

古仙は配下の一人を呼び寄せると、重内に、訳は訊かずに少ししてから戻って来てほしいと伝えるよう命じた。

もう講堂内には殆ど人は残っていない。適当な話をしてやり過ごしていると、

やがて最後の一人が出ていった。卯之助と金五郎がこちらに合流する。

「残れってことでいいのですね」

慎重な卯之助らしく、この段になっても声を潜める。

「ああ、すまないな」

「尾張様の様子がおかしゅうございましたな」

金五郎は、先ほどまで尾張藩火消が座っていたあたりを親指で差した。

「こちらも同じ話をしていたところだ。あれだけで断定するのは早いが……何の手掛かりも無い今、探ってみようと思う」

「あっしの勘働きは怪しいって告げていますよ」

卯之助は大真面目に言う。火事場では一瞬が生死を分け、即時に判断を下さねばならないこともある。故に優秀な火消であるほど、その勘働きというものを大切にする。それは長年の経験に裏打ちされたものでもあった。

「あと一人、定火消を引き込む。間もなく松永重内が戻る」

「松永……様。鉄鯢《てつげい》の重内ですか？」

金五郎もやはり少し訝《いぶか》しむ。

「信のおける男だ」

「へえ。大音様がそう仰るなら」

丁度その時、仁正寺藩火消の者に連れられて重内が戻って来た。謙八は何故呼び戻したかを説明する。

「なるほど」

重内は気付いていたのか否か、どちらとも取れる曖昧《あいまい》な様子で頷く。全員が揃ったので、謙八は改めて本題を切り出した。

「尾張藩火消頭取、中尾将監《しょうげん》の様子はやはりおかしい」

将監は三十を少し越えたばかりの小太りの男で、父は尾張藩御付属列衆《おつきぞくれっしゅう》、他家で言えば江戸家老に相当する重役を担《にな》う中尾采女。将監はその次男で部屋住みだったが、尾張藩火消が壊滅した三年前に、再建を託されてその職を拝命した。火消としての腕前は、未だ素人に毛の生えた程度。人員も伊神甚兵衛が率いていた頃の五分の一と、尾張藩火消のかつての栄光は見る影も無い。

「俯いた顔は蒼白。それなのに床に溜まりが出来るほど、額《ひたい》から汗を流してやがった」

金五郎が小さく鼻を鳴らす。

「事件に何か関わっているのか……だが、焼かれた火事場見廻と尾張藩に何か接点があるか？」

　古仙は眉間《みけん》に深い皺を寄せた。火事場見廻にもそれぞれ管轄がある。今回死んだ火事場見廻は、尾張藩を担当していないのである。

「火事場見廻は確か……」

　日本橋界隈の「に組」もまた管轄外。卯之助は名がすぐに出て来ないほど関係が浅い。

「服部中殿です」

　重内がぼそりと呟いた。服部が監察する中に重内の飯田町定火消も含まれていた。加賀鳶も同様である。

「何故、その服部殿が死んで将監が青ざめることに？」

　卯之助は弓形の片眉を上げて訊き、それに謙八が答える。

「それは解らん。服部殿の屋敷が狙われたことに心当たりがあるのではないか」

「毒そのものを知っているということは？」

　金五郎が身を乗り出して左右を見る。これには古仙がすぐに答えた。

「毒を知っているという線はなかろう。我らでも解らぬのだ」

　五十四人の手練《てだ》れの火消が雁首《がんくび》並べ、何の毒か見当が付かなかった。火消としての経験の乏《とぼ》しい将監が知っているというのはやはり考えにくい。

「そうですね。それに下手人はかなり炎に詳しい者のように思う」

天井を見て謙八は思案を巡らせた。

毒だけならば下手人は本草学者《ほんぞう》などの可能性はあるが、煙の回りが異常に早かったことが気に掛かっている。火が出たと思われる場所が、屋敷に煙を充満させる手本のような場所だったからである。

普通ならば屋敷の外塀などに火を付ける場合が殆ど。わざわざ忍び込むなり、投げ入れるなりして火を付けたことになるため、火に通じているのではないかと考えたのだ。

「前者ということになるかの……」

古仙は錆《さ》びの利いた声で低く言った。やはり将監は服部が狙われた訳に心当たりがあるのではないか。その上で会合の場でそれを口にしないということは、将監個人、あるいは尾張藩が何か関わっていると考えられる。

「将監が顔に出す阿呆《あほう》で助かりましたな」

金五郎が小馬鹿にしたように笑う。

「流石に小物の将監でも、あそこまで狼狽《うろた》えるとは……余程のことやもしれぬのう」

　古仙は腕を組んだ。

「尾張には我らが気付いておらぬ振りをしながら探るがよかろう。知られてしまえば貝になる。大きな藩ほどそのようなものです」

　己の属する加賀藩もそうである。幕府は大きな藩ほど警戒し、事あるごとに取り潰そうとしている。そのため大藩は外に対して警戒心が強いのである。謙八は四人を順に見て続けた。

「暫し尾張を注視しよう」

　それぞれの立場で尾張藩と事件の繋がりを探る。そして尾張藩の動きを見張りたい。しかし皆が頭ということで、四六時中張り付くことは出来ない。どうにかいい方法がないかと考えた時、卯之助が軽く手を上げた。

「うちの宗兵衛などはうってつけかと」

　に組副頭の宗兵衛は一徹者《いってつもの》として知られる男。この心を削《けず》る役目も立派にやり遂げるだろう。誰も反対する者はいなかった。

「今はここまでしか出来ない。宗兵衛以外の配下、身内にも他言無用《たごんむよう》でいこう」

「ええ、倅は何しでかすか判らねえから」

卯之助は苦々しく口元をへの字にする。

「うちにも飄々《ひょうひょう》としているように見えて、無類《むるい》のお節介焼きがいますわ」

金五郎は鼻の下を伸ばして滑稽《こっけい》な顔を作った。

「俺の子も同じさ。先日は松永殿の御子と一悶着《もんちゃく》あったとか……」

謙八は謝ろうとしたがそれよりも早く、重内は後ろから弾かれたように頭を下げる。

「真に申し訳ございません。私に似ず無鉄砲《むてっぽう》な倅。大音様のご子息だけでなく、方々《ほうぼう》でご迷惑を掛けているようで……」

「確か名は源吾殿といったか。並々ならぬ才を感じましたぞ」

謙八が言うと、重内は謙遜《けんそん》することもなく照れ臭そうに俯く。

世辞で言っている訳ではない。謙八は一度だけ火事場で重内の子、源吾を見たことがある。火元から何箇所にも飛び火したことで、重内や頭取並と手分けして指揮を執っていたのである。火消として一年目。まだまだ未熟なのは確かだが、謙八は一目見ただけで、

――これはものになる。

と感じた。三、四年もすれば、すぐに重内を凌ぐ火消になる。そして子の勘九

郎にとって生涯の好敵手になるのではないか。そんなことまで頭を過《よぎ》ったのを覚えている。

「松永の倅はそんなにできるのか？」

古仙はまだ見たことがないようで、鴟《みみずく》のように唸って驚く。

「ええ、私の若い頃よりやるんじゃないですかね」

謙八が言うと、同じく目にしたことのある卯之助も、よい火消になると太鼓判を押す。重内は恐縮したように赤面する。しかしその目尻には皺が浮かんでおり、何とも嬉しそうである。

「黄金の世代ですよ。ご存知ねえですか？」

金五郎が尋ねると、古仙ははたと手を打った。

「読売で読んだのを思い出した。謙八や卯之助の倅だろう。松永の倅もか」

「うちの新入りの漣次もですぜ」

目を掛けているのだろう。金五郎は誇らしげに言う。それを引き取って謙八は続けた。

「あとは日本橋の悪童を束ねていた、『すてごろ秋仁』や、火消になったのは一年早いが、先ほどの靭負の弟も同じく数えられている」

「松永様の御子は威勢《いせい》がよくて、町火消の連中からも人気ですぜ」

卯之助は尖《とが》った顎をつるりと撫でて笑った。

「ふむ。何と言うか……」

皆から教えられた古仙は苦笑しながら重内に視線を送る。薄汚れた手拭いでこめかみの汗を拭く重内は、なんとも野暮《やぼ》ったい。

「鳶《とんび》が鷹《たか》を生んだようなもので……」

重内は気恥ずかしそうに微笑む。己は息子が褒《ほ》められた時、素直にこのような態度を取れるだろうか。謙八は好ましく思いながら軽口を叩いた。

「まあ、我らの場合、鳶の子は鳶でなければ困るがな」

「なるほど……左様ですな」

重内が慌ててしどろもどろになる姿が可笑《おか》しく、皆が軽く噴き出した。張り詰めていたものが少し緩み、古仙も明るい声で喉を鳴らして笑った。

「そのように有望な若手が多いならば、孫は苦労しそうじゃ」

「孫というと確か……与市《よいち》殿でしたかな。幾つになられた」

「今年で八つ。そろそろ仕込もうかと考えている」

「それはちと、早いんじゃないか？」

「あれの父……まあ、儂の倅だが。火消の才に乏しいでな」

古仙の子は重内たちと同年代の火消である。己のところとは異なり蛙《かえる》の子は蛙といかぬようで、言っては悪いが、確かに火消としては三流の男である。ただ子沢山であるため、古仙は孫に期待を寄せているらしい。

「孫に受け継がれてりゃいいな」

「ああ、見込みはある。四つの頃から火消に興味を示し、『大物喰いだ』などと真似て……」

古仙は遠くを見つめてそこではっと言葉を止めた。謙八が見回すと、皆の顔も凍り付いたように固まっている。

「確かあの事件の検分に当たった火事場見廻は……」

「はい。服部中様でした」

担当の火事場見廻だけに、重内も記憶にあったようである。

「おいおい……それかよ」

金五郎は鬢を掻きむしる。

尾張藩と火事。二つが交《まじ》わる大事件と言えば、三年前の尾張藩火消壊滅が頭を過る。しかも此度の事件で死んだのは、その時に検分した火事場見廻。何か関わりがあるのかもしれない。

「尾張藩火消の遺族、あるいは近しい者が復讐をしているということか」

古仙は、老軀《ろうく》とは思えぬ、巌《いわお》のような上体を傾けて乗り出した。

謙八はあの事件に一抹《いちまつ》の違和感を持っていた。いや己だけでなく、練達した火消は皆がそうだったに違いない。

「そもそも尾張藩火消が全滅するということが、やはり有り得ない……」

確たる根拠は無い。だが己たち火消は、彼らの実力を誰よりも近くで見て知っている。頭を筆頭に番付火消が七人もいるような当時府下最強の火消組であった。そんな彼らが一夜にして消え去る。あれほどの集団でも一寸《ちょっと》した油断が命取りになると肝に銘じたが、そもそも果たしてそんなことが有り得たのか。

「この事件、闇が深そうだ」

謙八が低く続けると、皆も力強く頷く。人々の暮らしを脅《おびや》かし続ける炎という名の厄災《やくさい》。これを止めるための無限の戦いに、一体どれほどの火消が散ったのか。その隙間に潜む魔に対峙《たいじ》するような不気味さを感じ、謙八は唾《つば》を飲み下した。

第三章　ならず者たちの詩《うた》

一

綿《わた》を解《ほぐ》したような秋雲が江戸の空を覆《おお》っている。この間までの残暑は去り、爽《さわ》やかな風が頬《ほお》を撫《な》で、道を行き交《か》う人々の表情も穏やかである。そんな中、きっと己だけが険《けわ》しい顔をしているに違いない。

源吾は大股《おおまた》で歩きながら大きな舌打ちをした。この数日、むしゃくしゃして何度鳴らしたか判らない。少しでも心を鎮《しず》めようと、昼過ぎには町に出て酒を呑《の》む毎日を過ごしている。

これまで数度通ったことのある煮売り酒屋の前で、呼び込みをしている男がいる。今日はここにしようかと思ったが、脇に置いてある天水桶《てんすいおけ》が空《から》だということに気付いた。

「おい、水を張りやがれ」

転がる。軽く蹴ったつもりなのだが、怒りが躰《からだ》に伝わったらしく天水桶が派手に倒れて

「は、はい。申し訳ございません」

呼び込みの男が勢いよく腰を曲げて詫《わ》びる。

「火事が増える季節になっていくんだ。油断するな」

言っていることは間違いではない。だが、心が荒《すさ》んでいるせいか、居丈高《いたけだか》な物言いになってしまった。ばつが悪くなってその店を諦《あきら》め、源吾は足早にその場を後にする。

——俺は何やってんだ。

源吾は溜息を吐《つ》くと、拳骨《げんこつ》で額《ひたい》を叩《たた》いた。

今から十日余り前、番付火消《ばんづけびけし》、三十万石以上の大名火消、定火消など、主《おも》だった火消たちによる会合が開かれた。定火消であり、番付火消の端《はし》くれである父も参加したのだが、その父が戻るなり己を呼び寄せた。気乗りはしなかったが、火消の役目についてと言われれば流石《さすが》に拒《こば》むことも出来ない。そこで父が開口一番、

——暫《しばら》く現場に出てはならない。

と言い放ったのである。初めは父が勝手に言っていることだと思い、無視して出動するつもりだった。しかしよく聞けば己に限ったことではなく、江戸の全ての若い火消がそうすることに決まったのだという。言い出したのは江戸火消の中で、最も権威と人気の高い加賀鳶の大頭《おおがしら》、大音謙八と言うではないか。しかも破れば謹慎《きんしん》、最悪の場合は放逐《ほうちく》という厳しい処分があるとまで付け加えられている。

理由としては、近頃若い火消の無茶が目に余るため、各家や組で改めて訓練や心得を教える期間を設けたいということ。他に何かあるのではないかと源吾は散々《さんざん》に問い詰めたが、返って来た答えはその一つのみであった。

「こんな時に……」

口から愚痴《ぐち》が零《こぼ》れ落ちた。

先日、火事場見廻《かじばみまわり》の屋敷が炎上するという事件があった。先着は榊原家の火消。次いで加賀鳶も出た。隣家を壊して被害は食い止めたものの、火元の屋敷に取り残された者は一人として救い出すことが出来なかった。中からは二十余名の屍《しかばね》が出て、助けに入った榊原家の火消も十四人死んだ。隣家に取り残された島田某《なにがし》を助け出した加賀鳶の譲羽《ゆずりは》十時《ととき》も、重傷を負って暫くは復帰出来ないという。昨今稀《さつこんまれ》に見る惨事《さんじ》である。

己もまだ若いが火消の端くれ。状況から見て、これが火付けであることはすぐに解った。このような火付けでは手口を模倣《もほう》する者もいるため、公儀は仔細《しさい》を公《おおやけ》にしていないが、源吾はこの事件を耳にした時から、

――次は俺が出てやる。

と、心に決めていたのである。

高名な火消である十時ですら難渋《なんじゅう》する火付け。次があれば逃げ遅れた者を救い、炎を消し止めてみせる。そして下手人は現場に戻るというのが鉄則。あわよくば己がとっ捕まえてやるつもりである。そうすれば松永源吾の名は一躍《いちやく》江戸に轟《とどろ》く。初物好きの江戸の民の人気に推《お》され、年始の番付でいきなり三役に名を連《つら》ねるのも夢ではない。そのように考えていた矢先の出動禁止。午前の訓練を終えればやることがなく、鬱々《うつうつ》として町に繰《く》り出しているのである。

「あ、松永様」

前方から見知った男の子が手を振りながら近づいて来る。今年で歳は十三になるはずで、もう子どもと呼ぶべきではないかもしれない。しかし一向に身丈《みたけ》が伸びぬことから、八、九歳と言っても誰も怪しまないだろう。

「おう、使いか？」

これでも火消の端《はし》くれなのだ。しかし厳密に言えば、まだ現場に立つことは許されておらず、雑用をして学んでいる身と知っている。

「頭から文《ふみ》を預かってね」

男の子は胸をぽんと叩《たた》いて見せたが、少し不満そうにしている。会うたびに早く現場に立つ火消になりたいと言っているのだ。

「そう焦るな。あと二、三年さ」

「昔に比べて、野次馬にもあまり出られないからさ。松永様の活躍を見たいのに」

貧しい庶民は娯楽が少なく、火事場で贔屓《ひいき》の火消を応援するのを楽しみにしている者も多い。この子の父親は下駄職人をしており、火消が好きでよく現場に野次馬に現れていた。この子も物心ついた頃から父親に連れられて見物に来るようになり、好きが高じて自らも火消になりたいと言うようになった。

そんな頃、父親が侍を刺し殺し、死罪に処された。母はすでに亡く、身寄りもないということで、父親が懇意にしていた町火消の頭に引き取られたという訳だ。

町火消の見習いになった今でもたまに野次馬に現れ、今年に入ってからは、己が最も贔屓の火消になったと嬉しいことを言ってくれている。

「早く一人前になって、一緒に現場に立ちたいよ」

男の子は目を輝かせながら言った。

「思っているのと違うかもしれねえぞ？」

「何で？」

源吾の表情が曇ったのを敏感に察し、男の子は首を捻《ひね》った。

「まあ、こっちの話さ。どちらにせよ、ちいとばかし身丈が足りねえよ」

聞かせる話ではないと思い、はぐらかすように頭の上に手を置いた。身丈のことは気にしているらしく、男の子も頬を膨《ふく》らませて上目遣いにこちらを見る。

「あと二、三年したら伸びるって、皆言うぜ？」

「確かに俺もその頃にぐんと伸びたからな。その時は俺も厳しいことを言うかもしれねえぞ」

「解ってる。また見に行くね」

「ああ、そうだな」

己に憧れてくれている子である。暫く現場に出られないというのが心苦しく、ごまかすように適当に相槌《あいづち》を打った。

「そろそろ行かないと」

「おう。じゃあな、武蔵《たけぞう》」

源吾が軽く手を上げて歩み出すと、武蔵は会釈をして軽快な足取りで去って行った。火事に遭遇しても出られない今の己が、偉そうに何を語っている。そう思うとまた苛立ちが込み上げてきて、源吾は小さく唸りつつ項《うなじ》を激しく掻《か》き毟《むし》った。

二

何から何までついていない。馴染みの煮売り酒屋に向かったが、主人の体調が悪いとのことで数日休むらしい。持ち合わせもそうある訳ではないので、勝手の分からない店に飛び込みで入るのも気が引ける。

同期の火消である漣次が、日本橋青物町《あおものちょう》に安くて美味《うま》い店があると言っていたのを思い出し、向かうことにした。少々足を延ばすことになるが、今のところ暇だけはたんとあるのだから気にすることもない。

神田鍛冶町《かんだかじちょう》二丁目の通りから、西の裏通り、下駄新道《しんみち》に折れようとした時、何気なく鍋町《なべちょう》の方を見遣ったのが悪かった。こちらに向かって悠然《ゆうぜん》と歩いて来る男と、しかと目が合ってしまったのである。大音勘九郎である。加賀藩上屋敷のある本郷から南に下って来たのであろう。

ここで目を逸《そ》らし、逃げたと思われるのも癪《しゃく》に障る。向こうも同じ考えらしく、視線が宙でかち合ったまま徐々《じょじょ》に距離が詰まった。

「このような所に何か用か」

勘九郎は高飛車《たかびしゃ》に尋ねた。この口の利き方に腹が立つ。

「酒を呑みに来ただけだ」

「定火消は暇のようだな」

天下の往来で睨《にら》み合う恰好となり、行き交う人は一瞥《いちべつ》してこそこそと通り過ぎていく。

「てめえもだろうが。それとも何だ。お前だけは出てもいいと許しを得ているってのか？」

勘九郎は一つ上の十七歳。今回の二十歳に満たぬ火消に含まれる。ましてや言い出した謙八ならば、我が子だけを例外とするはずも無い。

「黙れ」

勘九郎は苦虫《にがむし》を噛《か》み潰したような顔になる。

「大音様は確かに実力も当代随一。てめえと違って威張《いば》り散らすようなこともなく、他の火消にも親しく接して下さる。だが……今回ばっかりは納得がいかねえ」

源吾は腹の中に貯め込んでいた憤懣《ふんまん》を一気に捲《まく》し立てた。勘九郎は苦々しい顔のまま腕を組む。

「火消の優劣《ゆうれつ》は歳で決まるもんか？　若くても優《すぐ》れた火消はいるし、歳を重ねたところで不甲斐《ふがい》ねえ野郎もいるだろうよ」

話《はじ》している源吾の脳裏《のうり》に、父の締まりの無い顔が浮かび、言い終わると舌の根を弾いた。

「初めて会《お》うた時から貴様とは合わぬと思っている」

「俺も同じさ。加賀の名を出せば、どの火消も道を譲《ゆず》ると思うなよ」

これまで互いに一切目を逸《そ》らさなかったが、勘九郎は鼻を鳴らすと、秋空に視線をやった。

「此度《こたび》だけは気が合うようだ」

「親父殿に食って掛かったって噂《うわさ》は本当だったか」

「ああ、加賀鳶にも死人が出た。黙っておれるか」

勘九郎は憤《ふん》怒《ぬ》の色を浮かべながら続ける。

「お前と立ち話をしている暇は無い。この事件、俺が解決してみせる」

源吾は行こうとする勘九郎の肩を摑《つか》んだ。

「おい、出るつもりか」

「火事場に出てはならぬとは言われたが、事件を追ってはならんとは言われておらん。お主のように悠長《ゆうちょう》に構えるつもりはない」

「何……だが誰も口を開かねえだろう」

屁《へ》理《り》屈《くつ》だが、源吾も同じことを考えた。そして会合に出た火消の内、見知った者を訪ねて詳細を聞こうとしたのである。三人会ったが、どの者も同じで、何も教えてはくれなかった。町火消の金五郎などは、漣次にも再三同じように問い詰められたらしく、

——黄金《こがね》の世代ってやつは皆こうか？

と、辟易《へきえき》したように苦笑していた。

「お前、誰かあてがあるな」

源吾が言うと、勘九郎の頰がぴくりと動く。

「無い」

「ある」

「いや、無い」

「じゃあ付いて行く」

「来るな」

「勝手に付いて行く」

「帰れ」

勘九郎は逃げるように早足で歩き、一間（約一・八メートル）後ろを源吾が追った。勘九郎は虫にするように手を払うが、気にせずにぴたりと付いて行く。

「まあ、仲のよろしいこと」

白昼、天下の往来で若い武士二人がじゃれ合っているように見えたのだろう。どこかの商家の内儀《おかみ》がくすりと笑う。

「止《や》めろ。恥と思わぬか」

「何もしねえことのほうが恥だ」

「お主、酒を呑みに来たと言っておっただろうが」

「酒屋で手掛かりを探してたんだ」

鬱憤《うっぷん》を晴らすためであったが、半分は本当である。鳶たちがよく集まる煮売り酒屋に行き、誰か酔って口を滑らす者がいないかと探っていたのである。

「いい加減にしろ」

「嫌だね」

勘九郎はもはや小走りになっているが、源吾も食らいついて離れない。先ほどの内儀だけでなく、くすくすとあちらこちらから忍び笑いが聞こえる。名家の生まれ故《ゆえ》か人に笑われることを恥辱《ちじょく》と感じているようで、勘九郎の耳朶《じだ》が赤く染まり始めている。

「解った。話すから付いて来るな」

「話は聞く。付いても行く」

「せめて普通に付いて来い」

勘九郎は周囲を窺《うかが》いながら観念したように足を緩め、源吾は追いついて横に並ぶように歩いた。

「面倒な奴だ」

勘九郎は頬まで桃色に染まっていた。それでも威厳《いげん》を失わぬようにと鼻を鳴らすのが可笑《おか》しかった。

「早く言え」

「会合に出た火消の内、一人だけ……恐らく不満に思っている男がいるだろう。その者から話を聞く」

「皆が納得したって聞いたぜ」

「会合のあと数家の武家火消、数組の町火消が御曲輪《おくるわ》内に入ることが許された。歴とした定火消屋敷があるにも拘《かか》わらず、だ。そしてそこの頭は会合に出た者の中で唯一、二十歳に満たない」

そこまで説明されて、ようやく源吾も言わんとすることを理解した。

「そういうことか……お前、頭いいな」

勘九郎はこちらを見ると、きょとんとした顔で暫し固まった。しかしすぐに前を向くと、些《いささ》か大袈裟《おおげさ》なほど再び鼻を鳴らした。

「……当然だ」

三

勘九郎が目指していたのは八重洲河岸定火消屋敷。ここの頭である進藤内記が目的である。八重洲河岸定火消が出動してはならないとは聞いていないし、陣太鼓《じんだいこ》で火事を報《しら》せるという役目柄、それも出来ないだろう。他の火消の管轄《かんかつ》を広げたのは、火事があった時に消火にあたらせないための処置だろうと勘九郎は見ている。

つまり日々の当番や訓練は続けているはず。通常、火消は午前に教練を行う。しかしここ数日の八重洲河岸定火消は昼を過ぎて、申《さる》の刻（午後四時）まで続けていると耳にしていた。八重洲河岸定火消は四年前に壊滅《かいめつ》の憂《う》き目に遭《あ》い、再建されたのは昨年のこと。素人《しろうと》同然の者も多く、一刻も早く組織を育て上げようとしているのだろう。勘九郎はその教練が終わった直後を狙ったのである。

「お、出て来たぞ」

先刻まで聞こえていた猛々《たけだけ》しい声は止み、間もなくだと思っていた。二人で塀の曲がり角に隠れて見張っていると、定火消屋敷からぞろぞろと鳶たちが出て来た。

「まだだ。逃げられれば面倒だ。進藤の姿が見えてから行く」

さっさと引き上げる頭も多い中、内記はどうやら全ての火消を見送るらしい。鳶たちの流れが途切れた後、一人で潜り戸から出て来る内記の姿が見えた。

「よし、今だ」

「おい、中に逃げ込まれれば厄介《やっかい》――」

勘九郎が止めようとするのを振り切り、源吾は真《ま》っ直《す》ぐ駆けていく。十間（約十八メートル）を切った時、内記はこちらに気付いてぎょっとした顔になる。内記が中に逃げ込もうとした刹那《せつな》、源吾の手が肩に掛かった。

「何だ。貴様、放せ」

内記はそれでも中に戻ろうとするが、源吾は力を緩《ゆる》めない。

「待ってくれよ、先達《せんだつ》。ちいと話をしようぜ」

「痴《し》れ者が。定火消ともあろうものが、無頼漢《ぶらいかん》のような真似をするな」

内記は慌てて手を振り払おうとする。その時、追いついてきた勘九郎が声を掛けた。

「進藤殿、少しお話をお聞かせ願いたい」

内記は唖然《あぜん》として交互に見つめ、深い溜息を吐いた。

「大音殿まで……なるほど、そういうことか」

普段はいがみ合っている二人が揃って訪ねてきたのだ。内記も事の経緯を察したらしい。

「会合で話された内容を聞かせてくれよ。まず火付けなんだろう？」

逃げられぬよう、源吾は内記と潜り戸の間に身を差し込む。

「火付けとは決まっておらぬ」

内記は柳の葉の如《ごと》き目をさらに細める。確かに現段階では付け火か失火か、それすら公表されていない。

「あれを火付けじゃないと思う火消がいたら、そいつの目は節穴《ふしあな》だ。で、何で俺たちは出ちゃならねえ」

「お主らにも通達が行っているはずだ」

「ああ、若い火消の無茶がどうのこうのだろう。だが、そんなの俺たちの世代に限ったことじゃない。火付けだって多ければ年に数十回もあるんだ。何で今回に限ってこうなったかって話さ」

内記は相手をするのが面倒といったように顔を背《そむ》ける。

「譲羽殿たちがあのような目に遭《あ》ったのだ。わざわざ私に聞かずとも、大音殿ならご存知だろう」

「何……？」

隠していたのかと睨みつけるが、勘九郎は素早く首を横に振った。

「隣家に流れ込んだ煙に巻かれた。そう聞いているが、違うのですかな？」

内記はしまったという表情になる。この事件では加賀蔦も大きな被害を蒙《こうむ》っている。当然知っていると考えたようだ。

「いや、その通りです」

そうは言うものの、取り繕《つくろ》っているのは明らかである。

「十時らは煙を覚悟して踏み込んだ。その口振りだと、それ以外の何かにやられたということになりますな」

「それは……」

口籠《ごも》って視線を逸らす内記に対し、今度は源吾が話しかける。

「なあ、先達。あんたも納得してないんだろう？」

内記は唇《くちびる》を真一文字に結ぶのみ。何も答えないのは認めているに等しい。源吾は軽く肩を叩いて続けた。

「俺たちで片付けようぜ」

「何だと……」

「あんたは府下一の火消になると公言しているらしいじゃねえか。これはまたとない機会だと思うがな？」

「……確かに不満はある。しかし火消の頭たちの総意で決まったことだ」

ここで再び勘九郎が口を開く。

「だが、進藤殿は出るなとは言われていないはず。もし火事に遭遇したら、他の火消に任せろと言われたというところでしょう」

図星《ずぼし》だったのだろう。内記は顔を俯《うつむ》ける。

「火消法度《はっと》の六十一条を御存知でしょう」

勘九郎は声を落として囁《ささや》いた。火消法度とは火消が暴走しないように作られた法度で、何をおいても優先して守らなければならないと定められている。その六十一条とは、

――常時に火事に遭いし場合、その場を見捨てて逃げること罷《まか》りならぬ。

というものである。要は火事を見かければ、非番であっても消火活動に当たれということだ。ただしこの条文には付記があり、一番に現場に到着した火消に従

えとある。実際はそのような事態になった時、平装であるため後方支援に回されることが殆《ほとん》どだった。

勘九郎は、全てに優先される火消法度を楯《たて》に取り、消火に加わろうと画策《かくさく》していた。その為に二十歳以下の火消で唯一公然と動ける内記を利用しようとしていたのである。

勘九郎は常のようには火事場に行けないが、内記は火消としての動きを封じられていない。そこで、勘九郎は偶々火事場に居合わせたことにし、一番に現着した内記に従う形で消火に携わろうというのだ。

「俺もさっき聞いた。悪知恵《わるぢえ》が働くだろう？」

源吾はからりと笑った。火消になった時に法度は頭に叩き込むが、このように利用することは己では思いつかなかっただろう。

「何とでも言え。進藤殿……いかが？」

「一番の手柄は八重洲河岸定火消になるぜ？」

二人が続けて迫るが、内記は怯《ひる》むことなく問い返す。

「それは貴殿らが動きたいがため。私に何の得がある」

「今の状態では、何か解っても誰も進藤殿に話さないでしょう。一人で探るには限界があるのでは？」

内記は暫し待てと言い、顎《あご》に手を添えて考え込んだ。無鉄砲揃《むてっぽうぞろ》いの若手の中では慎重な性質である。内記は十分な黙考を挟《はさ》んで重々《おもおも》しく口を開いた。

「よかろう」

「会合で何が話された」

「焦るな。順を追って話す」

気の変わらぬ内に訊《き》き出そうとする源吾に、内記は掌《てのひら》を向けて制す。そして会合の場で話されたことを、詳《つまび》らかに説明した。

「毒だと……」

全てを聞き終え、源吾は眉間《みけん》に皺《しわ》を寄せた。毒の種別や蔓延《まんえん》させた手口は全て謎《なぞ》。しかし誰かが意図的に仕掛けたことは間違いないだろう。

「入れば死ぬ。怖気《おじけ》づいたか？」

内記は侮《あなど》るように薄く微笑《ほほえ》んだ。

「まさか。譲羽殿は生きている。防ぐ方法があるんだろう？」

「咄嗟《とっさ》に目と口を閉じて難を逃れたとか」

「流石だな」

勘九郎は少し誇らしげに口角を上げる。

「で、どうやって探る」

内記は静かに尋ねた。

「江戸の全ての番付火消が額を寄せ合っても答えが出ぬのだ。手掛かりが少なすぎる」

頭が切れる勘九郎でも、すぐには手立てが思いつかぬようで唸るのみである。

「火付けを望んで待っている訳じゃねえが……次の火事場に踏み込もう。そうしたら手掛かりも得られるはずだ」

源吾が言うと、内記は呆《あき》れたように息を漏らす。

「話を聞いていなかったのか。踏み込めば死ぬのだぞ。譲羽殿のように長く息を止めてもあの有様《ありさま》だ……」

「壁を破って煙を一方向に抜くのはどうだ？」

屋敷の外壁に敢《あ》えて大きな穴を作って排煙する。煙が充満してどうにもならぬ時に取る方法で、一方向戦術などと呼ばれることもある。

「駄目だ。屋敷の中に留まっていたから、外の野次馬に被害は出なかったと思われる。それをいきなり抜けば、多くの者が犠牲になるかもしれぬ」

「風下でも被害が出たのは隣家まで。もっと煙を薄めれば」

「それはそうだが、横穴を開けるとなると……」

「誰が横穴って言ったよ」

「何？」

源吾は天を指差して不敵に笑った。

「上だ」

「なるほど。いけるかもしれぬ」

勘九郎も頷きつつ同調する。

「もっとも、念のために野次馬は全部追い払ったほうがいいな」

話を進めていると、内記が諸手《もろて》を突き出して止める。

「待て、燃える屋根にそう簡単に上れるか」

屋根に上るといえば纏師《まといし》。だが、隣家に上って壊す棟を指し示すのが本来の役目である。駆け付けた時にはすでに焔《ほのお》が渦《うず》巻いているかもしれない。そんな火元の屋根に上るとなれば並の纏師では務まらない。まだ経験の浅い者の多い八重洲河岸定火消では難しいと内記は反論する。

「心当たりがある」

　源吾はにやっとして見せた。半年ほど前、賭場《とば》での諍《いさか》いから「け組」の火消屋敷が火を付けられるという事件があった。炎は火の見櫓《やぐら》にまで回り、半鐘《はんしょう》を外して逃げようとした鳶が取り残された。燃え盛る櫓の炎を避けながら、一気に上まで昇って救い出した者がいる。それが火消になって僅《わず》か三カ月の新人だったということで、一躍《いちやく》名を高めたのである。

「仲間に引き込めるか？」

　勘九郎は誰のことか早くも察しがついたらしい。

「あいつの死んだ親父は昔、うちの臥煙《がえん》だった。その頃からの馴染みさ」

　臥煙とは即《すなわ》ち鳶のこと。定火消配下の鳶を特にそのように呼ぶ。

「しかしそれが出来たとして、野次馬を追い払うのも一苦労だぞ」

　内記はもう一方の難題を理由に引き下がらない。確かに火事場の野次馬とは時に厄介《やっかい》なもので、去れと言って従う連中ではない。

「刀を抜いて追い払う訳にもいかねえしな」

「軽口も休み休みに……」

　内記は呆《あき》れたように言い掛けたが、こちらが大真面目《おおまじめ》だということに気付いたのだろう。顔を引き攣《つ》らせながら続けた。

「そのようなことをすれば切腹《せっぷく》は免《まぬか》れぬぞ」

「解ってるよ。こっちも荒っぽい奴を二、三人引き込むか」

源吾が不敵《ふてき》に片笑むと、勘九郎はよかろうと即座に頷《うなず》く。ただ内記だけが、えらいことに巻き込まれるのではないかと唖然《あぜん》としている。

四

夕刻になって、『来生《きすぎ》』という煮売り酒屋に三人で脚を運んだ。今日、元々源吾が行こうとしていた店でもある。思った通り、目当ての男が若い鳶と共に酒を酌《く》み交わしていた。

「おう、源吾。こっちへ来い」

目敏《めざと》く己に気付き、手招く。い組の漣次である。初出動で焔の塔と化した火の見櫓から、鳶を救い出したのはこの男だった。背後に続く二人にも気付いたようで、漣次は呑みかけた酒を噴き出した。

「何だ？　えらい面子《めんつ》だな」

咳《せ》き込みながら漣次は卓を袖《そで》で拭《ぬぐ》う。

「話がある」

「へえ……向こうに移るか」

飄々とした男だが、頭が鈍い訳ではない。他の鳶に聞かせられない話だとすぐに悟ったようで、隣の小上がりを親指で指し示した。皆で場所を移し、源吾が事のなりゆきを説明する。

「という話だ。力を貸してくれないか？」

「ああ、いいぜ」

「即答だな。この先達はああだ、こうだと文句をつけてばかりだったが……」

源吾は口をへの字に歪《ゆが》めて内記を見た。

「痴れ者が。私はお主らと――」

「定火消の、それも頭ともなれば、色々考えなきゃならねえことがあるさ。ましてや進藤様は俺やお前と違い、分別《ふんべつ》ってものがおありだからな」

漣次はくいと片眉を上げると、内記は語調を和らげた。

「町火消の割によく解っているではないか」

「お褒《ほ》めに与《あずか》り、どうも」

漣次は笑顔で会釈をして再び盃《さかずき》を傾けた。

「金五郎の雷が落ちるぞ?」
「こんなことが無くても毎日落ちていたさ。それに今の俺は叱《しか》られる義理がね
え」
「どういうことだ?」
漣次に勧《すす》められて、杯に口をつけながら訊いた。
「一番組の若えもん《わけ》は、火消の籍を剝《は》がされた」
昨今、若い町火消が無茶をして問題となっている。特に火事が多い地を望んで
入って来たのだから、一番組の若者は血の気が多い者ばかり。二十歳に満たない
火消は出るなと命じたところで、素直に聞くような連中ではない。
このことを憂慮《ゆうりょ》した一番組に属する組頭たちは相談し、事が解決するまで若者
たちを火消の名簿から除《のぞ》くという荒業《あらわざ》に出た。同じ火消であるからこそ協力して
消火に当たることもあるだけで、素人ならば火元に近づくことを許さない。火消
でないとなれば、まともに消火活動が出来ないようになると判断したのだ。町火
消の十人に九人は他に職を持っているからこそ、出来る処置とも言えよう。
「金五郎や卯之助もやきが回ったな」
源吾は苦笑してこめかみを掻いた。

「ああ、それで収まるような奴らかよ。この界隈はえらい騒動になっているぜ」

「騒動だと？」

勘九郎は眉を顰《ひそ》めて鸚鵡《おうむ》返しに訊いた。

「ええ、火消どうしの喧嘩《けんか》はご法度でしょう？」

火事と喧嘩は江戸の華などと言われている。元来はそれぞれを別に並べた言葉だが、江戸の喧嘩の半数には火消が絡《から》んでいるのではないかというほど、切っても切れない関係である。幕府はこれを収めるため、火消法度の中に、

――火消どうしが喧嘩を起こした場合、双方とも三月《みつき》の謹慎を命じる。

という条文を加えた。火事場での喧嘩、死人が出たりした場合はさらに罪が重くなる。この法度があっても喧嘩は度々《たびたび》起こっているが、一応の歯止めになっているのは事実である。

「そういうことか……」

「ええ、火消の籍から外れたのを幸いと、あっちこっちで喧嘩が起きてね。特に秋仁なんて毎日のように辰一を追い回してやがる」

秋仁はこの界隈で知らぬ者がいないほどの悪童であった。源吾も詳しいことは知らないが元は孤児《みなしご》であったのは確か。生来《せいらい》腕っぷしが強く、また面倒見がよか

ったため、橋の下で暮らす同じ境遇の子どもたちを束ね、香具師《やし》の元締めの手先のような真似もしていたという。

すてごろ秋仁の異名を取り、齢《よわい》十二で大人のやくざ者を叩きのめしたという話も聞く。そんな喧嘩で負けなしだった秋仁に、初めて土を付けたのが辰一である。それから十数度挑んだが、結果は同じであった。負けん気が強く、辰一がに組の火消になったと聞きつけるや、

——こっちでも負けやしねえ。

と、自らも隣のよ組に入ったという経緯がある。

「勢いで火消になった馬鹿さ。法度のことなんてこれっぽっちも知らねえ」

漣次は卓を叩いて呵々《かか》と笑った。秋仁は火消としても勝つつもりだったが、喧嘩での勝ちも諦めた訳ではない。法度の存在は火消になって初めて知ったようで、相当に鬱憤《うっぷん》が溜まっていたらしい。事件が解決するまで火消の籍から外されるというのを好機と捉え、辰一に挑みまくっているというのだ。

「馬鹿な野郎だな」

「ああ、あの化物《ばけもの》に勝てるかよ。この数日だけですでに五、六回はやられてるぜ。それでも挑む秋仁の根性もなかなかのもんだ」

辰一の怒り顔を真似るように、漣次は眉間を抓《つね》りながら笑った。

「まあ、一所にいれば話が早いんだがな」

「おい、まさか……」

内記の声に懸念の色が滲《にじ》み出ている。

「ああ、あいつらを引き込む」

源吾はことも無げに言い放った。漣次はそりゃあ面白いと囃《はや》し、勘九郎もこの際仕方なかろうと同調する。酒気と賑《にぎ》やかな声が漂う煮売り酒屋の中、やはり内記だけが不安そうに頰を引き攣らせていた。

五

翌日、源吾は日本橋通《とおり》油町《あぶらちょう》にある朝日稲荷《あさひいなり》へと向かった。鳥居前で漣次と待ち合わせることになっていたのである。本日は勘九郎と内記の二人は別行動を取っている。

漣次を引き込んだ後、次の火事に備える以外、事件に迫る方法は無いのだろうかという話題に及んだ。会合の場には漣次の師匠である金五郎も出ていたので、何か聞いていないかと考えたのである。しかし漣次も何も聞かされていない。同じくに組の卯之助も、幾ら息子といえども辰一には話していないだろう。そんな時、漣次が唐突《とうとつ》に手を叩いた。

「に組の話で思い出したが、様子のおかしな宗兵衛さんを見たぜ」

漣次はいい陽気の日は屋根の上で寝そべり、お天道様《てんとさま》の光を浴《あ》びるのが好きだという。火消の中では猿と纏師は高いところが好きなどとよく小馬鹿にされるが、漣次も多分に漏れぬらしい。

二日前も漣次は手頃な屋根に上って昼寝をしようとした。不退の二つ名を持つ宗兵衛を見たというのはその時のこと。辻に身を潜め、まるで探索をしている目《め》明《あ》かしのように見えたという。その宗兵衛が見ていた先にある建物こそ、

——尾張藩上屋敷。

だったというのである。

「待て」

そこで内記が手を持ち上げて話を止めた。ずっと気のせいかと思っていたが、漣次の話で確信に変わったという。

話は会合の日に遡《さかのぼ》る。若手の火消の出動を禁ずるという案に、内記一人だけ

が物申した。同調してくれる火消はいないかと、話している最中も周囲の様子を窺うことを怠《おこた》らなかった。すると、一人だけ皆と異なる反応を示していた者がいたという。

「尾張藩の中尾将監殿は、酷《ひど》く狼狽《ろうばい》しているように見えた」

と、言うのである。尾張藩が此度の火事に何か関わりがあるのかもしれない。

本日、勘九郎と内記はそちらを探っているのだ。

午《うま》の刻（午後零時）丁度という約束の少し前に朝日稲荷に行くと、すでに漣次は着いており、塀にもたれかかって茫《ぼう》と空を眺めていた。

「待たせたな」

「おう。じゃあ行くか」

こちらが呼びかけると、漣次は背で弾くようにして塀を離れた。

「さて、どっちから誘う」

「普段、屯《たむろ》している煮売り酒屋がある」

源吾の問いに、漣次は指で指し示しながら言った。

「だからどっちだって」

「そりゃあ、決まってんだろうよ。あいつは……しまった」

口に手を当てて漣次は気まずそうな顔になる。

「何だ」

「いや、言ったら殺される」

それで辰一の話だとぴんと来た。言わなければ直《じか》に尋ねるまでだと言うと、漣次は大慌てで白状した。

「誰にも言うなよ。辰一は酒が呑めねえ」

「下戸《げこ》ってことか？」

「ああ、猪口《ちょこ》一杯の酒で倒れるくらい弱い」

「嘘だろ……何でお前はそれを知っているんだ？」

「一年ほど前、あいつが路地裏に転がっていたことがあってな」

辰一がある一膳飯屋に初めて行った時の話である。気の良い店主が辰一の体格を見て、さぞかし呑むだろうと、湯飲みに酒を入れて出してしまったのだという。辰一はそれを白湯《さゆ》と間違えて口を付けてしまい、逃げるように飯屋を出たが、前後不覚《ぜんごふかく》になって倒れた。そこに漣次がたまたま通り掛かり、何とか担《かつ》ぎ上げて家まで連れていったのである。その時、卯之助から倅は酒が弱いと聞かされたというのだ。

「あとできっちり詰められたがな」

連次は自らの喉《のど》を絞め、舌を出して戯《おど》けた。後日、辰一が訪ねてきて他言《たごん》すれば殺すと脅《おど》されたらしい。辰一は酒に弱いことを恥に思っており、一人でこそこそと慣れるべく家で呑んでいるという、おまけの話まで付いていた。

「へえ、そりゃあいいこと聞いたな」

「知っているのは卯之助さんと、宗兵衛さんだけ。言ったら、俺の命がねえ」

「解ったよ。てえと、酒屋は秋仁だな」

秋仁の悪童時代の仲間が、若くして開いた「すず屋」と謂《い》う山下町《やましたちょう》の煮売り酒屋。そこが秋仁たちの溜まり場になっているのだという。

すず屋の暖簾《のれん》を潜《くぐ》ると、まだ時刻も早いのに、すでに出来上がっている者たちがいる。いずれもなかなかに柄《がら》が悪い。

「秋仁はいるかい？」

連次が尋ねると、酒気で顔を赤黒くした男が睨みを利《き》かせてくる。

「誰だ、てめえは」

「おいおい。何でいきなり絡まれなきゃならねえ」

「秋仁さんを呼び捨てる奴なんざ、この店に来ねえ」

「へえ、よくそれで店がもってんな」

漣次は白い歯を覗《のぞ》かせる。口調《くちょう》から優男《やさおとこ》と勘違いされがちだが、漣次も町火消の端くれで、このような手合いに怯《ひる》むことはない。

卓の前に座っていた者に加え、小上がりで呑んでいた連中も目の色を変えて一斉に立ち上がる。

「止めろ」

涼やかな声が飛んで来たのは板場からである。どうやら皆が一目《いちもく》置いているようで、一言で動きを止める。暖簾を潜って現れたのはこれまた若い男。己たちとそう変わらない年頃ではないか。

「あんたは？」

「この店を預かる安治《やすじ》というもんです」

源吾もその名を聞いたことがある。秋仁がこの界隈で暴れまわっていた時、その副将のような役回りを務めていたものである。柄の悪さに似合わず美声であることから、「鈴虫《すずむし》」安治などと無頼《ぶらい》の徒らしくない渾名《あだな》で呼ばれていたはず。

「俺はい組の漣次ってんだ。こっちは定火消の松永源吾。秋仁とは同期の火消だ」

「なるほど。で、何の用でしょうか」

安治は何故か嬉しそうに口元を緩めた。

「秋仁を知らねえか？」

「今頃きっと」

安治は拳で自らの顎をこつんと叩いた。漣次は苦笑してこめかみを掻く。

「今日もか。どこか知らねえか？」

「高輪《たかなわ》ですよ」

「高輪？　何でそんなところに」

源吾は思わず先に問い返した。

「辰一の野郎が、月に一度高輪にある小さな寺に通っているって調べ上げたんです。それを秋仁さんに伝えたら、人気《ひとけ》の無いところだと邪魔が入らないから好都合だってね」

安治はそう言うと、その場所を懇切に教えてくれた。

「ありがとうよ」

「皆の無礼をお許し下さい」

安治は深々と頭を下げた。

「ここにいるのは……」

「ええ、お察しの通りです。今はこれでも堅気《かたぎ》なんですがね。まだ昔の気分が抜けねえようで」

ここにいるのは秋仁と共に町のごろつきだった連中ばかり。秋仁も含めて、元はその大半が橋の下で暮らすような孤児たちだったという。汚く言えば乞食《こじき》、幾分丸みを帯びた表現ではお薦《こも》などと言われる者たち。何も大人に限ったことではなく、ここ十数年は子どものお薦が増えていることが問題となっている。

「秋仁さんも母親に捨てられましてね」

秋仁は房州《ぼうしゅう》の産だという。五歳の頃、母親に連れられて江戸に出てきた。数日は行動を共にしたように覚えているが、母親は秋仁を置き去りにして戻らなかったという。秋仁はそこから一人で物乞いをして十歳になるまで生き抜いた。幼くして世の過酷さを知ったからであろう。同年代の孤児たちに手を差し伸べてゆくうち、知らぬ間に多くの者から慕《した》われるようになった。安治も八歳の頃に秋仁と出逢い、小さな握り飯を分け合って生きてきたという。

「私はね、辰一に感謝しているんですよ」

安治は意外なことを口にした。秋仁は義俠《ぎきょう》心に溢《あふ》れた男である。皆を堅気の職に就《つ》けようとする一方、自身は新たに頼って来る者のために足を洗う機会を逸《いっ》していた。このままではやくざ者の親分になるしかないと思っていた矢先、辰一に喧嘩で敗れたのである。それから何度再戦しても勝てない。その時に安治たちが、

――あの野郎を火消でぶっ倒して下さい。

と、迫ったというのだ。安治たちは切《き》っ掛《か》けを探していたのである。安治は賭場の見張りで得た金でこの店を開き、仲間内でも、まだ一人では食っていけないほど幼い者を住み込みで雇ってやったり、面倒を見るようになった。店は決して繁盛《はんじょう》している訳ではないが、堅気になった元仲間の援助もあって、何とかやっていけているという。

「秋仁さんが一端《いっぱし》の火消になった暁《あかつき》には、あっしもこの店を次の者に任せて馳《は》せ参じるつもりです。ここにいる連中も同じ考えでしょうね」

酔客たちはやんやと騒いで同意する。秋仁の武器は、腕っぷしの強さでも、肝《きも》っ玉の太さでもなく、皆に慕われる魅力なのだと源吾は悟った。

「お二人が訪ねて来られたのが嬉しくて。秋仁さんは火消として必要とされているんだなってね」

安治は心地の良い澄んだ声で笑った。

「ああ、秋仁の力が必要さ」

源吾は力強く頷いて見せた。

「お願いします。きっと辰一に挑むのも、あの人のけじめみたいなもんだから」

再び頭を下げる安治に見送られ、二人は店を後にした。

「皆、色々あるみてえだな」

高輪に向かう途中、源吾はぽつんと呟《つぶや》いた。市井《しせい》の人々はいつしか火消を英雄のように祭り上げるようになった。しかし彼らが見ているのは火事場での姿だけ。その火消にもそれぞれ人生があり、背負っているものがあることを知らない。己が火消になってようやく解ったことである。

――伊神様もそうだったのかな。

昨日、尾張藩の名が出たからか、そのようなことが頭を過《よぎ》った。思いを馳せてみるものの想像も付かない。まだ何者でもなかった己の瞼《まぶた》に焼き付いているのは、赤毛の馬に跨《またが》り颯爽《さっそう》と火事場に向かう甚兵衛の姿だけである。

六

源吾らは桜の名所としても知られる御殿山《ごてんやま》の裏手を目指した。畑の中にこんもりとした小さな森があり、その中に目的の寺があるのだという。

「えらくぼろい寺だな」

森を進むと寺の全容が見えて来た。ここに来る途中に立ち並んでいた立派な寺に比べれば、何ともみすぼらしい。檀家《だんか》が少ないのであろうか。壁に空いた穴は素人普請《ふしん》のように塞《ふさ》がれ、瓦《かわら》も所々剝《は》げ落ちている。だが、境内《けいだい》では数人の子どもたちが遊びまわっており、それを好まし気に見つめながら箒《ほうき》を動かす、和尚《おしょう》らしき人物の姿も見えた。こちらに気付いたようで、源吾は軽く会釈をして近づいた。

「初めまして。拙者は松平隼人家中、松永源吾と申します」

畏《かしこ》まって名乗ることも珍しく、少しばかりたどたどしくなってしまった。

「拙僧《せっそう》はこの寺を預かる魯寛《ろかん》と申します。このようなむさ苦しい寺に何の御用かな？」

魯寛は言いながら子どもたちをちらりと見た。危害を加える悪漢《あっかん》ではないかと少々訝《いぶか》しんでいる様子である。

「町火消い組の漣次と申します」

「ほう。あなたも火消。もしや……松永殿も？」

「ええ、武家火消です。和尚、あなたもと言うのは……」

「この寺によくしてくれる町火消の方がおられましてな」

「それは辰一という男では？」

「よくご存知で。お二人は辰一さんのお仲間ということですか」

話が呑み込めずに、源吾と漣次は顔を見合わせた。

「その辰一を捜して来たのです。少し話をお聞きしても？」

魯寛は人の好《よ》さそうな笑みを浮かべ、手を滑らす。御堂の廻《まわ》り縁《えん》に腰掛けて話を聞く。

「この寺では身よりの無い子を育てているのです」

ここでもやはり江戸に孤児が多いという現実に直面した。魯寛は三十でこの寺を継いでから二十余年、ずっと親のいない子を引き取ってきた。檀家も決して多い訳ではなく、その暮らしは楽ではないという。

「十数年前までは、多額の寄付をして下さる商家があり、多くの子を養えたのですが……今ではご覧の通り、十人ほどの面倒を見るのがやっとで」

呉服を商う富商の主人は出来た男で、魯寛が子どもたちを養っていると聞きつけ、毎月金や米を布施《ふせ》してくれていたらしい。

「で、その豪儀《ごうぎ》な商人さんは今は……」

「千羽《せんば》一家に……」

千羽一家とは江戸で名を馳せた賊である。金持ちの商家、旗本からしか盗まず、誰一人傷つけることも無い。さらに盗んだ金を民に分け与えることから、義賊などと呼ばれた時期もあった。しかしある日を境にその手口は一変する。適当な屋敷に火を放ち、その混乱に乗じて押し入るようになったのだ。しかも入った商家の一家奉公人を残らず惨殺するという残虐《ざんぎやく》を極める手口である。

「支援がなくなってからというもの、多くの子どもを受け入れることは儘《まま》ならなくなりました……しかし今年に入り、辰一さんが毎月お布施をして下さるように」

「え……」

辰一は生前そこの主人に大層世話になったとかで、己が火消として俸給《ほうきゆう》を貰《もら》うようになった今、その内から一部を毎月届けているのだという。

「あいつは何だってそんなことを……」

魯寛は優しげな笑みを崩さぬまま、首を横に振った。

「同じことを考えましたが、辰一さんにも何か訳があるのでしょう。多くの子どもたちが助かっているという事実だけでありがたいことです」

境内を走り回る子どもたちを目で追いつつ続けた。

「金を渡すだけでさっと帰られるので、殆どの子どもたちも知りません。ただ、たまたま居合わせた子の中には、辰一さんに憧《あこが》れて火消になりたいなどと申す者もおります」

いつか、に組に入りたい。そう言ったその子に辰一は、火消は生半可《なまはんか》じゃ務まらん。大人になってまだその熱を抱いていれば来い。そのかわり半端《はんぱ》な真似をした時は承知しないなどと、多少荒っぽい言葉ながら真摯《しんし》に話していたらしい。

「へえ……あいつがねえ」

漣次は精悍《せいかん》な頰を緩めた。あの暴風のような男がこんなことをしているとは、源吾も少々驚いている。こうして子どもに憧れられ、また新しい火消が生まれるのかもしれない。

「で、その辰一は？」

「朝のうちに来られ、本日もすぐに」

「出遅れたか」

「ただいつもと違い、段吉《だんきち》と話し込んでいました」

「段吉？」

「ええ、ここで暮らしている子の一人です。父親が男手一つで育てていたのですが、三年前に死んでしまい、七つで天涯《てんがい》孤独に」

「三年前というと、病が流行っていた頃ですしね」

記憶を呼び起こして源吾は言ったが、魯寛は首を横に振る。

「段吉の父は火消でした。火事で死んだのです」

「それはもしかして……」

三年前、火消に人死にの出た火事といえば、真っ先に思い浮かぶことがある。その年に死んだ火消は三百余。その内、百七十一人が一家から出ているのだ。

「尾張藩火消、纏番の段五郎という者を御存知か？」

「西の前頭《まえがしら》五枚目、白蜻蛉《しろかげろう》の段五郎」

同じ纏番だけあって、漣次は即座に口に出した。

「はい。その御方は辰一さんの父上と懇意《こんい》にしていたそうです。辰一さんもここに通うようになってから、偶然知ったとのことでした」

「辰一は段吉と何の話を？」

漣次が宗兵衛を見かけたのは、尾張藩上屋敷の近く。その宗兵衛は辰一が属するに組の副頭である。辰一が宗兵衛の姿が見えぬことを訝しみ、行き先を尾《つ》けていてもおかしくない。そしてさらに尾張藩火消の遺児と何かを話し込んでいた。辰一も独自にこの事件を追っているのではないか。そして己たちより一歩先に進んでいる。源吾の勘がそう告げていた。

「拙僧も話の内容までは。段吉を呼んで訊いてみましょう」

ただの酔狂《すいきょう》で源吾たちがこのようなことをしている訳ではないと、魯寛も気付いている。

「お願いします」

「ただし……段吉が取り乱したならば、すぐにお止め頂きたい。ここに来た直後は、父は生きているとずっと言い張り、寺を何度も抜け出そうとしたのです」

魯寛が声を掛けて手招きすると、団子鼻《だんごばな》の男の子がこちらに駆けて来た。

「和尚、どうしたんだい。俺は鬼だから皆を探さなくちゃならないんだけど」

段吉は不満そうに零した。どうやら隠れ鬼に興じているらしい。

「段吉、俺は松永源吾ってもんだが、少しだけ話を聞かせてくれ。今日、辰一が何か訊いてきただろう。それは何だったか教えてくれ」

段吉は困惑したように魯寛を見る。魯寛が優しく頷くと、ようやく口を開いた。

「俺が、まだおっ父《とう》が生きてるって言っていた話だよ……」

段吉は今でも父は生きているかもしれないと思っていた。そんなことは無いと頭ごなしに言う者、憐《あわ》れむように口を噤《つぐ》む者ばかりだったが、辰一は初めから何でそう思うと訊いてくれたらしい。今日話したのもそのことで、本当に間違いないかと念を押して来たのだという。

「段吉は何故、そう思うんだ?」

源吾も出来る限り穏やかに尋ねた。段吉は戸惑いを見せながら口を開いた。

「数が合わねえんだ」

「何……」

「あの日、俺は何か嫌な予感がして、止めようとしたんだ。でもおっ父は心配ないって……」

──俺も含め尾張藩火消百七十二人、誰一人欠けることなく帰って来る。

そう言って段吉の頭を撫でて落ち着かせたというのである。

「百七十二だと……」

源吾は喉を絞るように言った。

「源吾」

漣次も気付いたようで、顔から血の気が引いている。

「ああ、段吉。もう一度訊く。御父上は……段五郎さんは間違いなく、百七十二人と言ったんだな」

「間違いない。でも、お上によると死んだ人の数は……」

火消の歴史に刻まれるほど鮮烈な事件である。ましてや源吾はどこよりも尾張藩火消に、いや伊神甚兵衛という男に憧憬《どうけい》を抱いていた。幕府、尾張藩から公表された殉職者の数もはきと覚えている。

「ああ、百七十一だ」

「うん。だから誰か生き残ったはずなんだ。それがおっ父じゃないかって……」

段五郎は纏頭を務めるほどの男。己の組の人数を間違うとは考えにくい。ならば見つかっていない骸《むくろ》があるということか。いや、あの事件は何も無いだだっ広い野原で起きた。一つだけ見つからないのも不自然である。

幕府は正式な数を知らなかったとして、鳶の俸給を払っている尾張藩が間違うはずが無い。そうなると尾張藩も敢えて数を一人少なく発表したということになる。

火元で折り重なって死んでいた尾張藩火消は、顔も判別出来ないほど黒焦げになっていたという。尾張藩も誰の骸が無かったのか解っていないはずだ。それが段吉の望むように段五郎であるとは断言出来ない。ただ誰かが火事場からいなくなったのは確かということになる。

「段吉、つらい話をさせてすまなかった……ごめんな」

期待を持たせるようなことも言えず、源吾は唇を噛みしめて言った。

「ううん。じゃあ、行くね」

段吉は気丈《きじょう》に頷くと、仲間たちを探しに戻っていった。段吉は口ではああ言っているが、すでに父がこの世にいないことを悟っているのではないか。どこかで生きていると思うことで、己を奮《ふる》い立たせているように感じた。

「和尚、ありがとうございました。しかし、いきなり訪ねて来たのに何故……」

「今日の辰一さんは、どこか思い詰めた顔をされていてな。何か危うさを感じたのです。そんなところにお仲間が立て続けに訪ねてこられたので、何か力になれればと……」

「立て続けに？」

己と漣次のことかと思ったが、同時に来たのだからそのような言い方はすまい。

「ええ、あなた方が来る前に。段吉と話したいとは仰いませんでしたが」

「秋仁という男では？」

「ええ、その通りです。やはりお仲間のようで」

魯寛は話が早いと太い眉を開く。

「秋仁はどれほど前に帰ったのですか」

「いいえ、まだその辺りに……」

意味が解らず、首を捻ったその時、段吉の明るい声が境内に響いた。

「秋仁さん見つけた！」

「え」

源吾と漣次の声が重なり、顔を見合わせた。何と段吉が木陰から引っ立てて来た男は、秋仁である。枯れ葉を被って隠れていたのか、頭に何枚か落ち葉が引っ付いている。

「見つかっちまったか。上手く隠れていたつもりだったんだがなあ」

「頭はね。尻が丸見えだったよ」

「そりゃあ、しくじった」

秋仁は額に手を置いて呵々と笑った。

「何やってんだ、秋仁」

「こりゃあ、松永様。漣次さんまで……」

秋仁は驚きの顔になって仰《の》け反《ぞ》った。何が起こっているのか、訳が解らないだろう。

「辰一に会ったか」

「ええ、まあ」

ここに来た時、丁度帰ろうとする辰一と鉢合わせたらしい。

「その割に顔が綺麗《きれい》だが？」

「まったく……俺が負ける前提ですかい。弱っちまうな」

秋仁は苦笑して眉間を指で掻く。やくざ者すらたじろぐほどの悪童だったとは思えぬほど、秋仁の仕草《しぐさ》にはどこか可愛《かわい》げがあった。人の懐《ふところ》にすっと入ってくる。

「馬鹿。勝とうがただで済む相手かよ」

「違いねえ。いやね、挑もうとしたんですが……」

辰一は秋仁の姿を認めると、

——またてめえか。しつこい野郎だ。

と、珍しく顔を顰《しか》めた。そしてさらに今日は気乗りがしない。再戦するならお前が日時と場所を決めろ、必ず出向く。だから今日は帰れと手で払った。

辰一が喧嘩を避けることはなかった。また秋仁が追い回して見つけているのであって、向こうからこのような申し出があるのも初めてだった。

そこで秋仁も辰一の背後、境内で遊ぶ子どもたちの姿に気付いた。その時点では辰一がこの寺に布施をしているとは知らなかったが、子どもたちに喧嘩をしている様を見せたくないのだということは察したらしい。

嘘じゃないだろうなと迫る秋仁に対して辰一は、

——俺は誰とでもやってやる。嘘ならお前の勝ちと言い触《ふ》らしていい。

と、睨みつけるようにして誓ったらしい。

こうして一度は引き返した秋仁であったが、やはり寺のことが気に掛かった。

「で、和尚から辰一が何しにここに来ているか聞いたと」

「ええ。あの野郎、むかつくけど、いいところあるじゃねえかってね」

「話の途中、秋仁さんは涙を流しておられましたからな」

魯寛が呵々《かか》と笑うと、秋仁は勘弁してくれと狼狽《うろた》える。秋仁はその流れで無邪気に遊ぶ子たちに混ざっていたようだ。孤児だった己に重ねて思う所があったのだろう。

「で、松永様もあいつを捜しに？」

気恥ずかしそうにしていた秋仁が話を転じる。

「ああ。だが、お前も捜していた」

「なんか血生臭《ちなまぐさ》そうな話だ。帰る道すがら聞きましょう」

昨今の火消を取り巻く状況を思い返したのだろう。秋仁は察したようでぱっと立ち上がった。そして懐から小粋《こいき》な財布を取り出して、廻り縁にそっと置く。

「これ、少ねえけど。子どもたちに飴《あめ》でも買ってやって下さい」

「そんな……」

源吾と漣次もふっと頬を緩めて財布を出した。

「お二人まで」

「大した額は入っちゃいません。今日は別に動いている二人なら、結構持ってそうなんですが」

「確かに。俺は一回酒を呑むほどしか入ってねえ」

漣次は苦笑して頭の後ろに手を組んだ。

「皆様、ありがとうございます。大事に使わせて頂きます」

手を合わせて拝《おが》む魯寛を残し、境内を後にした。両側に木々が並ぶ一本道。土を燻《いぶ》したような芳《かんば》しい香りが漂っている。また段吉が隠れている誰かを見つけたのだろう。背後から高い声が湧いた。

「彦弥《ひこや》、見つけた！」

「ちぇっ、木の上でも駄目かよ」

「あとは甚助《じんすけ》だけだな」

微笑ましいやり取りが遠く聞こえて、秋仁はちらりと振り返った。

「松永様、どこかで一杯やりながら話しましょうか」

「持ち合わせがねえだろう」

「あ、そうか」

秋仁はぴしゃりと自分の頬を叩いた。その口元には穏やかな笑みが浮かんでいる。もう二人には殆ど聞こえていないだろうが、源吾の耳には子どもたちの明るい声がいつまでも届いている。

七

高輪の寺からの帰り道、源吾はこれまでのことを秋仁に語った。先に仲間に入るという約束を取り付けたほうがいいのではないか。漣次は小声でそう言ったが、寺での秋仁の様子を見て信用出来る男と見定めている。

「解りやした。あっしは念のため、野次馬を蹴散《けち》らせばいいんですね」

「話が早くて助かる。だが何で蹴散らすってことになる。追い払ってくれりゃあいい」

「譬《たと》えですよ。野次馬は手強《てごわ》いから」

秋仁が言うことにも一理ある。人は集まると気が強くなるのか、幾ら危険だと報せても逃げようとしないことが多々ある。それで実際に死人が出ようものなら、一転して恐慌状態に陥《おちい》り手が付けられない。多少は荒っぽい方法を採るのも仕方ないかもしれない。

「あとは辰一を……」

「あいつはいいでしょう」

秋仁は手をふわりと上げた。若い町火消きっての武闘派の二人で、野次馬を遠ざけて貰おうと考えていた。

「手勢を動かせるのは内記だけだぞ」

仲間の内で人を動かせるのは、頭を務めている進藤内記だけ。だが、次の火事に一番に駆け付けたとして、八重洲河岸定火消は消火に当たらねばならない。

「知り合いに頼んでみようかとね」

「安治か」

「ご存知で？」

秋仁は吃驚《びっくり》したが、捜している途中、安治の店を訪ねたことを説明すると得心した。

「兄弟みてえな奴らで信用出来ます。それにこれ以上火消を巻き込まねえほうがよいと思います」

確かに、話が大きくなればなるほど、仲間が増えれば増えるほど、己たちが陰で動いていることが漏れやすくなる。

こうして話しながら、神田相生町《あいおいちょう》にある「錠屋《じょうや》」という蕎麦屋《そば》へと向かった。内記が贔屓にしている蕎麦屋で、それぞれの自宅から同じような距離に位置していることでここに決まった。次の火事に備えて起きた時の動きを皆で打ち合わせることになっているのだ。

暖簾を潜ると気風《きっぷ》の良い女将が出迎えてくれた。待ち合わせの時刻は申の下刻(午後五時)。源吾らも四半刻ほど早く着いたが、すでに奥の卓に勘九郎と内記が着いているのが見えた。

「早かったな」

「ああ」

源吾が声を掛けて腰を下ろすと、勘九郎は短く答えた。どうやらこの二人も着いたばかりらしい。

「適当に酒と肴《さかな》を頼むか」

内記に呼ばれて、女将が注文を取りにやって来た。

「進藤様、珍しいことですね」

「ええ、まあ……」

内記は少々ばつが悪そうに俯く。

「普段は一人で？」

源吾が尋ねると、内記は咄嗟に女将を止めようとするが間に合わない。

「はい。配下の方とは別のお店に行かれるようで」

女将は悪戯《いたずら》っぽく笑った。

「それは……ここはな……」

「存じ上げておりますよ」

二人だけに通じる何かがあるのか、女将は意味深《いみしん》な言い回しで頷いた。

「進藤様……申し訳ないのですが、あっしは今持ち合わせが……」

「そうだった。悪いけど俺もありません」

「素寒貧《すかんぴん》さ」

秋仁、漣次、源吾と立て続けに言うと、内記は青筋を浮かべて睨みつけた。

「何故だ。しかも後にゆくにつれ偉そうに……」

「秋仁を誘うにあたって色々な。すまねえ」

源吾は顔を顰《しか》めて片手で拝むようにして頼む。

「意味が解らぬ」

内記はぶつくさ言いながらも、女将に人数分の酒と肴を注文する。

「ようございましたね」

女将は内記に向けてにこっと笑うと、奥へと消えていった。

「流行《はや》っているようだな」

勘九郎が店内を見回しながら言った。席は埋まっており、賑やかな声が響いている。夜はただ蕎麦を食いに来るというより、肴や蕎麦掻《がき》で一杯やっている客が多いようである。

「錠屋といえば人気ですからね。最近じゃ暖簾分けした小諸屋《こもろや》も負けちゃいねえが」

実は内記だけではなく、漣次も時折この店を訪れているらしい。

「辰一は空振《からぶ》りだが、秋仁は力を貸してくれる」

源吾は秋仁が加わった流れを簡潔に説明した後、

「で、尾張藩のほうは？」

と、続けて訊いた。声を落とさずとも店内の喧騒《けんそう》で掻き消される。それも見越してこの店を選んだのだろう。

「確かに宗兵衛が見張っている」

勘九郎が口を開く。宗兵衛はべったり張り付いているという訳ではないらしい。一刻ほど見て姿を消し、次に現れたのは二刻後。また見張ってふらりと姿を消す。そして勘九郎らがこの店に来る直前、また周囲を窺いつつ現れたという。

「恐らく本当ならば四六時中《しろくじちゅう》張り付きたいのだ。だがそれが出来ぬ訳がある……宗兵衛しか見張りの人員を割《さ》けぬということではないか。それほど多くない数の火消で追っていると見るべきだろう」

そのように内記は見立て、勘九郎も同意見らしい。

「それが誰なのかは心当たりがある」

昨日、勘九郎は何か些細《ささい》な手掛かりでも無いかと、会合の日に謙八の供をした中間に、その日の様子を何気なく尋ねた。会合が終わって皆が帰った後も、謙八はなかなか出て来ず、数人の火消と話し込んでいたというのだ。

「父上も含め五人。柊古仙、卯之助、金五郎……」

「頭もか」

金五郎の名が飛び出した時、漣次が小さく呟いた。あと一人は米沢《よねざわ》藩辺りか。あるいは一番組以外の町火消の雄である「あ組」か「め組」辺りか。勘九郎は何故かじっとこちらを見つめて続けた。

「そして、松永重内」

「なに……」

驚きで声が上擦《うわず》る。父が含まれているなど夢にも思わなかった。先に挙げられた者は、名実ともに頂点に君臨する火消たち。父とは火消としての格が違う。

「何故《なぜ》親父が……」

漣次、秋仁、そして内記までが微妙な顔つきになる。ただ一人、勘九郎だけが真剣な面持ちで答えた。

「父上は松永殿を買っておられる」

「馬鹿な」

まだ勘九郎が火消として現場に立つ前のこと。謙八が認めている火消はいるのかと訊いたことがあるという。伊神甚兵衛、柊古仙、進藤靱負、その辺りの名が返って来るかと思いきや、謙八は顎に指を添え、首を捻って考えた後、

――松永重内。

と、片笑んだというのだ。

「頂《いただき》を極めた者の戯言《ざれごと》だろう」

「お主には悪いが……俺も初めはそう思った。しかし何度尋ねても同じ答えよ」

父が認める男の息子。故に端《はな》から己のことを意識していたようである。謙八ほ

どの男が認める訳が解らない。後から来た加賀鳶にへこへこと頭を下げ、消口《けしぐち》を譲る父の姿が脳裏にこびりついているのだ。

酒と肴が運ばれて来て、話に暫しの間《ま》が空く。勘九郎は盃に口を付けて話を戻した。

「ともかく五人は尾張藩に何らかの疑いを持っているらしい」

まだ悶々《もんもん》としていた源吾だが、その一言で現実に引き戻される。

「それだが、少し気になることがある」

尾張藩火消の遺児、段吉が語った父の最後の言葉を伝えた。

「それは真か」

眉を顰める勘九郎に、源吾は深く頷いた。内記は目を針の如く細めて静かに言った。

「誰か一人、生き残りがいると……?」

「まだ決まった訳じゃねえし、この事件と関わりがあるかも解らねえが……」

「いや待て」

内記は皆を制すると、眉間に指を置いて考え込む。中心にある黒子《ほくろ》を隠すような恰好である。この黒子が絶妙な位置にあることも、内記が「菩薩」の異名を取るようになった訳の一つだろう。

「尾張藩火消頭の中尾将監が酷く狼狽していた話はしたな。恐らく大音様もそれにお気づきになり、卯之助らに諮《はか》って監視することになったと見てよかろう」

「卯之助さんが伝えたのかもしれねえ。あのおっさんの視野の広さは異常だ」

己が対抗する辰一のいる組の頭。秋仁は卯之助をよく火事場で見るらしい。

「今解っているのは、妻恋町の火事がほぼ火付けで間違いないということ。どうやら毒を含んだ煙が出たということ。そして狙われたのが火事場見廻服部中《あたる》であることの三点のみ。これらを聞き、将監は動揺したことになる」

「誰も知らねえ毒煙のことを、中尾の盆暗《ぼんくら》が知っているとは思えねえ」

伊神甚兵衛率いる尾張藩火消亡き後、後継者である中尾将監が彼らの無念を晴らすため、一体どのような活躍をするのかと江戸中が注視していた。しかし、全くの期待外れだった。

「そうなると服部殿について心当たりがあるということになる」

「よく考えれば……尾張藩の担当火事場見廻も服部中殿ではないか」

加賀藩も服部の担当。そのことから思い出したのか、勘九郎がふいに言い、皆が息を吞んだ。

あの夜に出動した尾張藩火消の数と、見つかった屍の数が一つ合わない。生き残りは誰かと探索が始まるはずが、しかし世間では全員が死んだことになっている。幕府が真相を知っているか否かはともかく、真の数を知らぬはずがない尾張藩、調書《しらべがき》を作る火事場見廻が結託《けったく》していなければ隠せぬことである。

「ならばその生き残りは何故、名乗り出ないんです？」

秋仁は首を捻《ひね》った。己も含め、他の皆はある一つの仮説に辿《たど》り着いている様子である。

尾張藩火消の壊滅は仕組まれたものだとする。その中で誰か一人が生き残った。そして名乗り出ない、あるいはそれが出来ない状況ならばどうするか。源吾はまだ半信半疑ながら口を開いた。

「その生き残りが下手人……これは復讐なんじゃないか」

秋仁は小さく唸って黙り込んだ。店内の喧騒とは裏腹に、この卓だけがぽっかりと音を失っている。

「当時の尾張藩火消の名簿を手に入れる必要があるな」

暫くして勘九郎が重々しく言った。

「皆……覚えておらぬか」

内記の低い一言で、皆は卓の中央に額を集めた。

「赤曜のことだ。当時、話題になっただろう」

尾張藩火消頭の乗馬として、火消に憧れる者ならば誰でも知っている有名な馬であった。その骸が尾張藩火消たちの死んでいたところから、離れて見つかった。だが、それは赤曜だけでなく、他の馬たちも同じ。赤曜だけが注目されたのには訳がある。

まず一つは赤曜が百戦錬磨《ひやくせんれんま》の馬で、火焔を前にして取り乱したところなど誰も見たことが無かったこと。二つ目は他の馬が一、二町内で死んでいたのに対し、十町も先で見つかったということ。辺りの草木は燃えておらず、つまり焔の壁を突き抜けたと思われるのだ。そして最後は、その赤曜が何者かに止《とど》めを刺されていたこと。近隣の百姓が見て吹聴《ふいちよう》したことで瞬《また》く間に広まった。

ただ三つ目は、後にある商家の手代が名乗り出て解決した。その手代は商いで遅くなった帰りに野火に遭遇し、近くの定火消に報せに行こうとしたのだという。その時にたまたま赤曜を見つけた。すでに虫の息であったため、苦しむのを見かねて道中差《どうちゆうざし》で殺したのだという。話が大きくなってしまったことで咎《とが》められるのを恐れたが、正直に話すべきだと主人に促されて名乗り出たという流れである。

「今思えば、ちと話が出来すぎてやしないかい？」

漣次は薄ら笑いを浮かべる。町人が刃物を持ち歩くのはご法度である。例外は旅に出る時の道中差で、つまり手代は府外に商いに出ていたということになる。だがそれならそれで、何故東海道《とうかいどう》筋から離れたあの辺りにいたのか。

「怪しいな。今後は尾張藩上屋敷と、その手代の店を張ってはどうか」

勘九郎は今日一番の本題に切り込んだ。もう二度と同じ手口の火付けは無いかもしれないとは考えなかった。この事件を追えば追うほど、炎の中に込められた怨嗟《えんさ》が見えてくる。

次に同様の手口の火事があった時、八重洲河岸定火消は現場に向かう。そこに「たまたま」通り掛かっていた己たちが、要請を受けて合力《ごうりき》するという筋書き。内記は類焼を防ぐために消火、秋仁が野次馬を追い払い、漣次が屋根に上って上から排煙。源吾と勘九郎が突入するつもりである。

だがこの広い江戸の中、どこに火を付けられるか解らない。八重洲河岸定火消が一番に消口を取るに越したことはなく、ある程度の目星を付けておきたかった。

「赤曜に止めを刺したという男。どこの商家の者だったか、覚えている奴はいないか？」

その時は聞いた気がする。だが今から三年も前で、流石に誰もそこまで覚えてはいない。皆で唸って考えたが、やはり答えは出て来ない。

「読売書きの文五郎《ぶんごろう》さんなら、何か記録しているかもしれねえ。明日、訊きに……」

「もし、貴殿らは火消の方々ですかな？」

漣次が言い掛けたその時である。背後から呼ばれて源吾は振り返った。すぐ後ろの卓に初老の男が二人座り、蕎麦掻を肴に杯を傾けていた。一人は四角顔で二重の円《つぶ》らな目をしており、少し汚れた木綿《もめん》の袷《あわせ》を着ている。今一人は瘦《や》せ顔で長い眉が特徴的である。こちらは一見して質の良い羽織袴《はかま》で、歴《れき》とした武士の威厳が滲み出ている。声を掛けたのは四角顔のほうだった。

「まあ……」

ここに集まっている面々は若手では名の知れた者ばかり。否定して後々面倒になるより、皆で酒を酌み交わしていたと言い逃れたほうがいいと思った。

「盗み聞きするつもりはなかったのだが、三年前の野火のことを話しておられますかな」

今度、口を開いたのは痩せ顔。皆が固まるのが解った。この賑わいなら心配なかろうと、知らぬ間に声が大きくなっていたようである。

「知人の定火消に、二十歳に満たぬ火消は出るのを禁じられたと聞いた。貴殿らは皆若そうだ」

いよいよまずいと感じて皆に緊張が走った。ここで口を開いたのがもう一人の男であった。

「禁じられてなお事件を追っているようですが、何故に?」

このまま上の火消に告げられては堪《たま》らない。本心を打ち明けて納得させる、あるいは脅してでも黙っていてもらわねばならない。

「それはな——」

「おい」

袖を引く勘九郎に構わず、源吾は声低く話した。

「火付けかもしれねえんだ。火消が止めようとするのは当然さ」

「先達の火消に任せればよいでしょう? 手柄を立てたいのかな」

「はじめはそうだったかもしれねえ……」

確かに手柄を立てたい。父と同じような凡庸《ぼんよう》な火消で終わりたくない。ここにいる他の若手も大なり小なり思っていることである。だが、己は本当にそれだけで動いているのか。火消の家に生まれたからではなく、己は物心ついた時からずっと火消に憧れていた。それなのに凶悪な火付けがまた命を奪うかもしれない今、命を惜しんで動くなと命じられている。己が憧れていた火消の像とは、どうも掛け離れているように思えて仕方なかった。

「上の火消たちは間違っている。次の世代を守りたいのかもしれねえが……じゃあ、その次はどうなる。俺たちは一生、火付けを見過ごしたっていう悔いを背負っちまう。そんな火消に誰が憧れるってんだ」

源吾が一気に捲し立てると、他の者も銘々《めいめい》頷く。源吾の言葉は皆の心中を言い当てていたらしい。皆手柄のためだけではない。このままでいいのかと悶々としていたのだ。初老二人は頷き合い、痩せたほうが苦笑しつつ口を開く。

「……儂《わし》は件《くだん》の商家の名を覚えている」

「真ですか⁉」

「うむ。日記を付けておってな。あまりに凄惨《せいさん》な事件で覚えている。毛織物を商う『糸真屋』だ。店主は白木屋の大番頭も務めている」

「ありがてえ」

源吾が頭を下げた時、すでに二人は席を立っていた。

「名を教えて下さい」

内記が尋ねたが、痩せた男は首を短く振った。

「一期一会《いちごいちえ》ということにしよう」

「もうお帰りですか。山《やま》――」

呼びかけた女将に対し、痩せた男は口に指を添えてしっと息を吐いた。女将も何かを察したようで、戯《おど》けた顔で奥へと引っ込む。

皆が席を立って見送る中、もう一人の男が思い出したように振り返る。

「儂も一つ訊いてよろしいかな」

「何でしょう」

「この歳でも火消になれるかね」

それは無理だ。皆の顔にそう書いてあるが、源吾だけは違った。

「真面目に答えりゃ難しい。しかし、薹《とう》が立ってから火消になって一流になった者もいます」

「そうか。息子は何と言うかな」

苦笑する男は、五十に手が届こうかという年頃に見える。子どもは己より年上かと思ったが、遅くに出来た子でまだ十一歳なのだという。人目を避けて学問ばかりしているのだとか。故に年の割に大人《おとな》びており、父の無謀を軽蔑するかもしれないと言った。

「すぐに理解出来ずとも、親子なのですから、いつかは」

「そうだね。ありがとう」

男はふっと口元に皺《しわ》を寄せて店を後にした。親子なのだからいつかは解り合える。偉そうに語ったものの、己と父にはどうも当て嵌《は》まりそうにない。それとも心のどこかで己もそう信じているのか。皆と共に再び席に着いた後も、源吾は暫く茫と考え込んでしまった。

第四章　親子鳶《とんび》

一

翌日、源吾は勘九郎と共に日本橋亀井町《かめいちょう》にある「糸真屋」に向かった。内記は頭を務めており、そう毎日外出する訳にはいかない。また大人数で押しかけては警戒されるかもしれないと考え、武家火消《びけし》の二人で向かうことにしたのである。

「立派な店構えだ。二階までありやがる」

並の商家の倍ほどの大きさがある。旅籠《はたご》などの一部の商いを除《のぞ》き、町人が二階家を作るのは禁じられている。しかし外からは平屋構造に見えるような、隠し二階を作る富商は多い。糸真屋もそのような構造なのがすぐに解った。

店の中へ入ると若い手代が迎えた。名と火消であることを告げ、主人に会えないかと尋ねた。すると手代は、

「なるほど。すぐ旦那《だんな》様に」

と、奥へと入って行った。

「勘九郎」

「ああ」

何かおかしい。事件に真に関係しているならば、主人は会うことを厭《いと》うと考えていた。関わりがなかったとしても、それなりの押し問答を予想していたのだ。あまりにすんなりいきすぎている。まるで予《あらかじ》め己たちと会う約束が出来ていたような反応である。

手代が戻って主人の部屋へと案内される。訪ねて来ておいて、何故《なぜ》疑いもせずに会うのかと訊《き》くのもおかしな話である。訊けば藪蛇《やぶへび》になるかもしれぬと、何も言わずに付いて行った。

「はじめまして。久右衛門です」

と名乗った男は、この糸真屋の主人で間違いない。だが、食うに困るという身でもあるまいに、頰《ほお》はこけて目の下には深い隈《くま》が浮かんでいる。

「ご立派なお召し物ですな。道場で師範代などを？」

久右衛門は二人を交互に見ながら言った。勘九郎の着物は上等であるが、己のものは並の武士と比べても特段立派とは言えない。しかも何故いきなり、道場という語彙《ごい》が飛び出したのかも解らない。こちらが怪訝《けげん》そうにしていると、久右衛門も眉《まゆ》を顰《ひそ》めながら尋ねた。

「ご浪人という訳では？」

「いいえ、私は飯田町定火消の松永源吾と申す者です」

「拙者は加賀藩火消八番組頭、大音勘九郎」

「え……どういうことです」

久右衛門は手代が出ていった後の襖《ふすま》を睨《にら》みつけた。手代は何か勘違いして己たちを通したということらしい。

「浪人を集めていなさるので？」

勘九郎が問いかけると、久右衛門は苦い顔つきになった。

「その……」

「いや、火消を集めているのですな」

勘九郎が畳みかける。手代には武家火消であることしか言わなかった。それで手代はすぐに得心《とくしん》して案内してくれたのだ。

「店火消《たなびけし》を集めているのです」

富商などは自らの財産を守るため、独自に火消を雇い抱える。これを店火消と謂《い》うのである。

「一番組の管轄で。しかもこの時期に珍しいことで」

この地は町火消の雄《ゆう》、一番組が受け持っている。鳶《とび》の数も他に比べて断然多い。店火消を抱える商家は数えるほどで、しかも一年雇いの鳶が溢《あふ》れる春でなく、この頃に募《つの》るというのは妙なことだった。

「用心に越したことはないですからな……」

「何か用心すべきと思うことでも？」

久右衛門が答えに窮《きゅう》している中、勘九郎はこちらをちらりと見て大胆にも切り出した。

「火付けを恐れているのでは？」

「なっ――」

明らかに久右衛門は狼狽《うろた》えた。

「我らは幕府の命《めい》で動いている訳ではないのです。ご存知ないかもしれませんが、今は二十歳《はたち》に満たぬ火消は現場に出るなと厳命されております。町火消に至っては籍を外される徹底ぶり」

久右衛門は一体何の話かと目を丸くする。勘九郎は、自分たちがそうした事情で秘密裡《り》に動いていること。先日、妻恋町で起きた火事が三年前の尾張藩の事件に、何らかの関わりがあるのではないかと考え、赤曜の死に際《ぎわ》について聞きたく訪ねた旨《むね》を淀《よど》みなく語り、

「そのことで糸真屋は、下手人にいわれなき怨《うら》みを買っているかもしれない。そう思ったのです」

と、結んだ。もっとも勘九郎も糸真屋が事件に嚙《か》んでいるとは思っている。そうとでも言わないと、何も話さないと考えたのだろう。

「なるほど。そのことですか……その馬に止《とど》めを刺したのは確かにうちの手代の一人です」

その手代は事件の前日から相模《さがみ》国小田原《おだわら》に商いで向かわせていた。その帰りに野火に遭遇したというのである。それ以外、久右衛門の話に目新しいことはなかった。

「なぜ、あのような道を通ったので?」

「懇《ねんご》ろな女がいたようで、そこに一泊して来るつもりだったそうです」

一応筋は通っている。しかしあまりに久右衛門が間髪《かんはつ》入れずに答えるものだから、備えていた答えのような感がしなくもない。

「なるほど。その手代に会えますか?」

「それが……事件のすぐ後に辞めまして。今はどこにいるのか見当《けんとう》も付きません」

やはり話が出来すぎていた。しかし久右衛門を問い詰めたとして、これ以上何も口を割るまい。この憔悴《しょうすい》している様子。店火消を集めている訳。そちらから当たるべきだと判断し、今度は源吾が口を開いた。

「用心のため火消を集めているとのことですが、何人集まりました?」

「八人……ですかね」

「差し出がましいことを言うようですが、八人もいて碌《ろく》な者はいないようだ。こりゃあ火が付けば、確実に燃えますよ」

入口に置かれていた天水桶。水が半分ほどしか入っていなかった。もし己ならば朝、昼、晩と三度は点検する。この店だけを守ればよい店火消にとって、有るまじき油断である。久右衛門は高給で急ぎ集めたという。故《ゆえ》にそれに釣られ、経験の浅い者、あるいは火消を騙《かた》る贋者《にせもの》が飛びついたのではないか。

「ご忠告、ありがとうございます。彼らは馘《くび》にして、新たに……」

「俺たちが守りましょうか」

「なんですと」

「先ほども申したとおり、用心せねばならない訳が出来たのでしょう？　命が惜しいなら話すべきだと思いますがね」

半《なか》ば脅《おど》しだが、久右衛門の追い込まれた様子から見てこれしかないと考えた。店の中を通って来たが、先ほどの手代を含めて奉公人に悲愴《ひそう》感は無い。久右衛門一人で抱え込んでいる何かがあるに違いない。

「実は……脅されているのです」

久右衛門は意を決したように話しだした。今から六日前、久右衛門宛に差し出し人不明の文《ふみ》が届いた。その内容というのが、

「今から十日後以降に火を放つ、と」

勘九郎が身を乗り出した。きっと己と同じ疑問が浮かんでいる。この根が真面目な男は今にもそれを口に出しかねない。そうなれば久右衛門の懐《ふところ》に入るのは難しくなると考え、源吾は遮《さえぎ》るように話を進めた。

「もう四日しかありませんな。それで急ぎ火消を雇ったが、碌な者は摑《つか》めていないと」

「そういうことになります」

「俺たちも公然とは動けない身。近くに空き家はありますか？　仲間とそこに詰めたいのですが」

「斜向かいはうちの家です。隠居の父が死んでからは物置代わりに」

「俺たちも一年目の火消ですが……雇った盆暗《ぼんくら》よりましだと思います」

「解りました。御礼は……」

「俺たちは五人で動いている。一人十両欲しい」

「おい」

勘九郎が低く咎《とが》めたが、源吾は目配せをして封じた。金で動くと思わせたほうが、久右衛門の信を得られると感じた。

「その程度ならば安いものです！」

少しでも手を借りたいのだろう。久右衛門は心底有難《しんそこありがた》がっているようであった。早速、空き家となっている斜向かいの仕舞《しも》た屋を掃除させるということで、その日は糸真屋を後にした。

「上手《うま》くいったろ？」

源吾が不敵《ふてき》に笑うと、勘九郎は鼻を鳴らす。

「確かにな。だが久右衛門の話……」

「おかしい。若造だと思ってはぐらかしたつもりだろうが、ただ火を付けるって、そんな脅し方はありえねえ」

勘九郎は腕を組んで頷く。

「ああ、何か要求があるはずだ」

恐怖を感じさせたいだけならば、十日後などと具体的な日にちを出す必要は無い。文を読んだ瞬間からいつ火を付けられるのかと怯《おび》えさせるだろう。つまり十日後以降という日切《ひぎ》りは久右衛門の嘘《うそ》。実際には十日以内に何らかの要求が通らなければ、火を放つという内容だったのではないか。

「それに店火消を急いで雇うという発想がおかしいぜ。普通は火盗改《かとうあらため》に報《しら》せ、火消に守って貰うだろう」

久右衛門の話を思い出し、源吾は溜息を零《こぼ》した。

「何か知られたくないことがあるのだろうな……」

「要求が金ならば、額にもよるが払いそうな勢いだった」

「つまり要求の内容が、表沙汰《おもてざた》には出来ないことなのだな」

「当たりと見ていいだろう」

勘九郎はこちらを一瞥《いちべつ》して鼻から息を漏らした。相変わらずの態度だが、この数日でいつの間にか癇《かん》に障《さわ》ることも無くなっている。火消というものは、共通の敵に向かっている時はこんなものなのかもしれない。そのようなことを考え、源吾も鼻を鳴らし返した。

二

糸真屋の斜向かいの仕舞た屋に源吾らが入ったのは、要求の猶予《ゆうよ》が切れる前日からである。

漣次や秋仁は町火消の籍から除かれている身。そのせいで却《かえ》って誰に文句を言われることも無い。内記も屋敷と仕舞た屋を行き来せねばならないものの、頭であるため、やはり咎められる心配は無い。その点、ちと苦労したのは源吾と勘九郎である。互いの父同士が共に行動していると解った今、言い訳に相手を使えばすぐに露見《ろけん》する。色々と考えた挙句《あげく》、

――八重洲河岸定火消の教練に招かれた。

と、いうことにした。これは内記が口裏を合わせてくれれば成り立つ。

「まことに進藤殿のところなのか」

普段は会話も無いのだが、珍しく父が尋ねて来た。

「若手同士で研鑽《けんさん》しようとなった」

源吾は支度《したく》する手を止めることなく答える。内記と共に行動するというのは真のこと。事が起こった時に火事場にいることの言い訳にもなる。

「そうか。それはよい」

「ああ」

疎《うと》ましいと思っている父だが、嘘をつくと胸が痛むのは何故だろうか。躰《からだ》に流れる同じ血がそうさせるのかもしれない。源吾が仕舞た屋に着いた時には、すでに皆が顔を揃《そろ》えていた。

「怪しまれなかったか？」

真っ先に勘九郎が訊いて来た。

「ああ、そっちは？」

「些《いささ》か疑われているだろう」

謙八の命で兵馬が見送りに付いて来たという。故に八重洲河岸定火消屋敷に一度入り、内記が応対して口裏を合わせる羽目《はめ》になった。兵馬が去ったのち、改めてここに来ているという。

「二、三日が限界だ。それまでに何も起こらなければ次の手を考えねばならない」

年長の火消たちを謀《たばか》っていることに、内記は少々怯えている。

「今日、明日にでも来るような気がする」

下手人は予告状を出した。それは、己の火付けの手腕に相当の自信があるということ。

源吾らはその日、糸真屋の店内を隈なく見て回り、外の付け火が行われそうな箇所も洗い出した。さらに、半刻おきに見廻りをして付け火への警戒を強めた。

仕舞た屋に詰めて二日目の酉《とり》の刻（午後六時）。教練を終えて内記が姿を見せた半刻ほど後である。輪番で通り側の格子窓から店を監視していた秋仁があっと声を上げた。

「煙だ！」

「何だと？　どうやって……」

源吾は勢いよく立ち上がると火消羽織に袖を通した。母屋《おもや》の屋根の隙間から白煙が滲《にじ》むように漏れている。まだ炎は見えない。

「店が閉まってから、外からの出入りはありませんぜ」

秋仁は早口に語る。煙の位置から見るに、中に入らねば火を付けられない場所である。裏から忍び込んだとしても、家族や奉公人が多くいるのだから騒ぎになるはずである。しかし実際には、誰も出て来ず普段通りの様子である。すでに何らかの手法で火付けは終わり、そして中には毒煙が生じているとしか思えなかった。

「救け出す。段取り通りに」

勘九郎が言い放ち、各々《おのおの》が行動を始める。

「ここは頼むぞ」

内記は、八重洲河岸定火消屋敷に配下を呼びに引き返す。

「すぐに戻ります」

秋仁も火消半纏を身に着けると安治の元へと駆け出した。野次馬が殺到した時の追い払う役を連れて来るためである。

「早く上に穴をぶち空けねえと」

漣次は火消半纏に加え、晒《さらし》をぐるぐると口元に巻き付けた。煙が顔に掛かる時は目、口を閉じるが、それでも無いよりはよいだろう。

源吾、勘九郎、漣次の順で往来《おうらい》に飛び出した。まだ野次馬はおろか、道を行き交う人も煙に気付いていない。ただ火消装束《しょうぞく》に身を固めた男が三人出て来たことで、驚いている者もちらほらいる。

「一度周囲を見るぞ。漣次は待ってくれ」

「早くしてくれよ」

勘九郎が言うと、漣次は屋根を見つめながら手首、足首を回して躰を慣らした。源吾と勘九郎は頷き合うと、屋敷の周囲を見て回るために左右に分かれて駆けた。糸真屋は大通りに面しているが、他の三方は細い小道だった。あるいは下手人がまだ潜伏していることも考えられるが、素早く火元、脱出経路を確かめてゆく。勘九郎と鉢合わせたのは丁度真裏の路地である。

「人はおらぬな」

「ああ、それに紅蠅《べにばえ》の類《たぐい》じゃねえ」

「どこかから侵入したのか」

紅蠅とは、小瓶に油を入れて芯を出した火付けの道具である。外から投げ入れた痕跡《こんせき》は見られなかった。商家の中から火を放ったと考えられる。

「どうやってそんなこと……」

源吾は歯を食い縛った。糸真屋には奉公人に加え、店火消までいるのだ。火を放てば騒ぎになって飛び出して来るだろう。だが、未だ一人も屋敷から出た者はいない。

ならば煙に含まれる毒に即効性があり、皆が卒倒《そっとう》したことも考えられる。しかしそれほどの毒ならば、火を放った本人すら逃れられないではないか。

太鼓に続き、半鐘の音が鳴ったかと思うと、すぐに方々から追随して町中に響き渡っていく。音の位置から察するに、い組、に組、よ組、は組の町火消一番組である。

「手口を考えるのは後だ。一刻も早く救い出す」

勘九郎の一言で我に返り、二人して漣次の元へと駆け戻った。

「漣次!」

「おう。やるぞ」

漣次は左手に鳶口《とびぐち》を持ったまま、糸真屋に向けて一直線に走る。壁を蹴り飛ばして上ると、今度はそこから屋根に向けて大きく跳躍した。漣次は右手で庇《ひさし》を鷲摑みにする。軒端にぶら下がる恰好になったのも束の間、漣次は腕一本でぐいと躰を引き上げた。この常人離れした握力こそ漣次最大の武器である。

「風向きは北から南。南の端に頼む」

勘九郎が屋根に向けて叫ぶ。漣次は左手の鳶口を旋回させながら頷いた。この時には人々も火事に気付いて騒ぎとなっている。中には屋根を指差して忍《しのび》みたいだと叫ぶ子もいた。漣次は口元を覆っているため、まるで講談の忍者のように見えたのだろう。

漣次が瓦《かわら》を剝《は》がしている間に、まず戻ったのは秋仁。一癖《ひとくせ》も二癖《ふた》もありそうな荒くれ者を七、八人率《ひき》いており、その中には煮売り酒屋の店主である安治の姿もあった。

「秋仁、皆を店から遠ざけてくれ！」

「任せて下せえ。特に南は近づけさせるな！」

秋仁はすぐに野次馬に向けて、離れるように呼びかける。中には聞き分けの悪い者もいたが、秋仁が連れて来た強面《こわもて》たちがずいと踏み出すと、大人しく店から距離を空けていく。

「もうすぐいけるぜ」

漣次が下に向けて軽やかに言った。

「解った。こっちも空ける」

源吾は店の北側の路地に入り、壁に鳶口を突き立てた。屋根の穴一つだけでは排煙されない。風上に入口を空け、屋敷の中に風の通り道を作ってやらねばならない。

「よし！」

源吾は一戸四方ほど穴を穿《うが》つとすぐに離れた。風の入口は小さく、出口は大きく空けると、流れが速くなって排煙が進む。火消としての基礎知識である。ゆらりと漏れた煙。一見するだけでは普通に見えるが、中に毒が含まれていると考えるべきだろう。

「さあ、空いたぞ」

姿は見えないが、宵闇の空から漣次の声が降り注ぐ。漏れ出た煙が店の中へゆっくりと吸い込まれてゆく。大通りに戻った時にはすでに屋根に穴を空け終えており、濛々《もうもう》と煙が噴き出している。風がそれほど強くないこともあり、煙は天に向けて斜めに上ってゆく。

その時、往来の先から土煙を舞わせながらこちらに向かって来る一団が見えた。屋根の漣次は手庇《てびさし》をして見つめていたが、さっと口元を覆っている布を下げて叫んだ。

「鶯《うぐいす》色の羽織半纏、八重洲河岸だ！」

「よし」

　全てが策の通りに進んでいる。八重洲河岸定火消は現場に駆け込むと、すぐに展開して消口を占拠する。

「早《はえ》えな」

「太鼓を打てと命じ、すぐに戻った」

　内記は指揮棒でぴしゃりと手を叩いた。太鼓を打て、ついて来い、この二つの指示を出してすぐに引っ返したらしい。

「危ない橋を渡っているな」

　内記は苦笑しつつ、天に流れる煙を見つめた。

「今さらだけどよ。何故、力を貸してくれる気になった。手柄ってだけじゃねえだろう？」

　突入に備え、源吾も晒を口元に巻きながら訊いた。己たちは一介《いっかい》の火消だが、内記だけは若くとも定火消の一つを率いる頭。筋書通りに行けば「言い訳」をすることが出来るが、一歩間違えば最も重い責めを負うのはこの男になってしまうのだ。

「さあ、何故だろうな」

内記は口角を上げるように笑った。菩薩《ぼさつ》の異名を取るこの男は、優しげな笑みで市井《しせい》の人々、配下の者たちからの人気が高い。だが、今見せた笑みは、これまで源吾が見た中で最も嬉《うれ》しそうに見えた。

「行くか」

勘九郎も口元に晒を巻き終えている。その目の奥に微《かす》かな怯えが感じられた。恐ろしいのは己も同じで、膝《ひざ》が先刻から震えており、何度も叩いて止めようとしていた。

煙を抜いているとはいえ、毒の強さが解らない以上、目を瞑《つむ》っての突入である。

「二人とも頼むぞ。正真正銘の一番乗り。救い出せるのは我らだけだ」

内記の言う通りである。筋書のまま進んだ今、現状では己たちしか中の者を救えない。上の火消はこれでも動くなと言っているのだ。そんな馬鹿なことがあって堪《たま》るか。皆の心は一つになっていると確信した。

「松永、しくじるなよ」

目を閉じ、口を閉じて中に踏み込まねばならない。そこで考えた方法がある。

「任せとけ。必ず聞く」

己の鋭い聴覚で人々の助けを求める声、材木の爆《は》ぜる音、渦《うず》巻く風音、炎の慟《どう》哭《こく》まで聞き分けて中を探るのだ。源吾の帯から紐《ひも》を垂らしてある。それを勘九郎がしかと握った。互いに革袋を一つ。外の空気を入れて持っていくことで、二、三回は呼吸出来るだろう。

「一蓮托生《いちれんたくしょう》だな」

「俺に預けて良かったと言わせてやるさ」

二人は胸一杯に息を吸い込むと、糸真屋の戸を開け放って中に踏み込んだ。同時に目を閉じる。背後で入口の戸を勘九郎が閉める音がした。風上の壁から、風下の屋根へと作った煙の流れを崩さぬため、敢えて閉じなければならないのである。

「誰か‼」

瞑目《めいもく》したまま鋭《するど》く叫んだ。吐くことだけに集中し、煙は一切吸わない。耳朶《じだ》に全ての音を吸わせるべく集中する。反応が無ければ一度退避する必要も出て来る。

——来た。

微かな男の声を捉えた。事前に糸真屋の間取りを知ることが出来たのが大きいかった。土間から廊下、各部屋まで歩幅でしっかりと覚えている。

框《かまち》に足を掛け、廊下を奥へと進む。足に触れるものがあり、源吾は屈《かが》み込こんだ。顔の場所をまさぐり、次いで口の位置を探る。息をしていない。首筋に指を当てたが、脈も無かった。

「奥から声。どうする」

「先にそちらだ」

源吾が尋ね、勘九郎も返す。吐きながらのため最小限の会話である。二人ともほぼ同時に革袋で息を吸い、先を目指した。

「どこだ！」

「助けてくれ！」

再び吼《ほ》えると、今度は勘九郎にも聞こえるだろう声で返答があった。主人の久右衛門の声である。どうやって生き延びているのか。屋敷の最奥に進んでその答えが解った。声は押し入れの中から聞こえて来る。

「中は息を吸えるのだな」

「ああ！　早く助け――」

「入る。奥に身を移せ。息を止めろ」

開けると同時、源吾、勘九郎の順に素早く身を捻《ね》じ込んで襖を閉じた。大人三人が押し入れの中に入ったのだから、窮屈《きゆうくつ》に躰が捻じ曲がる。源吾は試しに片目をゆっくり開いた。毒はなく、ここでは呼吸出来る。屋敷の奥であることと、押し入れの中ということで煙が届いていないのだろう。

「よし」

源吾が言うと、我慢していた久右衛門の息を吐く音が聞こえた。

「あなたたちを雇って正解だった……早く助け——」

「静かに。いずれここにも火が回る。それより早く煙も来るかもしれぬ」

「それはまずい！　煙を吸った者がばたばたと倒れたのです！」

久右衛門は悲痛な声で言った。

「何があった」

「初めは何かが割れる音です……」

久右衛門はこの部屋で番頭と商いについて話していた。すると何かが壊れる音が響いたのだという。流石の源吾も外から聞こえなかったということは、本当に一瞬だったのかもしれない。

皿でも割ったか、あるいは鼠《ねずみ》でも飛び出したか、その時はその程度にしか考えていなかった。久右衛門は丁稚《でっち》に新しい茶を淹《い》れさせようと呼んだが、返事が無い。叱《しか》り飛ばしましょうと障子を開いた番頭が、あっと喉を鳴らした。

「廊下に丁稚が倒れています。番頭は部屋の外に出ました」

久右衛門も腰を上げ、障子から半身を出した時である。丁稚に駆け寄った番頭の頭上を、薄く煙が漂っているのが見えた。次の瞬間、番頭が小さく呻《うめ》いて膝を突き、すぐに頭から倒れ込んだという。咄嗟《とっさ》に煙を吸ってはならないと覚《さと》ったが、久右衛門の居室は最も奥にあり、逃げ場がない。火消が助けに来てくれることを信じ、こうして押し入れに隠れたという次第である。

「煙はどこから来ているんだ」

「最初の音が聞こえたのは台所のほうだったかと……」

押し入れの中は真っ暗で互いの顔も見えない。源吾が急に黙り込んだので、不安になったか久右衛門は続けた。

「早く――」

「解っている。考えているのだ」

源吾が答えるより早く、勘九郎が制した。台所から火が出たとして、どのように回るか、頭の中で想像していたのである。勘九郎もまた同じことを考えていたらしい。

「台所が火元だとすれば、まだ猶予がある。一気に駆け抜けるぞ」

目を瞑って腰の紐を握り、息をせずに付いて来いと説明する。

「息が保《も》ちません」

「革袋がある。これで二、三回は吸える。勘九郎、行けるか？」

「問題ない」

己の分の革袋を久右衛門に渡す。残る一つを勘九郎と共に使うことになる。つまり一呼吸ほどで屋敷から抜け出さねばならない。

「松永、火が来ている」

勘九郎が袖を引いた。襖に糸ほどの隙間があり、そこから微かな明かりが差し込んでいる。火がこの部屋にまで回って来たのだ。

「早すぎるぞ！　どういうことだ⁉」

風は穏やか。火元が台所だったとするならば、間取りからしてもここに炎が来るのが明らかに早い。

「台所ではなく、ここに近い位置が火元ということか」

「だがそれなら、とっくに煙が――」

源吾は言い掛けて止《や》めた。この付け火の遣り口についてある仮説が浮かんだのだ。

「毒煙と、屋敷に回っている火は別物かもしれねえ」

恐らく毒煙が先。これがどのように発生しているのかは解らない、が、毒が蔓《まん》延《えん》して屋敷の中の者があらかた倒れたところで、単身踏み込んで火を放ったならば辻褄《つじつま》が合う。ここから考えられることは、毒煙を発する火は勢いが弱い。あるいは、

「己でもいつ点《つ》くか、確かな時が解らないんじゃないか」

顔は見えないが勘九郎の唸《うな》る声が聞こえる。

「有り得るな。だが、あの炎が毒を撒《ま》いておらぬという保証もない。いかに抜ける。我ら二人ならまだしも、目を瞑った久右衛門を連れて炎を突破するのは至難ぞ」

かなり厳しい状況にあると気付いたのだろう。久右衛門の息が荒くなり、ががたと震え始めた。

「助けてくれ。金は幾らでも払う」

久右衛門はぶつぶつと呟《つぶや》き、歯の根が噛み合っていないようである。

「そんな問題じゃねえ」

「勘弁してくれ……死にたくない……今からでも話すから……」

「何を言っている。どうにかするから落ち着───」

「悪戯《いたずら》だと……本当に生きているなんて！」

「おい」

源吾は闇の中で久右衛門の首に腕を回して続けた。

「どういうこった。洗いざらい話しやがれ」

「文の差出人を知っているなら話せ。本当は文には何と書いてあった。手口を知る手掛かりになるかもしれぬ」

勘九郎も続けて促《うなが》し、久右衛門は上擦った声で答えた。

「十日以内に奉行所に出頭し、己の罪を全て話せ……さもなくば、一族郎党まで奈落《ならく》に突き落とすと……」

「やはりそうか」

十日後以降に火を付けるなど曖昧なことはあるまいと思っていた。やはり要求があったのだ。

「罪ってのは何だ」

「あんなことになるなんて、思わなかったんだ……私はただ」

がたがたと震える久右衛門を強く揺すった。

「まさか、あの尾張藩火消が全滅するとは……」

「なっ――」

尾張火消壊滅の一件に絡んだ火付けと予想はしていたが、改めて言葉で聞くと愕然《がくぜん》とする。久右衛門によれば、幕府と尾張藩の対立、その落としどころとして火消の名を汚したい者たちがおり、己はそれに手を貸したというのだ。尾張藩火消を手痛い目に遭わせるだけのはずが、巻き起こった火焔は火消たちの命をも奪い去ってしまった。

「一人生き残っているかもしれないと、服部殿から聞いていた……だがこの三年、誰も名乗り出なかったから……」

火事場見廻《かじばみまわり》の服部もまた加担していたようだ。糸真屋の手代が赤曜に止《とど》めを刺したというのは、真っ赤な嘘。生き残りとして現れる者はいなかったことで、杞憂《きゆう》だったと思っていたが、話してこそいないものの、恐らく服部の元にも同じような脅迫状が届いていたと思われる。

これで下手人の狙《ねら》いが復讐だと解った。

「他には誰がいる」

怒りを懸命に殺しているようで勘九郎の息も荒い。

「尾張藩家老の中尾采女様……他にも家中の者を二、三人使ったようですが、私は知りません」

「それだけか」

源吾が歯を食い縛りながら訊くと、久右衛門は消え入るような声で零した。

「林鳳谷《はやしほうこく》様……」

幕府の儒官を務める男である。風紀を乱さぬようにと、儒学道徳を説《と》き、庶民からは大層嫌われている。時に身分を超えて協力する火消を目の敵《かたき》にしており、これを咎《とが》めるよう、何度も閣老等に進言しているとも耳にしている。

「あんたらは何てことを」

源吾は唇を嚙み締めた。尾張藩火消は数々の火災から江戸を救ってきた。己のみならず、江戸の民の憧《あこが》れの的でもあった。それを下らない政争や理屈、欲得のため、潰してしまったのである。この久右衛門もその一味だと思うと、源吾の心に魔が忍び寄って来た。

――このままこいつを置いていけ。

伊神甚兵衛をはじめとする、尾張藩火消百七十余人以上を殺した、その片棒を担いだ男である。こんな男は死んで償《つぐな》うのが当然。甚兵衛の仇討《かたきう》ちと思えば供養《くよう》にもなる。だが勘九郎が何と言うか。普段の己ならばおぞましいと思うような、具体的な考えにまで思考が及ぶ。その時、源吾の脳裏に声が掠《かす》めた。

——源吾、火消はどんな命でも救うのだ。それが悪人であろうとも。たとえ己が死ぬことになろうとも。

誰の言葉だったか、はきとしない。だが懐かしい匂いが鼻孔に蘇《よみがえ》ったことで、伊神甚兵衛の言葉だと思った。己は野次馬に出て甚兵衛と幾度となく言葉を交わした。火消に必要な多くを甚兵衛から学んだのである。覚えている言葉もあれば、もはや血肉となって忘れているものもある。その中の一つが喚起《かんき》されたのだ。

「生き延びたら名乗り出て貰うぞ」

源吾は細く息を吐くと、湧《わ》き上がる怒気を懸命に抑《おさ》えて言った。

「生き残ったのは伊神甚兵衛だったんだ……甚兵衛が私たちに復讐を」

狼狽して念仏を唱《とな》えるように呟く久右衛門の襟《えり》を締めた。

赤曜に誰かが止めを刺したのは間違いない。そして、あの馬は気性が荒く、伊神甚兵衛しかまともに乗りこなせなかった。

「あの人が……有り得ねえ」

この火付けの手法は狙った者だけでなく、家族や奉公人、助けに入った火消も無差別に巻き込むもの。人々を守るために奔走《ほんそう》し、火消仲間のために命を懸けていた甚兵衛が、このような凶行《きようこう》に及ぶとはどうしても思えなかった。

「松永、落ち着け」

勘九郎が肩に手を置いた。このままだと久右衛門の首を絞めかねないと考えたのだろう。

「ああ、すまねえ」

「早く出してくれ。何を悠長《ゆうちよう》に――」

「素人《しろうと》は黙れ」

勘九郎が低く制した。愛想《あいそ》がいい訳ではないが、このような言い方をする男でもない。勘九郎も火消として久右衛門に怒りを覚えていると分かった。

「そろそろだろうな」

話していたのは久右衛門から聞き出すためだけではない。

脱出において真に恐ろしいのは途中の炎ではなく、入口が塞がれていることである。突入した時、すでに中は煙が充満していた。ここに来て火元は二か所と推測できたが、源吾らが入ってすぐ、入口が炎に呑まれているかもしれない。内記が再び脱出口を奪還するには、時が必要なのだ。

「あんたは悪人かもしれねえ。それでも俺は必ず助け出す」

源吾は飛び出すと同時に息を止め、目を閉じることを厳命する。

「行くぞ」

勘九郎が襖を開けると同時、室内に煙が漂い始めているのが一瞬だけ見えた。目を閉じて這《は》い出る。来た道は脳裏にしっかりと焼き付いている。熟練の火消ならば熱によって炎との距離を測るだろうが、未熟な己に出来るとは思えない。だが己には誰にも負けない耳がある。

子どものころの遊び仲間も火消に憧れていた者ばかり。いつも誰が一番の火消になるかと話し合っていた。足の速い者もいた。膂力《りょりょく》の強い者もいた。だが源吾にはこれといって優れた点がなく、負け惜しみでどんな音も聞き分けると言い放ったことがある。子どものことである。源吾は音曲でも極めるのか、そんなもの火消には何の役にも立たないと馬鹿にされた。その愚痴《ぐち》を甚兵衛に零した時、

——そりゃあ誰にも負けない武器になる。

と言ってくれたのである。己の耳に自信を与えてくれたのも、また甚兵衛だった。

耳を澄まして木が炎に侵食される音を集める。炎に近づかぬように行くが、それでも肌を刺す痛みが走る。己や勘九郎は落ち着いているが、久右衛門が躰を捩《よじ》っているのが紐を通じて伝わって来た。

――早い。

息を吸う音。想定よりも遥かに早く、久右衛門が革袋を使ったのである。余計な動きが多いせいで息が切れるのだ。ここで使えば出口まで保たなくなってしまう。

「落ち着け」

勘九郎もまた同じことを感じたようで、わざわざ息を無駄にして窘《たしな》める。しかし久右衛門はやはり落ち着きが無い。不安が的中した。また久右衛門の息の音が聞こえた。もう二回目である。

さらに廊下を抜けた時、紐が引かれる。落ち着いて吸えば三回使えるのに、漏らしてしまったか二回で使い切ったようである。こちらも息の限界が近づいており、そろそろ吸わねばならない。

「勘九郎」

革袋から少しだけ息を吸い、勘九郎に手渡す。まさしく以心伝心《いしんでんしん》、勘九郎もまた僅かしか吸わずに、久右衛門に革袋を渡した。歩幅から察するに間もなく帳場という時、屋敷の中を渦巻く熱波が頬を撫でた。久右衛門が身を仰《の》け反らしたのだろう。紐がぴんと張って後ろに引かれる。

「あっ」

久右衛門の声。何が起こったのか察した。折角《せっかく》残した革袋を落としてしまったのである。

「間もなく。落ち着け」

己も決して楽ではないが呼び掛けた。しかしもう息が吸えないというのは衝撃が大きいようで、久右衛門が激しく動く。思考を停止させねば長く息を止められない。付いてくるだけだから心配ないと思ったのが甘かった。

「落ち――」

「ぎゃあ‼」

再度呼びかけようとした時、けたたましい声が上がった。袋を取ろうと薄目を開けたのではないか。激しく暴れているようで、どたどたと床を踏み鳴らす音が遠ざかる。紐が引かれることはない。痛みで目を押さえたのか放したようである。

「勘九郎！」

勘九郎のほうが近い。手を伸ばして探す様子は伝わってくるが、久右衛門には届かないらしい。

「久右衛門、息を――」

止めろ。そう言おうと思ったが、己ももう息が続かない。荒々しい音が聞こえていたのも束《つか》の間、鈍《にぶ》い音がして何も聞こえなくなった。それでもぎりぎりまで踏みとどまろうとしたが、勘九郎が喉を鳴らすように小声で言う。

「無理だ。保たぬ……」

このままでは二人とも死ぬ。屋敷に残っているのは久右衛門だけとは限らない。己たちが死ねば、誰一人救えない。

「待ってろ」

最後の一絞りを残し、源吾は屋敷の外へ猛進した。勘九郎と二人になったことで足も速まる。突き出した手が壁に触れる。この辺りに戸があるはずと探るが、慌てているから見つからない。

「あった」

先に勘九郎のほうが戸を見つける。開いた音と同時に冷たい夜気に躰を滑り込ませ、再び勢いよく閉め、目を開いて胸を膨《ふく》らませる。これほど美味《うま》い息は吸ったことが無い。

「出て来たぞ！」

八重洲河岸の鳶かと思ったが、半纏の色が違う。すでに多くの火消が到着しており、内記ら八重洲河岸定火消は道脇に押しやられていた。秋仁は不満げに頭を掻き毟り、漣次も屋根から下りている、その頬は何故か赤くなっており、苦々しい顔で顎をしゃくった。

「父上……」

勘九郎が息を切らして呟いた。その視線の先には黒錆《くろさび》染めの革羽織の男。大音謙八である。他にもに組の卯之助、い組の金五郎の姿があった。漣次の頬が赤くなっているのは、金五郎に殴《なぐ》られたのだと察しがついた。

「貴様ら！　何を勝手な真似をしておる‼」

黒虎の異名に恥じぬ、肌が痺《しび》れるほどの咆哮《ほうこう》である。

「しかし――」

「黙れ！」

勘九郎の声も一喝で封じられた。眉間《みけん》に皺を寄せた内記が首を横に振る。筋書通りの言い訳を試みても、この人がそれで引き下がる訳が無いと顔に書いてある。

「この痴《し》れ者どもを摘《つま》み出せ！　兵馬！」

「はっ」

進み出た詠《ながめ》兵馬が勘九郎の肩に手を置く。

「兵馬……」

「若、お下がり下さい」

兵馬が合図を送ると、加賀鳶数名が取り囲むようにして屋敷から引き離そうとする。源吾はそれでも諦めずに叫んだ。

「中に人を残して来た！　戻ると約束した。他にもまだいるかもしれねえ！」

加賀鳶の手を払って抵抗すると、謙八が大股でこちらに近づいて来た。

「松永殿の倅《せがれ》だな」

「だったら何だ」

相手が府下最高位の火消だろうが構わず、源吾は歯を剥《む》いて睨みつけた。

「自重しろというのが解らぬのか」

「我が身大事なら、端《はな》から誰も火消になんてならねえ」

「時には我慢しなければならぬ時もある……お主もいつか人を率いるようになれば解る」

「命を救うのに我慢が必要なのかよ」

「何……」

「そんな我慢を覚えるくらいなら、俺はいつまでも今のまま一火消でいい！」

あまりの剣幕に火消たちの視線が一斉に集まる。源吾はそれらを見回しながらなおも叫んだ。

「あんたらは俺たちが憧れた火消だろうが！　いつから火消を辞めちまったんだ‼」

どの鳶も動きを止め、場に一時の静寂が訪れた。謙八は腕を組んで小さく唸って言った。

「お父上に引き渡せ」

「親父もここに……」

屋敷の反対側に消口を取っていたらしい。謙八の指示で配下の一人が走り、暫くすると父が見えた。当人は走っているつもりなのだろうが、蟹股《がにまた》のせいで脚の運びが遅い。そして左右の火消にへこへこと頭を下げながら向かってきた。

「源吾、ここは儂らに任せて退《さ》がれ」

父は眉間に皺を寄せながら言った。父が、いやこの男が怒ったところなどただの一度も見たことがない。他の火消の手前、渋面を作っているだけ。今も頰が引きつって痙攣《けいれん》している。それが源吾には解《わか》ってしまい、心底嫌になった。怒り、寂しさ、呆《あき》れ、侮り、この感情の正体が判らない。あるいはその全てが混ざったものかもしれない。

「儂ら？　加賀鳶の間違いだろう？」

「ああ、加賀鳶がいる。い組も、に組も駆け付けた。もう任せて――」

「何で否定しねえ！　自分もいると言いやがれ！」

さらに頭にかっと血が上り、そのまま言葉となって口から飛び出した。

「源吾……儂は……」

「何であんたはいつもそうなんだ！　お袋が死んだ時も帰らなかっただろう⁉　それならとことん火消をやりゃあいいじゃねえか！」

「すまない……だが――」

「だがもへちまもあるもんか！　ちっとは火消らしいところを……父親らしいところを見せてみろよ！」

加賀鳶に両肩を押さえられてなお、源吾は嚙みつくように唾を飛ばした。

「おい、兵馬」

このままでは士気に拘《かか》わると思ったのか。見かねた謙八が低く呼ぶ。

「黄金《こがね》の世代とはこうも血の気が多いのか」

呆れたように零し、兵馬が加賀鳶に引きずっていくように命じる。それでもなお源吾は父に向けて叫んだ。何を言っているのか己でもよく判らない。気が少しでも緩めば、情けなさから衆の前にも拘らず涙を流してしまう。そのことだけは自覚しており、口を激しく動かし続けた。

「松永殿」

離されていく中でも源吾の耳は謙八の声を捉える。何か言い返さなくていいのかという意であろう。だが、父は唇を絞って謙八に対してまた頭《こうべ》を垂れる。

「くそ親父！　火消の――」

「いい加減にしろ。改易沙汰《かいえきざた》になるぞ」

兵馬が腕を鷲摑《わしづか》みにして引く。火消としては加賀鳶の将来を担《にな》い、剣は運籌《うんちゅう》流の達人と聞いている。捻られて力が入らない。

父は目尻を下げた困り顔。生まれて何度も、何度も、何度も見てきた。こちらのほうが余程板についていることが虚《むな》しく、遂《つい》に目から一筋の涙が流れる。それでも源吾は視線を逸《そ》らすことなく、小さくなっていく父をずっと睨みつけていた。

三

糸真屋の火事が鎮《しず》まったのは三刻後のことである。八重洲河岸定火消がすぐに動き、早々に竜吐水で周囲の家を濡らしたため類焼は出なかったが、火元である糸真屋は棟の七割が燃えた。ほぼ全焼といってもよい。

事件の三日後、源吾らは加賀藩上屋敷に呼びつけられた。裏で動いていたことを咎めるため、そしてその中で知りえたことを吐かせるためであろう。ただ火付けからすぐにでなく、三日も空いたのが些か気に掛かった。

聞き取るのは大音謙八。そして江戸火消の長老格の柊古仙である。最後に現れた古仙は、頬に大きな擦り傷、目の上に青あざを作っていた。消火の最中に負ったのかとも思ったが、火事場にその姿は見えなかったはずである。

「あの暴れ龍は尋常ではないわ」

重い雰囲気の中、古仙は席に着くなり言って苦笑した。勝手な動きをしていたのは己たちだけではなかったらしい。卯之助がに組の半数を連れて現場に向かった。その直後、外に出ていた辰一が戻り、火事場に向かおうとしたという。若手数名がそれに同調。に組の古株が止めに入って大喧嘩に発展したというのだ。このままでは大事《おおごと》になると思った古株の一人が卯之助を呼び戻そうと走った。その途中、同じく火事場に向かう仁正寺藩火消と遭遇し、古仙は儂が止めてやると、に組の火消屋敷に向かったのだ。鬼神の如く暴れまわる辰一に対し、

――小僧、儂が相手してやる。どうした小便をちびったか。

と、煽《あお》りに煽って一対一の大立ち回りを演じたらしい。

「何とか取り押さえたが、この様よ」

古仙は頬を指差して顔を顰める。

「何て爺《じい》さんだ……」

脇で正座する秋仁が愕然とする。体格では辰一にもひけを取らないが、古仙は天武無闘《てんむむとう》すでに六十を超えた老人なのだ。今の今まで知らなかったが、古仙は天武無闘

流《りゅう》の皆伝《かいでん》を有する一流の武人でもあるらしい。謙八はその間も恐ろしい顔でこちらを見据えていた。

「本題に入る。何があった。洗いざらい話せ」

丹田《たんでん》が震えるほど威厳に満ちている。畏怖《いふ》すると同時に、このような父を持つ勘九郎を少し羨《うらや》ましく思ったのも事実である。この期《ご》に及んではもう無理だということは解っている。それでも中々誰も口を開かなかった。

「進藤殿は歴とした定火消の頭。この中で最も年長でもある。お答え頂けぬか」

謙八が厳《おごそ》かに言うと、内記は視線を落としてぽつぽつと話し始めた。此度の扱いを不満に思い、若手で語らって探索を始めたこと。高輪の寺で尾張藩火消の遺児である段吉から聞いた話。脅されていた久右衛門を説き伏せて店火消代わりに潜《もぐ》り込んだことなどを説明する。

「で、久右衛門から何を聞いた」

謙八は片目を細めて勘九郎を睨みつける。親子といえども他と同様に扱うためか、二人では会話していないと聞いている。

「尾張藩火消の壊滅は陰謀です」

叱責《しっせき》を受ける場ではあるものの、この真実に行き着いたのは大手柄には違いない。勘九郎は自信に満ちた声で、火事場で久右衛門が語ったことをそのまま伝えた。全てを聞き終えた時、古仙が太い腕を組んで唸り声を上げる。黙然《もくねん》と聞いていた謙八は、眉一つ動かさずに言い放った。

「解った。あとはこちらでやる。お主らには改めて謹慎を命じる。それぞれの組にはすでに伝え、了解を得た」

「お待ち下さい！　我らも火消なのです。同じように扱って頂きたいのです」

「半人前が偉そうな口を利《き》くな」

謙八が低く遮《さえぎ》るが、勘九郎がなおも引きさがる姿勢を見せないので、漣次などは額《ひたい》に手を添えて俯く。

「毒煙の正体の解っていない今――」

「毒煙の正体は見当が付いている」

「な……」

「此度、下手人は二箇所に分けて火を付けたと思っておろう」

確かにそう見ていた。でなければ、奥の久右衛門の居室へ、早く火が回った説明が付かない。

「府下の火消だけでなく、道中奉行配下の宿場の火消にまで聞き込んで、これはと思うものがあった。その後に本草《ほんぞう》学者、蘭学者にも尋ねて裏を取っている」

火消は江戸が最高峰。次いで京や大坂《おおさか》。長崎《ながさき》、箱館《はこだて》などの直轄地。最後に宿場の火消。これは火事の発生件数の多さに比例する。出動が多いほど経験を積めるのだから当然といえる。その中で最も格下とされる宿場火消が手掛かりを見つけたというのだ。

「まだまだ俺も未熟よ。燃えると猛毒を発する木があるとはな」

江戸では滅多《めった》になく、宿場ではしばしば起きるもの。それは山火事である。その木は特別珍しいものではなく、山のあちこちに群生しているらしく、燃えた時に毒の煙が出るというのだ。

「夾竹桃《きょうちくとう》という木だ」

市中でこそ殆《ほとん》ど見ないが、江戸から一歩出ればちらほら見かける木である。笹のような形の硬い葉を持ち、梅雨《つゆ》時から暑さの残る頃まで、ふんわりとした赤や白の美しい花を咲かせる。

「この木の恐ろしいところは、幹や枝だけでなく、葉、花、根、全てに毒を持っているということだ。口にするのは疎《おろ》か、舐《な》めただけで死に至る。さらに燃やせば毒の煙を吐き出す」

謙八の聞いたところでは元は天竺《てんじく》の木らしく、大陸伝いにこの国にやって来た。それがまだ三十年ほど前だから、毒のことも広く知られていないのだという。

「誰も逃がさぬよう、毒煙を使って先に昏倒させたのだ」

「どうやって夾竹桃を持ち込んで火を付けたんですかねえ」

思わず口に出してしまったのだろう。漣次はまずいとばかりに口を押さえた。だが確かに言う通りである。あれほどの煙を生み出すのだから、葉の一摘みということはあるまい。下手人がどのように持ち込んだというのか。見張っているあいだ、それらしい者はいなかった。

「服部邸と糸真屋、火付けの時刻に共通することがある」

ぴんと来るものがあり、源吾は喉を鳴らした。

「竈《かまど》か……」

「左様。毒煙は家の者が自ら生んでいる。下手人は毒煙で皆が倒れた頃合いで踏み込み、火を放ったのだ。つまり火付けは一度」

まず薪《たきぎ》に夾竹桃を使わせる。恐らく普段から薪を納めている商人を抱き込んだか、あるいは納めるものの中に混ぜたと思われる。何も知らぬ奉公人が夾竹桃を薪に火を熾し、まずは最も近いその者が倒れる。何事かと駆け寄って来た奉公人たちが次々に倒れ、徐々に毒煙が蔓延《まんえん》していく。

竈を使う時刻は入念に下調べしたのだろう。近くに隠れて炊煙が上るのを見届け、頃合いで踏み込み、火を放って脱出するという訳である。当然下手人も目、口を閉じており、恐らくは己たちがしたように革袋に空気を入れて踏み込んだのではないかという。

「尾張藩云々《うんぬん》はともかく……下手人は冷静かつ狂気に満ちている」

ただ復讐を遂げるためならば、文を送るなど回りくどいことをする必要は無い。恐らく目的は、自ら罪を吐かせ、尾張藩火消の汚名を雪《すす》ぐためである。だがそれが叶わぬとなれば、何も知らない一族郎党までも滅する覚悟も持ち合わせている。しかも火消以上の火の知識を持ち、毒煙に満ちた屋敷に入る胆力、目、口を閉じて突破する経験を有している。

謙八が、己たちに夾竹桃のことを語ったのは、下手人がいかに手強く恐ろしいかを解らせるためだと悟った。だが、勘九郎は己に負けない頑固《がんこ》者だった。

「恐ろしい相手だということは重々承知……我らは下手人を大きく絞り込み、凡《およ》その動機も摑みました。きっと今後もお役に立つはずです」

「が、誰も救えなかった。我らならば少なくとも久右衛門を救い出した。そうなればより詳しく尋問も出来たはず」

「父上ならば救えたと？」

源吾は流石に言いすぎだと思ったが、よく考えれば己はそれ以上のことを父に言っている。他人のことは冷静に見えるが、己のこととなると我を失う。これも親子というものなのかもしれない。

「紐を握って付いてくるくらいは出来るはず。三度の息をするほどの革袋で凌《しの》げるはず。それが甘い。火消でない者が炎を恐れる心は、お主らが想像しているより遥かに大きいわ」

謙八は若手の火消たちの顔を順に見て、諭すように続けた。

「不思議よな。歴の浅い者のほうが、普通の民の心に近いはず。だが火消はそれが逆様《さかさま》になる……どれほど恐ろしかろう、どれほど苦しかろうと、歳を重ねるほどに慮《おもんぱか》るようになるのだ。火消を極致《きょくち》に至らしめるものがあるとするならば、それは人を想う心ではないか」

勘九郎も口ごもり、一座がしんと鎮まる。それまでじっと黙していた古仙が、取りなすように口を開いた。

「お主らにも必ず……必ず死なねばならぬ時が来る。だがそれは今ではない」

この老人が真にあの辰一を捻じ伏せたのか。そう思うほど慈愛《じあい》に満ちた口振りである。

「それにな……お主らだけではないのだ」

古仙は深いため息を吐いた。言葉の真意が解らない。謙八が頷いて話を引き取った。

「火消はこの件から手を引くことになる」

「何ですと」

「下手人から次の文が来た。お主らが語ったこととも符合《ふごう》している」

糸真屋が燃えた翌日、林大学頭の屋敷の門前に文が置かれていた。内容は伏せられているが、恐らく先の二つと同じで、罪を世間に明かせというものだろう。服部中は悪戯と思ったのか黙殺し、久右衛門は念のために店火消を雇って備えた。しかし林家の当主、鳳谷はそのいずれとも違う行動に出たのである。

「幕府に脅されていることを打ち明けたのだ」

「尾張藩火消のことは伏せてということで……」

勘九郎の疑問に、謙八はゆっくり首を横に振った。

「尾張藩火消を陥《おとしい》れたのが真だとすれば、幕閣《ばっかく》の中にも関与した者が少なからずいるのではないか。鳳谷らの暴走を黙認したともとれるし、鳳谷らが幕閣の意向を付度《そんたく》したかもしれぬ」

つまり幕閣は、己に火の粉が振り掛かることを恐れている。鳳谷は気脈を通じた幕閣に、このままでは皆様も狙われる、助けてくれと縋《すが》ったのだろう。

林大学頭の屋敷は御曲輪《おくるわ》内にあり、御城の目と鼻の先。何があっても燃やしてはならず、幕閣はそれを了承した。だが同時に己たちが狙われることを恐れ、幕閣は此度で向後《こうご》の憂《うれ》いを取り除こうとしている。

「鳳谷は見誤ったのだ……幕府は鳳谷を囮《おとり》にして、下手人を殺すつもりだ」

まず火消に御曲輪内に入ることを許さないという厳命が出た。中途半端なところで消し止められては、下手人を取り逃がす恐れがあると考えたのだろう。

加えて火付盗賊改方《ひつけとうぞくあらためかた》、奉行所などの捕方。さらには常時は戦に備えるそのほかの番方まで数百を駆り出し、林大学頭の屋敷の近くで昼夜問わず警戒させている。

「二件とも内側から火が出ていることは幕府も知っている」

「それは……」

源吾は声を引き攣《つ》らせた。想像通りだとすれば、幕府はあまりに惨《むご》いことを為《な》そうとしている。

「火が出た瞬間、林大学頭の屋敷を取り囲んで鼠《ねずみ》一匹逃さぬつもりよ」

火が出た時には必ず屋敷周辺に下手人がいる。そこを取り囲めば下手人は逃げられない。毒煙を自ら止めて投降すればよし。止めなければそのまま下手人も共に毒で死ぬだろうという算段である。

「しかし……下手人も罠《わな》と気付くはず。果たして来るでしょうか」

勘九郎が疑問を投げかけた。

「お主らにも判るだろう。下手人は狂気に囚《とら》われている……必ず来る」

「それでも火を使わずに殺すということも」

「いや、火を使う。同じ苦しみを味わわせるために」

先ほどはまだ確定ではないような口振りであったが、謙八もまた下手人が尾張藩火消の生き残りだと思い定めているらしい。古仙が皺の刻まれた額を撫でつつ言った。

「そして……煙を止めることはしないだろうの。鳳谷もろとも死ぬ覚悟くらいはある奴じゃ」

「奴……爺さん、いや柊殿は下手人に心当たりが」

源吾がにじり寄ると、古仙の顔に一瞬緊張が浮かんだように見えた。

「言葉の綾《あや》よ。下手人という意じゃ」

古仙はひらりと宙に手を舞わした。謙八が間に入るように話を纏めようとする。

「ともかく我らが曲輪内に入れるのは、屋敷が炎上してからのみ。その折は御城に火の粉が掛からぬよう、四方八方から火消が流れ込む。勝手な振る舞いをするお主らのために、しくじる訳には断じていかぬ」

謙八はそこで一度深く息を吸い、凛然《りんぜん》と言い放った。

「改めて謹慎を言い渡す」

誰も反論する者はいなかった。他の火消もまともに動けないと知り、納得したからではない。謙八の双眸《そうぼう》には薄っすらと膜が張り、時折破れんばかりに唇を噛み締めてもいた。己たち以上に幕閣の汚さ、自らの無力さに憤《いきどお》っていることが伝わって来たからである。こうして詰問会は幕を下ろし、源吾たちは謹慎の日々を送ることとなった。

「松永殿、少し残ってくれ。すぐに終わる」

ひやりと背筋が冷たくなった。先日は怒りで我を失い、謙八や他の先達たちに散々に啖呵《たんか》を切ってしまった。それを咎められると思ったのだ。

「先日はすごい剣幕だったな。今日は落ち着いているようだ」

やはりそのことである。源吾は慌てて頭を下げた。

「口が過ぎました。申し訳ございい――」

「謝らずともよい」

「え……」

「こちらが礼を言う」

謙八は両膝に手を突いて武骨に頭を下げた。源吾が呆気《あっけ》に取られていると、謙八は微笑みながら続けた。

「勘九郎は苦労するだろうよ」

「どういうことでしょう……」

「こちらのことだ。もう行ってよい」

謙八は口元を綻《ほころ》ばせて頷いた。その顔が妙に若《わか》やいで見えたのは気のせいであろうか。

四

林鳳谷は自邸の書院で書物を読んでいた。気を紛《まぎ》らわそうとするが、紙を捲《めく》る手は震え、内容も一向に頭に入って来ない。

——何故、こうなった。

この数日、何度も自問自答したことである。己は林羅山《らざん》を祖とし、代々幕府の儒家《じゅか》を務める家の五代目である。厳密に言えばまだ父の榴岡《りゅうこう》は健在であり、まだ五代目を襲名《しゅうめい》していない。林本家は代々大学頭《だいがくのかみ》の役職に就くことから、他の傍流《ぼうりゅう》と区別して、大学頭家などと呼ばれる。今の己は従五位下《じゅごいげ》図書頭《ずしょのかみ》だが、嫡男であるため、いずれ家督と大学頭を継ぐことは決まっている。

齢は三十六。心身共に充実しており、学者として最も脂《あぶら》の乗った時期だと自認していた。そして学問一筋で処世術《しょせいじゅつ》に疎《うと》い父と異なり、鳳谷は若い頃から将来幕閣《ばっかく》に嘱望《しょくぼう》される者たちと誼《よしみ》を通じて来た。己の代で林家を一《いち》儒家から、政《まつりごと》にも発言力を有する、陰の幕閣に育て上げるという野心を持っていたからである。

儒学は幕府から最も尊ぶべき学問だとのお墨付きを得ている。主君に忠義を尽くすことが正義と解釈出来る儒学の教えは、並み居る諸大名を抑えねばならぬ幕府にとって好都合であったからだ。

故に上を上とも思わず秩序《ちつじょ》を乱す火消を快く思ってはいなかった。いやその程度ではない。相当に危惧《きぐ》していたのは確かである。

戦乱の世、武士は民の暮らしを守る存在であった。幕府が成立した後も、いざという有事には守ってくれる。その信頼関係があるからこそ、民は敬《うやま》う心を持ち続けたのである。

だが実際はどうか。幕府が出来た初期の頃はちらほらとあった反乱も少なくなり、外敵から侵略を受けることもなかった。泰平《たいへい》の中で民の暮らしを最も脅かす敵は、人の数と共に飛躍的に増えた火事となっていったのである。

幕府は武家火消をどんどん増やしてこれに対応したが、とてもではないが追いつかない。遂《つい》に町方の手を借りることになった。町火消の登場である。

町火消の数は武家火消のそれを大きく上回る。その活躍も目覚ましいものであった。その時に庶民はあることに気が付いたのだ。

――武士に頼らずとも、自らの手で脅威から身を守れる。

と、いうことである。町人たちはみるみる自信を付けていき、遂には武士を小馬鹿にするような者も現れた。

幕府もこれを憂慮《ゆうりょ》し、定火消の太鼓がなければ半鐘が打てないなど、武家優位の法度を定めたが、余計に世間の反骨心を煽《あお》る結果となっている。

このままでは己たちの存在意義を失うと、武家火消は町火消に対抗心を燃やした。これが町火消専横《せんおう》の一定の抑止に繋がると思ったのも束の間、状況は幕府の予想を超えることになっていった。

普段はいがみ合っている両者なのだが、火事場では手を結んで協力するようなことがしばしば見られるようになったのである。死線を共に潜り抜ける連帯感か、あるいは人の命を助けるという使命感か。鳳谷には頭では仮説は立てられても、感情としては一向に理解出来ない。火消同士にしか解らぬ何かがあるとしか思えなかった。

その兆候は事態をさらに悪くした。武家火消が徐々に町火消の気風を備え始めたのである。全ての武士の中において、武家火消だけが儒の思想から解き放たれたかのように。

この由々《ゆゆ》しき現象を打ち砕き、元の「美しい構造」を取り戻す。そのために当時全ての火消の象徴である、尾張藩火消に失態を犯させようとしたのである。幕閣たちも別の理由、尾張藩を完全に屈服《くっぷく》させるために黙認した。

「それなのに……」

鳳谷は書物の紙を強く握りしめた。

まさかあの最強の名を恣《ほしいまま》にした尾張藩火消が、一夜にして全滅するなど思いもしなかった。炎に囲まれて動けぬうちに、目黒にいるという「詮議《せんぎ》を受けている男」が死んだことにし、未だ誰一人死なせたことがないという英名に傷を付けるだけでよかったのだ。風向きが悪かったか、念を入れて実行役が油を撒《ま》きすぎたか、己の想像を遥かに超える事態となってしまった。そのせいで他の火消たちも落胆して消沈するどころか、死んだ尾張藩火消のためにも江戸を守るという決意を、互いの絆を強めることになってしまった。己は火の真の恐ろしさも、火消というものも理解していなかった。それがこの結果に結びついたのだろう。

そして今、その時に生き残ったと思われる一人の復讐の的にされている。当時、黙認すると言っていた幕閣たちに援《こ》けを請うた。しかし彼らは、

――なんの話をしているのだ。

と、冷ややかに己を切り捨てたのである。それどころか火消に御曲輪内に入ら

ぬよう命じ、火盗改などの番方を屋敷の見張りに寄越《よこ》した。つまり己を生餌《いきえ》にして誘《おび》き寄せ、下手人を捕らえようとしているのだ。

それは無体《むたい》であると何度も訴えた。だが、誰も聞き入れてくれない。老中松平武元だけが他に手立てがあると反対を表明したらしい。普段は発言力の高い武元に諾々《だくだく》と従う幕閣たちであるが、己の命が懸かっているとなれば話が違う。

――御城を守るためでござる。

と、さっさと将軍に上申して許諾を得てしまった。唾棄《だき》すべき汚さだが、もはやどうにもならない。先祖代々、林家はこんな者どもの権威を守ろうと奔走《ほんそう》してきたのだと思うと、情けなくて涙も零れなかった。

「誰か……」

鳳谷は声を震わせた。

罪を余人に打ち明けることさえ許されない。ただ座して死を待つのみ。己はまだよくとも妻子や家臣だけは助けて欲しい。そうは望むも幕府はこのことを他言しないように命じ、もし口外したならばどうなっても知らぬと脅す。

尾張藩火消にも家族がいたはず。改易されて野に放たれた家臣もいたはず。今さら都合が良すぎるとは解っているが、己の身になって初めて何てことをしたのだと後悔の念に苛《さいな》まれる。

「誰か……助けてくれ」

誰に言う訳でも無い。誰かに届く訳でもない。握って破けた紙が涙で滲む中、鳳谷は静かに独り言を零した。

五

冷たい冬風が吹く中、謙八は仁正寺藩上屋敷を訪ねた。案内された柊古仙の部屋には小さな手焙《てあぶ》りが一つ。古仙は大きな躰を寒そうに縮めている。

「来たか」

「ええ。歳を重ねれば寒さも堪《こた》えるでしょう。今少し……」

「当家は貧しい故な。これでも贅沢《ぜいたく》の内よ」

「我らとて似たようなものですよ」

謙八は刀を後ろに置いて腰を下ろした。

「ほう。百万石の家でか？」

「その分家臣も多い。費《つい》えはどこも限られたものです。ならば少しでも節約し、火消道具に回したい」

「もっともだ……のう、謙八。儂らの一生は何だったのであろうな」

乾いた頰を緩めた古仙はいつになく儚《はかな》く見えた。どこか躰を病《や》んでいるのではないか。ふとそのようなことが頭を過《よぎ》った。己たちは若い頃から火と格闘して来た。ただそれだけの一生だったと言っても過言《かごん》ではない。

「民が喜んでくれます」

「民が、か……儂の世代にいた神尾芳一《かみおほういち》を知っているな」

「米沢藩の」

「左様。あやつは懸命に守ろうとした民に殺された」

神尾が駆け付けた時、屋敷は煙が充満していたが、火の手は見えなかった。熟練の火消ならばもう助からないと判る状況。救出を断念したのである。しかしそれが素人には見捨てたように映った。人々は神尾を散々に罵倒《ばとう》し、町では白い眼で見られるようになった。民は火を消して当然と思っている。しくじれば恨《うら》み辛《つら》みを言われる。感謝はすぐに喉元を通り過ぎるが、恨みはいつまでも留まるのである。

「優しい男でな。心を病んだのであろう。腹を切らずに首を括《くく》った。武士としての死も烏滸《おこ》がましいと思ったのかもしれない……」

　自死したということは知っていたが、その経緯は謙八も初めて聞いた。古仙は手焙りに手を翳《かざ》しながら囁くように続けた。

「命を懸けてまで守るべきものだったのかの。しかも決して終わりは無いのだ」

　古仙の言う通り、また次の世代も、そのまた次の世代も同じことが繰り返されるだろう。

「それでも止める訳にはいかない。止めれば毎年夥《おびただ》しい民が死ぬるだけだ……答えがあるのならば、それは次の世代に託しましょう。火消の意志を紡《つむ》ぐのです」

「火消の意志か……」

「たとえ幕府が無くなろうとも、江戸という町が無くなろうとも、人がある限りそこに火もある。戦いに終わりは無い……だからこそ」

「そうよな……来たようだ」

　古仙が言って暫くして、卯之助と金五郎、そして松永重内が案内されて来た。卯之助は古仙を見るなり、米搗《こめつ》き飛蝗《ばった》のように畳に平伏した。

「柊様、申し訳ございません。事が済み次第、倅を連れて参上致します」

「よいよい。あれは良い火消になるぞ。ちとまだ線が細いが別格の体軀を持っている。決して大きくないお主からよく……」

古仙は言い掛けて止めた。卯之助の表情が曇ったのを、鋭敏《えいびん》に感じ取ったのだろう。

「まさか」

「はい。あれは私の血を引いておりません」

「お主にも色々あるのじゃろう……しかと鍛えてやれ。最強の町火消に仕上がるわ」

古仙は深くは追及せず呵々《かか》と笑った。その姿は普段のものに戻っているように見えた。我が子のことに拘わらず、次の世代の話になると皆の顔が緩む。先刻も話に出たばかりの火消の意志を紡ぐということ。誰もがそれを心のどこかで考えているからであろう。謙八もふっと口を緩めて話を切り出した。

「度々集まって貰って申し訳ない。やはり信を置けるのはこの面々しかない」

「図らずも問題を起こした者どもの親や師ばかり。尻拭いもしなくちゃなりませんしね」

金五郎が軽口を叩いて頰を挟むように叩く。

「うちの愚息《ぐそく》が申し訳ございません」

重内はこれほど寒いのに、額に汗を浮かべている。

「柊様のところは加わってはねえから……」

辰一が迷惑を掛けた手前、卯之助は恐縮しつつ言う。

「火消の若造は誰もが子のようなものじゃ。うちの孫が長じればまた迷惑を掛けることもあろうよ」

「そうかもしれぬな」

「お主が言うな」

謙八は良き考えだと同調してしまい、すかさず古仙が身を乗り出す。そして残りの三人が一斉に噴き出した。

「さてさて、どうするかのう。公儀はいつも勝手ばかりぬかしおって」

古仙は微笑んだまま本題を切り出した。

「左様。火の手が上がれば門を開ける。それまでは踏み入ること罷《まか》りならぬと」

謙八は腕を組んで言った。屋敷は数百の町方や火盗改の配下たちによって、鼠一匹漏らさぬように包囲されている。幕府は下手人をどうしても今回で始末したいと思っている。殺しても構わず、捕らえられれば運がいい程度に思っているだろう。下手人が自ら仕込んだ毒煙で死に果てるまで包囲を続けるだろう。

「その状況下で火を放ちますかね？」

金五郎が白髪頭を傾げる。

「付けるだろう」

下手人は包囲にすぐに気づくであろう。毒煙を止めれば復讐を果たせない。やがて捕り方に踏み込まれて終わり。かといってそのままにしては己も毒煙で死んでしまう。下手人は計画通り火を放ち、その混乱に乗じて逃げ出すことを模索する。まだ尾張藩という復讐の相手が残っているのだ。最後の最後まで諦めないだろう。

「目標は林大学頭家とは解っているんです。一番近くの鍛冶橋御門前に常に待機することしか出来ませんな」

卯之助が目を細めつつ最善策を出した。

「それしかないか。しかし火が回って屋敷が炎上しても、ぎりぎりまで拙者たちを近づけぬでしょう」

御門を抜けて屋敷に辿り着く。消火作業に当たってこそ、下手人の望む「混乱」が生まれる。しかし捕り方は包囲を続け、屋敷が炎上するまで火消を近づけないと見ている。

「万事休すってことか。若え奴《わけ》らが、滅茶苦茶やってやろうって思うのも分かりますな」

金五郎はけっと舌を鳴らした。

「だが若い者には次代を担って貰わねばならぬ。無茶ならば俺がやる」

謙八が考えていたこと。それは包囲する数百を正面から突破し、屋敷に踏み込むという無謀とも言える策であった。囲んでいる側は、少なく見積っても三百は下るまい。

「まるで合戦ですな」

卯之助が渋い声で囁く。

「左様。さりとて加賀藩を巻き込む訳にはいかぬ……命と家を捨てる覚悟の者。譲羽十時はじめ五十余人だけだ」

「三百と五十じゃあ、ちと分《ぶ》が悪い。あっしも行きます。老火消ばかりになりますが、三十人は力を貸してくれるでしょう」

金五郎はからりと笑って三本指を立てた。

「うちも同じく三十。後を宗兵衛に託します」

卯之助は静かに言って頷いた。

「儂も三十がよいとこじゃ。小大名故な。しかし、どいつもこいつも……さてはお主の倅の一言に当てられたな」

古仙は苦笑しながら、終始無言であった重内の肩を小突《こづ》いた。あの日、松永源吾が吼えたことは後に古仙も耳にしている。

――あんたらは俺たちが憧れた火消だろうが！　いつから火消を辞めちまったんだ‼

あの時、己は何も言い返すことが出来なかった。胸に熱いものがこみ上げてきていたのである。

「松永殿。ご子息はきっと次代を担う火消になる」

謙八が言うと重内は一瞬嬉しそうな顔をしたが、すぐに表情を曇らせた。

「もう少し喜べ。謙八がそう言うのだから間違いない」

古仙が眉を八の字にする。

「はい……過日もそうでしたが、子が褒められると嬉しいものです。しかし息子を火消にしたのは間違いでした」

「誰でも若い頃は――」

　あのように血気《けっき》盛んなものだ。謙八はそう言おうとしたが、珍しく重内は覆いかぶせるように続けた。

「約束をしたのです」

「約束？」

「死んだ妻に。源吾を火消にしないと」

　重内はゆっくりとした口調で、思い出を嚙み締めるように語り出した。夫婦になったのは重内が十九、妻が十六の頃。家中の下士の一人娘であったという。

「息子は耳が頗《すこぶ》る良いのですが、あれは妻譲りです」

　妻はどんな音でも三味線で調うところのチントンシャンをすぐに言い当てるという特技を持っていた。箸《はし》が皿に触れる音は何か、重内が足を滑らせて尻餅《しりもち》をついた音は何か、そんなことを言い当てて仲睦《なかむつ》まじかったという。

　二人の間には中々子が生まれなかった。だが、互いにどこかほっとしていたのも確か。生まれた子が男子であれば、定火消の頭を継がねばならないからである。泰平を謳歌《おうか》する時代において、火消だけは日々が戦場のような御役目。子を戦場に送り込んで平気な母などいまい。

「諦めかけていたところに生まれたのが源吾です」

妻はもともと病弱なほうで、源吾を産んですぐに躰を壊した。そんな時、赤子の源吾の頭を撫でながら妻が言ったのだという。

──一つだけ、我儘《わがまま》をお許し下さい。

「それが……子を火消にせぬこと」

謙八が言うと、重内はゆっくりと頷く。

「はい。故に家格が落ちようとも、他の御役目に就けるようにと殿にお頼みしました」

重内が言う殿とは、松平隼人のことである。隼人は好意的であったらしく、源吾を文武に励ませるように命じた。だが親の心子知らずとはよくいったもので、育つにつれて源吾は火消になりたいと強く願うようになったらしい。

「強く止めきれなかったのは……親の私から見ても、あやつは火消に向いていると。きっと私などとは比べ物にならぬほど、多くの命を救うのではないかと思ってしまったからです。こんな私でも火消だったということです」

己を遥《はる》かに超える火消に育ち、颯爽と江戸を駆け抜け、苦しむ者を助ける。そんな源吾の姿を思い浮かべてしまったのだという。

「松永殿の目は確かよ」

「あやつは諦めが悪い。そこだけは私にそっくりです」

重内は嬉しさと哀しさの入り混じったような笑みを浮かべた。

「まだやると……」

「間違いなく」

己たちが幕府の命に背《そむ》いて林鳳谷を助けようとしているとは知らない。謹慎の身の上でも必ず動くと重内は断言した。

「ならば猶更《なおさら》、我らがしくじる訳にはいかんな」

「はい。そのことで一つお願いが」

重内は訥々《とつとつ》と語った。静かに、それでいてはきと、その声に確固《かっこ》たる決意が滲み出ている。全てを聞き終えた時、謙八は激しく首を横に振った。

「ならぬ。あの日は俺に任せたではないか」

重内と初めて言葉を交わした火事場でのことである。謙八が配下を率いて駆け付けた時、すでに重内ら松平家の定火消が消口を取っていた。定火消は火消黎明《れいめい》期から江戸を守ってきたという誇りがある。同じ武家火消でも大名火消なぞには後《おく》れを取らぬと気負っている者ばかり。これはひと悶着《もんちゃく》起こると思った謙八だったが、顔を合わせるなり重内は意外なことを口にした。

――加賀殿に消口を譲り、我らは後詰《ごづ》めに回ります。

謙八は度肝《どぎも》を抜かれた。誇り高い定火消だけではない。火消番付の登場以降、どの火消も我こそが手柄を立てんと逸《はや》っている。消口を奪おうとする者こそいても、すんなりと譲るなど聞いたこともなかったのだ。これ幸いと代わってもよかったのだが、謙八は思わず何故譲るのかと訊いてしまった。

大音様は府下一、二を争う腕の火消。配下も他家なら頭を務められるほど層が厚い。鳶の数も飯田町定火消の三倍ほどいる。道具も一級品。どれを取っても加賀鳶が勝っていると、重内は冷静に分析し、

――より命を救える方を取るのが火消でござる。

と、さも当然といった顔で言葉を結んだ。こんな男がいるのか。これは真の火消だと、謙八は衝撃と深い感銘《かんめい》を受けたのである。

翌年の暮れ、読売書きが謙八を訪ねて来た。今年も大関《おおぜき》だということを、事前に報せに来てくれたのだ。手渡された火消番付に松永重内の名があった。火消たちは派手な活躍に目を奪われがちである。だが、読売書きは緻密《ちみつ》な調べをもとに番付を作っていると聞いたのもその時。火事で助かった者に聞き取ると、度々松永重内の名が出たということで番付に加えることにしたという。だが、どうもこ

れという特筆すべき活躍もないので、渾名《あだな》を付けるに当たって困っていると読売書きはぼやいていた。それに対して謙八が、

——あれは鯢《さんしょううお》のように鈍いかもしれぬ。しかし鉄の如き火消の心を持っている男よ。

と言ったことで、大音様が仰《おっしゃ》ることなら間違いないと、読売は火消番付に「鉄鯢《てつけい》」の二つ名を書き入れたのである。

「ならぬぞ」

謙八は思い出から立ち戻り、改めて語調強く言った。

「あの日はそれが最善でした。しかし此度は違います。大音様は江戸火消の総大将でござる」

重内の表情は変わらない。しかし頑《がん》として聞き入れぬという意志が漲《みなぎ》っている。

「ええい、馬鹿なことを申すな。それなら最も歳を食った儂じゃろう」

「柊様には与市殿に火消の全てを伝えるという大切なお役目が」

一度聞いただけで古仙の孫の名を覚えている。これは重内の賢さではなく、優しさに起因しているように思えた。

「それならお主こそ――」

「我が子はとうに私を越えています」

珍しく重内が凛然と言いきり、古仙も唸ってたじろいでいる。重内は唇をきゅっと噛んで続けた。

「私は息子に憧れられるような火消にはなりませんでした……これは私がやらねばならないのです」

「だからといって、それは間違っている」

恐らく過日の源吾の言葉が胸に染みており、此度の火事で父親らしいところを、火消らしいところを見せたいと逸っているのだと思った。

「いえ……息子が誰よりも憧れた火消を」

皆が息を呑んで静寂が訪れた。元から知っていたのか、探し当てたのか。夾竹桃を用いていること。毒煙が満ちている屋敷に踏み込む胆力。当日の風向きを読み、どこに火を付ければよいかを見抜いている経験。そして誰よりも愛した者たちの汚名を雪ごうとする執念。どれを取っても一人の男を指しており、皆もとうに下手人が誰であるか予測がついている。しかし、まだどこかで信じたいという思いがあるのか、これまで誰も名を出すことはなかった。重内は細く息を吐き、遂にその名を口にした。

「伊神甚兵衛を救いたいのです」

下手人を何故救うのかと多くの者が思うに違いない。この場にいる皆がその真意を解っている。当然、林鳳谷を救う。だが、甚兵衛の命も守る。火消はそれがどんな命であろうとも見捨てはしない。罪を裁くのは己たちではないのだ。

同時に重内の発言には別の意味も含まれていると感じた。甚兵衛はあれほど憎んだはずの炎を駆使《くし》して命を奪っている。だがそれと同時に、その事実は消えないし、決して許されることではない。幾ら火消の英雄であったとて、甚兵衛が数多《あま》の命を救い、そのおかげで今もこの江戸で笑って暮らしている民がいるのもまた《た》事実。重内は復讐の深淵《しんえん》に落ちた甚兵衛を救い出し、その二つの事実を胸に刑に服させたいと願っている。

「大音様、その時には命じて下さい」

重内は穏やかに微笑んだ。謙八は応《おう》とも否《いな》とも即答することが出来なかった。火消としては確かに己が上なのかもしれない。だが父としてはどうなのか。謙八はそのようなことを考えながら、重内の苦労の滲む口辺の皺を見つめ続けた。

第五章　火消《ひけし》の乱

一

皆で打ち合わせた翌日のことである。長谷川平蔵が加賀藩上屋敷に姿を見せた。謙八は事前に、今後のことを相談したいとの旨《むね》を文《ふみ》で伝えていたのだ。

「ご足労《そくろう》頂き、ありがとうございます」

こちらが出向くと言ったのだが、備えもあるだろうからとこうして足を運んでくれた。

「如何《いかが》でしょうか」

大学頭屋敷に火の手が上がるまで御門は開かない。表向きは火消《ひけし》が大勢雪崩《なだ》れ込むことで、混乱に乗じて下手人《げしゅにん》が逃げるかもしれぬため、とされている。その命《めい》を改められぬかと頼んだのだ。もっとも平蔵にそのような権限は無い。平蔵から老中《ろうじゅう》の松平武元に取り次いで貰《もら》いたいということである。

「大樹の命は汗の如《ごと》きもの。一度出た命を覆《くつがえ》すことは出来ぬ」

平蔵は神妙《しんみよう》な顔で首を横に振った。将軍も下手人を捕まえることなく、一部の幕閣《ばつかく》で将軍に上申《じようしん》して許しを得た。武元に諮《はか》ることなく、一部の幕閣《ばつかく》で将軍
無い。ただその策が林鳳谷や、その家族の犠牲の上に成り立つものとは知らないだろう。朝令暮改《ちようれいぼかい》は将軍家の威信《いしん》を傷つけるとして許されない。武元は烈火《れつか》の如く怒っているらしく幕閣たちも恐々《きようきよう》としているが、次に己が狙《ねら》われるかもしれぬとなれば、背に腹は替えられないというところである。

「ならば取り決めたように、最も近い鍛冶橋、数寄屋橋《すきやばし》、日比谷《ひびや》御門の三箇所で待つしか道は……」

「いや、大音殿。暫《しば》し待たれよ」

相当に剣も遣うのだろう。差し向けた平蔵の掌《てのひら》は盛り上がるような胼胝《たこ》が出来ている。平蔵は誰もいない背後を改めて確かめ、にじり寄って囁《ささや》いた。

「まだ諦《あきら》めておられぬ」

「御老中が？」

謙八も虫の羽音ほどに声を落とした。

「名はお借りすることになる。だが企図されたのは別の御方らしい」

「田沼様だ。御老中のご意向を汲《く》み、献策《けんさく》されたと聞いた。御老中も賛同なされている」

「では……」

平蔵は耳元に口を近づけて言った。

「何と。そんなことをすれば――」

思わず謙八の声が大きくなってしまったので、平蔵は鋭《するど》く息を吐く。

「命とは天秤《てんびん》に掛けられぬ。覚悟の上だと。さらに貴殿らが上手《うま》くやり通せば
……つまり下手人を捕まえれば、幕閣も文句は言うまいとも仰《おお》せだ」

「しくじれませぬな……それにしても豪儀《ごうぎ》な御方だ」

「頭が切れるのは確かなようだ。しかしよく解らぬ御方よ」

ともかく、この策ならば火の手が上がる前に御曲輪内に入れるだろう。あとは
屋敷の囲みを突破し、屋敷に迫るのは己たちの手腕次第。謙八も改めて決意を胸
に力強く頷《うなず》いた。

二

　謹慎《きんしん》といっても座敷牢に繫《つな》がれる訳ではない。謙八から父の重内を通じて、火消としての謹慎を改めて厳命されただけである。だが、構うものかと嘯《うそぶ》く訳にもいかない。流石《さすが》に此度《こたび》のことは重く捉えている。次に勝手に動けば、今度こそ己の火消としての道は一生閉ざされるかもしれない。それは重々承知している。だが、胸がざわつく。いやもっと深いところから感情が噴き出してきて、このままでよいのかと自問自答《じもんじとう》していた。

　――このままじゃ殺されるって解ってるんだぞ。

　林鳳谷は尾張藩火消を壊滅《かいめつ》せしめた大悪人である。それでもやはり殺されると解ってなお、手を拱《こまぬ》いていることはどうしても納得出来ない。ましてやその家族、奉公人たちは、鳳谷の悪事を知らぬだろう。無関係の近隣の者たちも巻き込まれて命を落とすかもしれない。

　仮にこれを見過ごしたならば、生涯、心に暗い影を落とすことになるだろう。それで極めた火消の頂《いただき》に何の価値があるというのか。己が憧《あこが》れていた火消はそんなものではなかったはずだ。

予告された火付けの日まで、もう残り数日のはず。己一人で何が出来るのか。そんな時に脳裏《のうり》に浮かんだのは、この間共に奔走《ほんそう》した同期の火消たちであった。不謹慎だとは解っているが、共に火付けを追っていた時、己はどこか心躍《おど》るものを感じていた。あいつらだけには負けたくないと思っていたはずなのだが、不思議なものである。火消は幾ら仲が悪い者同士でも、たった一つ、炎に立ち向かう時は同じ心を持つとよく耳にする。この感覚がそれなのかもしれない。

源吾は書状を五通書きしたためた。

——明日の午《うま》の刻（午後零時）。錠屋で待つ。

神田相生町にある、皆と共に語り合った、内記が贔屓《ひいき》にしている蕎麦《そば》屋である。差出人のところには適当な名を書いて、小僧に駄賃《だちん》を握らせて届けさせた。指定した場所だけで差出人が誰かは判《わか》るだろう。

翌日、約束の時刻の少し前、源吾は錠屋に入った。

「いらっしゃい。あ、先日のお侍様《さむらい》」

店の中に入ると、蒸籠《せいろ》を運ぶ途中の女将《おかみ》が声を掛けてきた。

「どうも」

店内を見回したが、誰かが来ている様子は無い。

「奥にどうぞ」

相変わらず店内は込み合っていた。合席になるという意味であろうか。こちらが店の中を見回しているのを見て、遅れて他にも来ると思ったのかもしれない。通されたのは、あの日皆と共に座った奥の小上がりであった。源吾が隅に腰を下ろして待っていると、女将自ら注文を取りにやって来た。とりあえず申し訳に酒を一本頼む。

「他にも来られるので？」

女将はやはりこちらが人を探していたのに気付いていた。

「いや……まだ解らないのです。半刻（約一時間）ほど待たせて頂いてもよろしいか」

「ええ」

何かを敏感に感じ取ったようで、女将は優しい笑みを向けてくれた。

「あれから内記は来ましたか？」

「皆さまと初めて来られた時以来、お見掛けしていませんね」

「初めて？」

源吾は鸚鵡《おうむ》返しに訊いた。

「申し方が悪うございましたね。進藤様はいつもお一人。初めてお仲間と来られたので、思わず嬉《うれ》しくなってしまって余計なことまで」

「女将さんが喜ぶって……」

女将は左右を見てから顔を近づけると、進藤様には内緒にして下さいねと前置きして囁いた。

「進藤様がここにお仲間を連れてくるのは……」

女将が内記を初めて見たのは今から十年ほど前。内記がまだ子どもの頃であるという。兄がこの店の常連で、弟の内記を連れて来たらしい。

「進藤靱負殿……」

「お武家様も火消？　ならばご存じね」

「はい。有名な御方でした」

「本当によい御方。凛々《りり》しくて、優しくて、愛嬌《あいきょう》もあって……」

女将は懐かしそうに目を細めている。もし生きていたとしたら靱負は女将と同じ年の頃。女将は淡い恋心のようなものを抱いていたのかもしれない。そのような無粋《ぶすい》なことを考えつつ耳を傾けた。

「靱負様の卓にはいつもたくさんの火消が集まっておりました」

靱負は八重洲河岸定火消の配下、他の大名火消、町火消など垣根無く多くの者から慕《した》われたという。そんな中にちょこんと座っていた内記の姿を、今でもはっきり覚えているらしい。内記はいつも靱負に憧憬《どうけい》の眼差《まなざ》しを向けていた。それに気付いた靱負が幼い内記の頭をぐしゃりと撫《な》で、

――いつかお前も仲間が出来れば、ここに一緒にくればいい。

と、蒼天《そうてん》を思わせる爽《さわ》やかな笑みを見せた。内記が顔を紅潮《こうちょう》させて弾《はじ》けるように頷いたのを、女将は微笑《ほほえ》ましく眺めていたらしい。

「じゃあ……」

「はい。誰かと来られたのが初めて」

女将は一人で蕎麦を啜《すす》って帰る内記ばかり見て来た。いつしか姉のような気持ちになって心配していたらしい。内緒でこの話をしたのは、これからもどうぞ頼むという思いからだという。

「そうなんですか」

鬱陶《うっとう》しそうにしていたように見えたが、あれはあれで己と同じように考えていたのかもしれない。そう思うと自然と口元が緩《ゆる》んだ。

酒が運ばれて来たが、どうも口を付ける気にならない。時刻は間もなく午の刻になるはずだが、未だ誰も姿を見せない。遂《つい》に正午の鐘が鳴るのが聞こえた。

「いらっしゃい」

女将の迎える声がして、源吾は勢いよく振り返った。入って来たのは二人連れ。どちらも道具箱を手にしており、見るからに大工風である。源吾は正面に躰《からだ》を戻して苦笑した。やはり流石に今回は誰も来ないか。

「来るわけねえか」

源吾が呟《つぶや》いて徳利《とっくり》に手を掛けたその時である。背後から声が聞こえた。

「先にやるなよ」

「お前、その恰好……」

一見して違うと思ったので気付かなかった。そこには大工のなりをした漣次が立っている。適当に肴《さかな》を、と女将に頼み、向かって来る秋仁の姿もあった。こちらも同じ装いである。

「目を付けられてんだ。変装の一つもしねえとな」

「松永様は大胆なんだか、何なんだか」

秋仁はからりと笑って腰を下ろす。

「来てくれたのか」

「てめえが呼んだんだろうが。あー、俺たち本当に馘《くび》になっちまうな」

漣次は項《うなじ》を掻《か》き毟《むし》って苦く頰《ほお》を緩めた。

「じゃあ……」

「辛気臭《しんきくせ》えこと言うな。俺もお前と同じ考えさ」

「まあ、馘になったら安治と店をやりますよ」

秋仁は口角を上げて悪童のような顔を見せた。

「進藤様、いらっしゃい」

三人がさっと入口を見る。そこには大層な菅笠《すげがさ》を被った男。出迎えた女将に向けて、しっと指を立てている。互いに顔を見合わせてにんまりとした。

「先達《せんだつ》、遅いぜ」

「店の周囲半町、見張りがおらぬか確かめていたのだ。よりによってこの店を……」

内記はぶつぶつと零《こぼ》し、中を見回しながらようやく菅笠の紐《ひも》を解いた。

「意外と熱いところがあるじゃねえか」

「お主らと一緒にするな。放っておくつもりだった。私はそのような男だ」

「だが来てくれた」

源吾が片笑むと、内記は舌打ちをしてそっぽを向いた。

「万が一、密談を聞いてしまい、女将に迷惑が掛かるのはよくない……となく」

内記はすでに一人だけ頭《かしら》の身である。己たち以上に葛藤《かっとう》もあっただろう。最も来てくれなさそうな男が、こうして現れてくれたことが正直嬉しかった。

「あと一人だな」

漣次が首を伸ばして入口を確かめる。

「大音様は無理でしょう」

秋仁が首を横に振る。勘九郎を町中で見かけた昔の仲間がいたが、その脇には詠兵馬が張り付いていたらしい。

「そうか……辰一は？」

源吾は漣次に向けて尋ねた。同じ一番組だが、管轄《かんかつ》は隣接しておらず、秋仁のようなしがらみも無い。そこで漣次の文にだけ、辰一に再度声を掛けてくれないかと頼んでいた。

「会ったぜ。あいつもやはり事件を追っている」

初め漣次が声を掛けても、辰一は歩を止めずに無視し続けた。それでも横に並びながら誘い続けると、今すぐ目の前から消えないと腕ずくで黙らせると苛立《いらだ》ちを露《あら》わにしたという。

――ああ、怖え。で、力《こえ》を貸せよ。

漣次は風に揺れる柳の如き男。辰一の怒りをいなし、それでいてなおも執拗《しつよう》に誘う。辰一も辟易《へきえき》としたのだろう。本心の片鱗《へんりん》を吐露《とろ》した。

「段吉と約束したんだとよ」

辰一が布施《ふせ》をする寺で養われている、あの尾張藩火消の遺児のことだった。事情はこうである。

火事読売は此度の事件の真相をすっぱ抜こうと、血眼《ちまなこ》で聞き取りを行っている。火事場見廻《かじばみまわり》の服部中《あたる》、赤曜の止《と》めを刺したという男が奉公する糸真屋が立て続けに標的となったことで、

――下手人は尾張藩火消の生き残りか。

と、大々的な見出しで報じる読売も現れたのである。段吉は常日頃から、父は生き残っているのではないかと仲間に言っていた。ならば何故《なぜ》姿を現さないと言われれば、大怪我《おおけが》を負って迎えに来られないかもしれないと反論していたらしい。当人もその可能性が低いことは解っている。それでも父の死を中々受け入れ

られず、そう主張していたのだろう。

これが裏目に出ることになった。生き残った段吉の父、段五郎が火を付けて回っていると、仲間が言い出すようになったのだ。段吉は、父はそんなことはしないと悲痛に訴えたが、あれだけ生きていると言っていたのに、今さら何だと罵声《ばせい》を浴《あ》びせられる始末。

「子どものことだからな……」

「ああ、段吉はそれを辰一に泣いて訴えたらしい」

段吉の置かれている状況を聞き終えた辰一は、

──俺が違うと証明してやる。お前は生きていると信じていればいい。

と、大きな手を頭に乗せて約束したそうだ。

「じゃあ、力を合わせてやりゃあいいだろう？」

「何でお前らと群れなきゃならねえ。俺一人でとっ捕まえるから邪魔するな……ってさ」

漣次は両手を顔の横に上げた。あの辰一が段吉にそのようなことを約束するのは意外だった。しかし群れるのを好まない男である。頭数に含めることは諦めざるを得ない。

「仕方ねえ。四人でやるしかないな」

その時、勢いよく戸が開く。振り返るとそこには勘九郎の姿があった。女将に軽く会釈《えしやく》をすると、足早にこちらに向かって来る。

「お前……」

「急に呼び立てるので酷《ひど》く苦労した」

勘九郎は息を切らしながら慌ただしく腰を下ろした。

「どうやって兵馬を撒《ま》いた」

あの愚直《ぐちよく》な兵馬である。隙《すき》をつくのは相当難しそうに思える。

「兵馬の相撲《すもう》好きは家中では有名だ」

勘九郎の唐突《とうとつ》な発言に、皆が一斉に首を捻《ひね》る。

いきなり明日と指定されて、勘九郎は困り果てた。何とか方法はないかと頭を搾《しぼ》っていると、本日、相撲の興行があることに気付き、兵馬を誘ったという。

兵馬は暇さえあれば稽古《けいこ》まで観に行くほどの相撲好き。丁度《ちようど》贔屓の力士が出て来る頃合いを見計らって、厠《かわや》に立った。それでも付いてこようとした兵馬だが、厠にまで付いてくるのかと迷惑げに言ってやると、観たい気持ちも相まってか席に戻ったという。

「あの堅物《かたぶつ》にも好きなもんがあるんだな」

「早瀬海《はやせうみ》が当代では随一だの、若手で勢いのあるのは荒神山《こうじんやま》だの……常日頃から口にしていたからな。その二人の取り組みが始まる直前でな」

今頃、兵馬は撒かれたことに気付いて捜し回っているに違いない。やがては見つかってしまうので、勘九郎も慌てているという訳だ。

「じゃあ、急がねえとな……皆、すまねえな」

源吾は頭を下げた。異口同音《いくどうおん》に皆がお前のためじゃないと言うので苦笑する。

「呼び立てたからには、何か策があるのだろうな」

勘九郎は鼻を鳴らしながら訊いてきた。

「ああ……煙が見えたら、遮二無二《しゃにむに》突っ込む」

「それのどこが策だ！　毒煙があるのだぞ⁉」

「毒はもう使わない。いや、使えねえ」

林鳳谷は幕府の囮《おとり》とされており、屋敷から出ることを許されていない。つまり座して火を付けられるのを待つばかりという苦境に立たされている。そんな鳳谷でも唯一、己の意思で出来ることがある。

「なるほど。薪《たきぎ》を吟味《ぎんみ》するってことか」

漣次が顎に指を添えて、二度三度頷く。無暗《むやみ》に怪しい者から薪を買わない。馴《な》染《じ》みのところから買ったものであっても、中に変わった木が混じっていないか、よくよく確かめる。これに気を付ければ夾竹桃《きょうちくとう》を焚《た》くことは有り得ない。

「それは下手人も気付く。つまり今度は別の手を使うだろう」

その方法は現段階では解らない。だが毒煙が使えない以上、中の者たちが意識を失うことも無い。紅蠅《べにばえ》のようなものを用いて、外から火を付けるとみて間違いない。

「つまり今回に限っては、煙が出たら本当に火が付いたってことですね」

秋仁が感心したように言った。

「ああ。そして、火を付けた途端《とたん》……」

「幕府の捕方が一斉に取り囲む」

先んじて言った勘九郎に、源吾は頷いて見せた。捕方は四方八方から雲霞《うんか》の如く屋敷に迫ってくる。下手人は逃げ場が無いことを悟るだろう。

「つまり下手人は、自ら火を放った屋敷に逃げ込むしかねえ」

下手人は火消が来ないことを知らない。炎がより大きくなり、現場に火消が踏み込んで大混乱に陥《おちい》るところを見計らって脱出を試みる。下手人が火について相当な経験と知識を有しているのは間違いなく、燃え盛る屋敷で最後まで生き残る自信があるはず。その耐えている時間に源吾らは屋敷に踏み込み、鳳谷やその家族、奉公人を救い出すのである。

「だけどよ。御曲輪内に入れたとして、捕方がわんさかいるんだぜ？　すぐに見つかっちまうだろうよ」

漣次は口をへの字に曲げた。

「上を行こう」

道という道には捕方がいるだろう。身を屈《かが》めて屋根や塀の上を進むしかないと考えている。

「武家屋敷だぜ。簡単に言うけど、梯子《はしご》を持って塀を乗り越えるのかよ」

町方の家と異なり、武家の屋敷は周りを塀に囲われている。町家はいきなり庇を上れるのに対し、武家屋敷は塀を乗り越えて庭に侵入しなければならない。しかも武家屋敷のほうが屋根も高く、梯子が無くては上がれそうにない。そのようなことをしている間に、屋敷の住人に取り押さえられてしまうのが落ちである。

源吾が眉《まゆ》を開くと、漣次は溜息交《ま》じりに言った。

「あー、そういうことね」

「お前が先に上って俺たちを引き上げてくれ」

想像しているのだろう。漣次は目を瞑《つむ》って指を開閉させる。

「出来るか……？　あ、出来そうだ」

漣次はぱっと目を開くと、茶化すように笑った。

「しかし、最後の最後。林大学頭家の囲みをどう突破する」

勘九郎が疑問を呈《てい》する。そこが悩みの種なのは間違いない。

「誰かが囮になるしかねえ」

苦肉《くにく》の策である。だが、それ以外に方法はないだろう。誰かが注意を引き付けて、その隙に走り込むのだ。十中八九《じっちゅうはっく》、下手人は毒煙を止《や》めるはずだが、捕方はそこまで考えが及ばぬはず。入口まで辿《たど》り着いてしまえば、毒煙を恐れて追うことが出来ないのだ。

「あっしらでやりますか。何たって俺たちは今、『火消』じゃねえんだからね」

秋仁は漣次の肩にぽんと手を置いた。

「何から何まで……俺、大変じゃねえか？」

漣次は鼻孔を開いて天を見上げる。町火消の二人は一時的な除籍処分を受けている。秋仁の理屈で言えば、御曲輪内に紛《まぎ》れ混んだ「善良な町人」が二人。取り押さえられる道理は無いのである。いかな武士であろうともこれを捕まえる無法《むほう》は赦《ゆる》されない。町人に謂《いわ》れなく乱暴した武士が、改易《かいえき》や切腹を命じられることは多々ある。こちら側も、「手を振り払って」弁明しても咎《とが》められることはないというものである。

「手を振り払って……か」

「ええ。思い切り払ってやりますよ」

秋仁は八重歯《やえば》を見せてにかりと笑った。

「捕方は二、三百いるんだろう。全てが向かって来る訳じゃないだろうが、二人じゃ無謀だぜ。俺は危なくなったらすぐ屋根に逃げるし」

漣次は人差し指を上に向けて惚《とぼ》けた顔を作る。

「二人じゃねえ。三人ですぜ」

「町火消はお前たち二人……」

「逃げも隠れもしねえと啖呵《たんか》を切ったんですぜ？　あの馬鹿、これで来なけりゃ腹抱えて笑ってやる」

秋仁の言っている意味が解った。あの男に常識は通じない。そこが如何《いか》なる場所であろうとも、絶対に現れる。

「案外、お前が一番の策士かもな。よし、それなら――」

話が纏まりかけたその時、内記が諸手《もろて》を横に突き出して話を止めた。

「勝手に話を進めているが、そもそも煙が立った時点で、門は閉ざされて火消は入れぬのだぞ」

「ああ、門が閉ざされることで全ての火消が締め出される。ただ一家を除《のぞ》いてな」

源吾はじっと内記の顔を見つめた。

「まさか……」

「門を内側から開けてくれ」

恐らく府下の火消は林家に近い門に集結する。鍛冶橋御門、数寄屋橋御門、日比谷御門などである。それは幕府も承知で、それらの門の守りが厚くなるだろう。

一方、林家から離れた門は手薄になる。田安《たやす》御門、清水《しみず》御門、雉子橋《きじばし》御門、一《ひと》ツ橋《ばし》御門などである。門番の数は二人から四人ほどと予想した。内側から開けて驚いた隙を見計らえば、一気に突破することが出来るだろう。

「これは江戸の火消の中で、あんたにしか出来ねえことだ。しかも八重洲河岸定火消の屋敷は、林大学頭家の向こう一軒隣。火の手が上がればすぐに判る」

「しかしだな……」

「後は俺たちでやる。開けたらすぐに逃げてくれていい。救える命を見捨てたくねえ」

源吾は力強く言い放った。内記は下唇《くちびる》を嚙《か》み締めていたが、やがて己に言い聞かすように二度三度頷く。

「解った……一ツ橋御門だ」

内記が応じたことで、皆の顔は光が差し込んだように明るくなった。

「じゃあ、固めの杯と行きますか」

秋仁が杯を人数分持って来るように頼む。たった一本の徳利から皆の杯に酒を注ぐ。

「こりゃあ黄金《こがね》の世代じゃなく、大馬鹿野郎の世代って呼ばれそうだ」

と、秋仁はけろりと笑う。

「勘九郎さんよ。早く戻ったほうがいいんじゃねえのかい？」

漣次が浅黒い肌から歯を覗かせる。

「それくらいの時はある。追い払おうとするな」

勘九郎は軽口に大真面目《おおまじめ》に答えて鼻を鳴らす。

「いつかお主たちでも分別《ふんべつ》が付くようになるのか……」

と、内記は苦々しく零した。

「どうだろうな」

源吾は杯に映る己の顔を見つめた。今は若く心のままに突き進んでいるが、いつか己たちも青き春から解き放たれる日が来るのだろう。その時もまたこうして共に戦うことが出来るだろうか。火消を辞める者もいるかもしれない。炎に敗れて散る者も出るかもしれない。仲違《なかたが》いすることもありえる。それでも今この瞬間、共に生きたことはきっと皆が忘れないだろう。

「やるか」

源吾が杯を掲げると、皆も同じように杯を持ち上げる。店内はさらに賑わい、人々の楽しげな声が飛び交う中、天を仰《あお》ぐように酒を呑《の》み干した。

三

霜月《しもつき》（十一月）二十日。皆で誓いの杯を交わした翌日、内記は自室で書類に目を通していた。通常はこのような雑務も十分に学んで、その後に頭に就任するものである。しかし兄が死んだ時、己はまだ火消ですらなかった。兄の配下も大半が殉職《じゅんしょく》し、残ったのは火消になって一、二年の若手ばかり。頭の仕事についてなど詳しく知らない。

兄が決裁した書類の山を蔵から取り出し、眠る間を惜しんで手探りで学んで来た。今では何とか頭として最低限の務めもこなせるようになってきている。

兄は配下を家族同然に大切にしてきた。そのことが八重洲河岸定火消の強い結束を生んできたのだと思う。近隣の者たちも兄を頼りにしていた。靱負がいなければ何度死んでいたか解らないと感謝する者もいた。それなのに兄がいなくなっても、何事も無く流れているこの世が赦せなかった。お前たちの期待が、兄を死地へと追いやったのだと心中で何度も罵《のの》った。

己は道半《なか》ばで斃《たお》れた兄の、江戸火消の頂点に立つという夢を引き継ぐつもりである。同じ夢を追っている限り、兄は己の心の中だけでは生き続けるような気がしたからである。

内記は筆をそっと置いて庭先を眺めた。澄み渡った青空が広がっている。ただ風は日に日に冷たくなっており、ここ数日で初雪が降るのではないか。

——間もなくだな……。

下手人が鳳谷に突き付けた猶予《ゆうよ》は、もうすぐ切れるだろう。その後はいつ火を放ってもおかしくない。己は内側から門を開けて手引きをしなければならない。すぐに逃げれば滅多《めった》なことはないとは思うが、露見《ろけん》すればただでは済まぬことである。

兄の無念を晴らす。他は余事《よじ》と思い定めてきたはずなのに、何故このようなことを引き受けてしまったのか。さらに遡《さかのぼ》れば、何故松永の文を受けて出向いてしまったのか。己が頂を目指すに当たっての障害でしかない男のはず。それなのに文に目を通した瞬間、心の奥が熱くなるのを覚えた。

「不思議な男だ」

内記はぼそりと呟いた。あの男は人の心を震わせる何かを持っている。それは己が持っていない何か。姿格好や性格は似ても似つかぬが、あの男はどこか兄に似ているのだ。知らぬうちに人を惹《ひ》きつけ、巻き込み、大きなうねりを作っていく。

妬《ねた》ましい気持ちもある。己の決心が蕩《とろ》けさせられるような恐怖もある。それでも今の己はあの男を、皆と共に奔走した日々を好ましく思い始めている。常に偉大な兄の跡を継ぐという重圧に苛《さいな》まれてきたが、思えばその数日だけは心が軽くなり、どこか躍ってすらいるのを感じていたのである。

「頭」

襖《ふすま》の向こうから声が聞こえた。入るように言うと、配下が膝を突いていた。兄が頭であった頃からの鳶《とび》。つまりはあの死闘の生き残りの一人である。

「いつもそのように畏《かしこ》まらずともよいと言っているのに。私が洟垂《はなた》れの頃からの付き合いなのですから」

「いえ、今は頭ですので。皆に示しが付きません」

「そうですか。どうしました？」

内記は苦笑しつつ尋ねた。

「只今、来客が。吾妻伴衛門《あがつまばんえもん》と名乗っております」

首を捻った。本日、来客の予定は無いし、その吾妻某《なにがし》という名にも覚えがない。まさか状況が変わり、打ち合わせるために誰かが変装して訪ねて来たのではあるまいか。それならばすぐにでも招き入れ、人目を避けねばならない。内記は早く通すように命じた。

案内されてきた男を見て、内記は眉を顰《ひそ》めた。全く見知らぬ顔だったのだ。面《おも》長《なが》の顔に小さな目鼻。しゃくれた顎《あご》だけが特徴といったところか。

「何か……」

嫌な予感が過《よぎ》って喉《のど》を鳴らした。

「拙者《せっしゃ》、吾妻伴衛門……と、いうことにして頂けますかな」

つまりは偽名《ぎめい》である。内記は咄嗟《とっさ》に床《とこ》の間《ま》に掛かった大刀に手を伸ばした。

「待たれよ。危害を加えるつもりはない。むしろ進藤殿を救いに来たのです」

「何だと……」

「座っても？」

答えずにいたが、吾妻と名乗った男はにやりと笑って腰を落とした。

「私はさる御方の命を受けて参りました」

尾張藩火消壊滅に関与した幕閣の誰かと見てよいだろう。吾妻は庭先に目をやりつつ茶飲み話をするかのように切り出した。

「近頃、不埕《ふてい》の火消とつるんでおられるようですな」

内心では動揺していたが、それを顔に出さぬ自信はある。初めの頃は兄と比べられ、他の火消、江戸の民、挙句《あげく》は配下にも陰口を叩《たた》かれていた。どれほど辛い時であろうとも笑みを絶やさなかった兄に倣《なら》い、常に微笑を浮かべているよう心がけて来たのだ。思えばそれ以外の顔を見せてしまったのも、あの者たちが初めてかもしれない。内記は唇を持ち上げ、目を細めた。

「はて、何のことでしょうか」

「惚《とぼ》けなさるか。昨日、錠屋でお集まりになったはず」

「確かに蕎麦を手繰《たぐ》りに行きましたが……」

内記は指を箸《はし》に見立てて上下させた。吾妻はふっと唇を緩めた。

「余計な問答は止めましょう。一つ、お尋ねしたい。何を企《たくら》んでおられる」

尾行されていたのは間違いない。だが、この問いを投げかけてくるということは、店の中までは入っていないのだろう。沈黙が上策とばかり、内記は笑みを絶やさずに黙りこくった。

「進藤様の受け持ちは、門を内側から開けるといったところですかな？」

尾《つ》けられていたのは己だと気付いた。煙が上がり次第、内曲輪諸門を全て閉ざすと幕府は決めている。つまり今回に限って言えば、江戸火消の中で唯一御曲輪内に屋敷のある己の動向を、最も気を付けねばならない。

「はて、何のことやら」

「知らぬ存ぜぬで通されるおつもりか。では忠告致しましょう。何にせよ進藤殿は動かぬほうがよい」

「仮に……私が貴殿の言う『不逞の火消』とつるんでいたとしましょう。それを裏切り、火焔《かえん》に巻かれる林家を見捨てよと申されるか」

「左様《さよう》」

吾妻は間髪《かんはつ》入れずに答える。

「ご忠告は痛み入るが……」

追い払おうとした矢先、吾妻は覆《おお》いかぶせるように言った。

「八重洲河岸定火消が無くなってしまうかもしれませぬな」

「何……」

「定火消は最古の火消。屋敷の老朽《ろうきゅう》化も目立つゆえ、場所を移し、全て一新してはどうかという話が持ち上がりましてな。新たに定火消に任じて欲しいという意欲の溢《あふ》れた方々もおられます」

「では、我らは」

「さて、私どもの知ったことでは。他家にお仕《つか》えなさるのは結構。もっとも幕命に背《そむ》く危なっかしい火消侍を雇う家があれば……の話でございますが」

「貴様」

「そのような御顔も出来るのですな。菩薩の内記殿」

身を乗り出した己を、吾妻は長い顎を引いて上目遣いに見つめて続けた。

「貴殿は幕命に従っただけ。それで上の覚えも頗《すこぶ》る良くなる。八重洲河岸定火消に割《さ》く費《つい》えに色を付けてもよいと仰《おっしゃ》っている。悪い話ではないはずです」

「しかし……」

「靱負殿が命を懸けて守ったものを、無為《むい》にしてよいのでしょうか」

八重洲河岸定火消が消滅する。配下は食い扶持《ぶち》を失い、その家族までが路頭に迷う。そのようなことを受け入れられるはずはなかった。

「よろしいですな」

念を押した吾妻の声を受け、内記は袴《はかま》の膝を握りしめた。

――すまない……。

内記は下唇を嚙み締めながら小さく頷いた。

「話の分かる御方で良かった。で、不逞《ふてい》の火消の計画は？」

「それは……私は門を開けろとしか言われていない。奴らとは利害が一致して手を結んでいるだけ、向こうも此方《こちら》を信用していないのだろう」

「なるほど。確かにそうですな」

せめて策の全貌だけは知られないように取り繕《つくろ》った。吾妻はきっと利害だけで動く男なのだろう。この嘘《うそ》には疑うことなくすぐに納得した。せめて門を開けられなくなったことだけでも伝えられないか。その考えを打ち砕《くだ》くように吾妻は付け加えた。

「疑う訳ではありませんが、これから件《くだん》の日まで見張らせて頂きます」

もはや打つ手は無く、いよいよ腹を括《くく》らねばならない。配下を人質に取られては仕方ないではないか。共に戦うつもりだったのだ。どんな言い訳をしても、己を正当化しても虚《むな》しいだけ。二度とあのように皆で顔を合わせることは出来ないだろう。

たとえどれほど罵《ののし》られても、己には守らねばならぬ者たちがいる。己には果たさねばならぬ夢がある。内記は畳の目をじっと見つめながら、心中で何度も唱《とな》えて己に言い聞かせた。

四

東の空が白んで仄《ほの》かに明るくなる。枯草が払暁《ふつぎょう》の寒風に漂《ただよ》って哀《かな》しげに揺れている。あの業火《ごうか》は辺りをぺんぺん草も無いほどの焼け野原にするのに十分であった。こうして幕を開ける一日の積み重ね。三年の月日が流れたことで、まるであの日に立ち戻ったような錯覚《さっかく》を覚えるほど、元の姿を取り戻している。だが戻るのは山河や草木だけで、死んだ者は二度と還《かえ》っては来ない。ここで尾張藩火消百七十一人が焔によって塵《ちり》と消えたのだ。

路傍《ろぼう》に佇《たたず》む地蔵の半身が真っ黒に煤《すす》けている。この爪痕《つめあと》だけが当時の惨劇の様子を伝えている。

――ゆるりと眠ってくれ。

伊神甚兵衛は地蔵の前に屈んでそっと手を合わせた。赤曜の燃える鬣《たてがみ》を払い続けたことで、指の紋様《もんよう》も消え去っている。手の甲は泥を塗りたくったように浅黒く、蕩けたような火傷《やけど》の痕が刻まれている。

手の甲だけではない。これが全身の肌の半分ほどを覆っているのだ。顔も右半分が焼け爛《ただ》れ、思うように表情を作ることが出来ない。これまで大火傷を負った者を山ほど見てきたが、これほど焼かれて生き延びているのは奇跡というほかない。

手を合わせている気がしない。激しい火傷を負ったせいで躰が壊れたのだろう。あの日以降、躰中の感覚が失《う》せてしまっている。試しに小刀で腕を切ってみたが、全く痛みを感じなかった。まるで死人が地上を這《は》いまわっているようなものである。それでも赤いものが流れる。それは血ではなく、死んだ配下の無念そのもので、己を突き動かしているのかもしれない。

皆が炎に呑みこまれた後、混濁《こんだく》する意識の中で甚兵衛は必死に足を動かした。目黒川に飛び込んで躰を冷やし、川上を目指して歩んで行き、意識を失う直前で河原に這い出た。

小さな橋の下に潜《もぐ》り込んだ時、二、三人のお薦《こも》が気付いて駆け寄って来た。幸いにも腰の革袋は無事で、中には小判が二枚あった。それを渡して介抱《かいほう》して貰ったのである。

そこから一月《ひとつき》。常人《じょうじん》ならばまだ動くことも儘《まま》ならぬだろう。だが、甚兵衛は姿を晦《くら》ました。己が生きていることに気付く者が現れ、息の根を止めに来るかもしれないからである。

田舎《いなか》のほうが余所者《よそもの》は目立つ。ましてや今の己の顔は醜《みにく》く嫌でも目に付くだろう。人を隠すならば人の中であるが、顔見知りの多い江戸にいるのは難しい。

甚兵衛が向かった先は大坂である。西国からの出稼ぎ、あるいは江戸で夢破れた者の再起の地。大坂は江戸以上に出入りが激しく、隠れて暮らすには持ってこいであった。出来るだけ人目に付かぬ内職で食いつなぎ、元通りに動けるようになるのを待った。そして三年後、甚兵衛は江戸に舞い戻った。尾張藩火消を葬《ほうむ》った者たちに復讐するために。

「雪……か」

粉雪が舞い始めた。手首に一片《ひとひら》落ちたが、やはり何も感じなかった。手拭《てぬぐ》いを取り出して地蔵の頭に被せた。まるで己へ降り注ぐ厄災《やくさい》を半分引き受けてくれたように、拝んでいる地蔵が焦げているのは左半分だと気付いたのだ。お前を助けたのはそんなことのためではない。そう言っているようにも思えたが、甚兵衛は目を細めて首を横に振った。

「赦《ゆる》してくれとは申しません」

地獄に堕《お》ちる覚悟はしている。永久《とわ》に等しい責め苦を受け、二度と生まれ変わることが出来ずとも、己はやりきると決めていた。

まず黒幕を炙《あぶ》り出さねばならない。これは存外《ぞんがい》容易であった。明らかに事件後の検分がおかしかった。調書《しらべがき》を作成した火事場見廻の名は服部中。火消時代は己を担当していた男である。

今、幕府をはじめとする己を追っている連中は、服部にも文を出して脅《おど》したと思っているだろう。だが服部に限っては違う。奴が一人になるまでじっと後を尾け、背に刃を当てて猫道へと引き込んだ。

「お、お前は……」

服部は物《もの》の怪《け》を見たように顔を引き攣《つ》らせた。

「話すか死ぬか。選べ。話せばお前の命だけは助けてやろう」

そう脅すと、服部は臆面《おくめん》もなくぺらぺらとあの日の謀略《ぼうりやく》の全てを話し、上に逆らえなかったと命乞いをした。このまま刺し殺したい衝動をぐっと抑え、

「解った。貴様だけは赦してやろう。ただし今日のことを他言《たごん》すれば家族諸共焼き殺す」

と、言い残して雑踏《ざっとう》に姿を消したのである。

赦す気などさらさらない。服部の気が変わって誰かに話す前に、葬り去るつもりであった。服部宅を焼いたのはそれから四日後のことである。

大坂で暮らした三年の間に復讐の手法は考えていた。若い頃、宿場に応援に行った時に聞いた、夾竹桃を用いるというものである。一族郎党誰も逃がさないため。そしてもう一つ、この手法を選んだ訳がある。

――偽善《ぎぜん》に塗《まみ》れた火消どもを屠《ほふ》る。

と、いうことである。あの日、太鼓も半鐘《はんしょう》も打たれることはなかった。仲間だと思っていた火消も、己たちを見捨てたのである。

それなのに火事が起これば、苦しんでいる民を救うため、命を守るためだのと宣《のたま》って燃え盛る屋敷に踏み込んで来る。本心は人を救いたいためではない。それならば尾張藩火消を助けようとしてくれたはず。ただ手柄を立てて出世するため、誰かに有難がられて虚栄心《きょえいしん》を満たすためと見限っていた。

踏み込んできた火消も夾竹桃の煙にやられ、まるで蚊遣りに向かってきた虫けらの如く息絶えるだろう。事実、江戸火消の最高峰である加賀鳶が駆けつけても、成す術《すべ》もなく斃《たお》れていったと後に町の噂で聞いた。

次に糸真屋に文を送り付け、十日の日切《ひぎ》りで世間に真実を話すように促した。尾張藩火消は他の火消と連携することなく手柄に逸《はや》り、全滅の憂《う》き目にあった。それが世間の認識である。勿論《もちろん》、同情の声もあったが、自業自得《じごうじとく》などと言う者もいる。それもどうしても我慢ならなかった。

糸真屋は要求を呑まなかった。店火消を雇って対抗しようとしたのである。いずれも見たことの無い者ばかり。素人かそれに毛の生えた程度の連中で、炎を知り尽くした己を止めることなど出来るはずが無い。

夾竹桃の毒で卒倒した頃を見計らって、糸真屋に踏み込み、火を放って庭へと突っ切り、塀を乗り越えて抜け出した。何食わぬ顔で路地から表の様子を窺った時、甚兵衛ははっと息を呑んだ。

――あれは……源吾か？

子どもの頃から己を慕って火消行列を見に来ていた松永源吾が、屋敷の中に踏み込んで行くのを見たのだ。あれから三年、確かに火消になっていてもおかしくない。だがこの地は飯田町定火消の管轄《かんかつ》から離れている。他に鳶を連れてきている様子も無い。義憤《ぎふん》に駆られたか、個で動いていると見て間違いない。

源吾が革袋を膨《ふく》らませているのも、はきと見た。つまり煙の中に毒が含まれていることには気づいている。この若さでそこに至るとは相当に優秀と言える。もう己は火消でも何でもないのに、源吾が一端《いっぱし》の火消になっていることに一抹《いちまつ》の嬉しさを覚え、

――もう来るな。

甚兵衛は心中で呼びかけてその場を後にした。尾張藩火消が嵌《は》められ、誰も助けてくれなかった時、源吾は火消になっておらず恨む理由など何も無い。そして

あれほどまで憧れてくれていたのに、火消が最も憎む存在に堕《お》ちている己を見せたくないという想いもあった。

「皆……もう少し。待っていてくれ」

甚兵衛は立ち上がると、黎明《れいめい》に雪を舞い散らせる曇天《どんてん》を見上げた。

服部中、糸真屋久右衛門は仕留めたが、道は半ば。残るは林鳳谷。そして中尾采女を始めとする尾張藩の連中。中尾采女だけでなく、多くの尾張藩士《つい》が関わっていることは確か。尾張藩上、中、下屋敷を全て焼き払って復讐の終とするつもりである。

甚兵衛が林大学頭屋敷の近くに来たのは卯《う》の刻（午前六時）。夜番と昼番の交代の間隙《かんげき》を突く。夜番の者は疲れ果てて注意が散漫となっている頃である。

前の二件で夾竹桃の手口が露見して周知されたのであろう。林家は出入りの薪屋からではなく、家人が買いに行くようになっている。薪の置かれている場所も屋敷の中。これでは行商人に化けて買わせることも、薪の中に混ぜることも出来ない。これまでの手口は使えないと悟り、此度は紅蠅と呼ばれる凶悪な火付け道具を三つ用意している。己はどこに投げ込めば屋敷が業火に包まれるのか熟知している。

――備えが薄いな。

甚兵衛は微《かす》かな違和感を持った。文を受けて鳳谷がどのような対処を取ったのか、細かなことは解らない。ただ罪を告白した訳ではないことは確か。真実が公表されれば江戸は大騒動になっているはず。甚兵衛にとってはそれを確かめられれば十分。しかし前の二件の火付けを見ているはずなのに、糸真屋のように火消を雇っているような動きも見られない。屋敷の周辺を警備する者の姿も皆無《かいむ》。この期《ご》に及んで曲輪内に住む己だけは心配無いと高《たか》を括っているのだろうか。

「罠か……」

甚兵衛は菅笠を持ち上げて周囲を窺ったが、すぐに思い改めて苦笑した。たとえ罠だとしてもここで引き下がるつもりはない。己に比べれば所詮《しょせん》は炎の素人ばかり。火焔が生む混沌に紛れて逃げ遂《おお》せる自信もある。

腰の袋から紅蠅を取り出す。小瓶から先を引き出した布には、たっぷりと油が浸《し》み込んでいる。火打ち石と火打ち金を指の間に挟み、手首を捻るようにして火花を熾《おこ》す。野火に対抗するため、時に迎えうつ火を熾さねばならぬこともある。歩きながら、これくらいのことは出来る。

布に点《つ》いた火がちろちろと揺れる。火打ち石を素早く懐にしまい、次の紅蠅を取り出して火を移す。もちろん速足は緩めず、流れるように作業を行う。

「一つ」

紅蠅を振りかぶって投げて小声で呟いた。塀の向こうに見える北側の軒先。風向きは江戸で最も吹くことが多い北西から南東への風。炎が屋敷の中を縦貫《じゅうかん》するであろう。この間には三つ目の紅蠅を取り出して火を移し終えている。

「二つ」

板壁に向けて放る。己が火消だった時、最も燃えていて欲しくない場所である。火消が駆け付けたならば、煙を排するために穴を空ける。いわゆる一方向戦術と呼ばれるもの。それが出来ぬよう、炎を塗りたくるように板壁を焼いておく。

「三つ」

林大学頭屋敷の二辺は、酒井飛騨守《さかいひだのかみ》屋敷に囲われるように接している。その狭い路地から屋敷の南東、軒下に転がすように投げ込む。ここに火が付けば吹き込む北西の風が逃げ場を失い、屋敷の中で渦巻《うずま》く。あっという間に炎上するだろう。すでに屋敷内からは男の太い悲鳴、女の金切り声が聞こえている。直接に関係の無い者を巻き込むのは、今でも少々胸が痛まないでもない。だがそれでも、

――付いてゆく者を誤ったのだ。

と、思うようにしている。徳川宗春という庇護者《ひごしゃ》が失脚した時点で、己たち尾張藩火消にもう先は無かった。配下のことを思えば鳶は他家に行くように促してやるべきだったし、火消組の縮小を具申して阿《おもね》ればよかったのだ。民を守っているという自負が、尾張藩の勇名を高めたのは己だという驕《おご》りが、その行動を取らせなかったのである。そのせいで死ななければならなかった配下にとって、己は付いていくに誤った者であったと思う。

袋小路になっており、一度は八重洲河岸に出なければならない。南に向けて足早に立ち去って、日比谷御門を潜《くぐ》って逃走するつもりであった。

「何……」

八重洲河岸に出たところで、甚兵衛は息を呑んだ。人通りも殆ど無かったはずなのに、北からこちらに迫る集団が見え、しかもまだ増え続けている。瞬時に頭に叩き込んでいる切絵図が蘇《よみがえ》った。松平内蔵頭《くらのかみ》屋敷から堰《せき》を切ったように人が出ているのだ。

――こちらもか。

すぐさま南に走ろうとしたが、踏みとどまった。同じく松平相模守《さがみのかみ》屋敷からも人が溢れ出て向かってくる。完全に挟み撃ちにされた恰好となった。装いから見るに両家の家臣ではない。火付盗賊改方《ひつけとうぞくあらためかた》、奉行所の捕方である。林大学頭家に近い両家に詰めて機を窺っていたということか。

「なるほどな……」

何故、幕吏《ばくり》が現れるのか。甚兵衛は一瞬で全てを察した。鳳谷は自らの罪が露見するのを覚悟で、幕府に護ってくれと頼んだのだろう。

だが、それならば己が火を付ける前に取り押さえようとするはず。誰が下手人か判別が付かず、見逃してしまったとしよう。それでも火を放たれた時のため、火消も詰めさせるはずではないか。それなのに林大学頭家から向こう一軒隣の、八重洲河岸定火消の姿すら見えない。つまり、幕閣にも尾張藩火消壊滅の片棒を担いだ者たちがおり、鳳谷を犠牲にしても謀略の証たる己を確実に抹殺しようとしているのだ。

甚兵衛は懐に手をねじ入れると、路の両側から怒濤《どとう》の勢いで迫る捕方に向けて怒号を放った。

「道連れに焼いてやろう‼」

前面の者たちの顔に恐れが走り、足を止める。両側とも測ったようにその距離は十間ほど。紅蠅はもう無い。だが、確実に無いとは思えないはず。

「臆せずに進め！」

頭格であろう。叱咤《しった》するが、棒立《だ》ちになって動かない。紅蠅をくらえば先頭の二、三人は火達磨《ひだるま》になる。誰もが心の奥底では己だけは死にたくないと思っている。

「貴様らと違い、俺たちは常に死を覚悟してきたのだ……」

甚兵衛は火傷で変色した頰を苦く緩めた。

「何の話をしている……」

「気が狂《ふ》れているのかもしれぬぞ」

火盗改の若い侍が囁くのが聞こえた。己の正体を知らされていないのか。仮に知れていたとしても、このような下《した》っ端《ぱ》の耳には入っていないのかもしれぬ。作り物の正義を信じているのが憎らしくもあり、哀《あわ》れでもあった。

昂《たかぶ》る感情が己でも予期せぬ行動を取らせた。片手で菅笠の紐を外したのである。捕方の顔があっと凍り付く。己の顔を見知っているという訳ではない。この醜く焼け爛れた顔に絶句しているのだ。

「醜かろう。だが、さらに醜きは貴様らが妄信《もうしん》する幕府よ。尾張藩火消百七十一の仇《かたき》を討つため、冥府《めいふ》より蘇りし伊神甚兵衛なり！」

「なっ――」

こうまで一斉に吃驚《きっきょう》するは壮観とも言える。見事に生まれた隙をついて、甚兵衛は身を翻《ひるがえ》して燃え盛る屋敷の中に飛び込んだ。中はすでに炎が散乱しているが、死人と化した躰は熱さを感じない。林の家臣であろう。出口に向かって這うように出て来ていた男を蹴り倒した。

「貴様らはここで焼け死ぬのだ」

首根っこを掴《つか》んで奥へと引きずって行く。煙を吸って弱っており、まともに抵抗出来ないでいる。

「我慢比べといこうか」

甚兵衛はちらと入口を振り返り、吐き捨てた。どこまでもこの中で生き抜いてみせる。そして屋根が崩れる直前、裏口から飛び出てやる。燃える瓦礫《がれき》が飛散し、素人ならば目も開けていられぬだろう。火の粉のせいであちらこちらから新たに火の手もあがる。逃げ遂せて、最後の標的である尾張藩を必ずや仕留めてみせる。己の中の憤怒《ふんぬ》の炎はまだ消えはしない。消せるはずはない。己に言い聞かせて灰と赤に染まっていく屋敷内を闊歩《かっぽ》していく。

五

連日、父は十数人の配下を連れて早朝から夜まで屋敷を空けるようになった。鳳谷への脅迫状の日限が過ぎたのだろう。残る頭取並《とうどりなみ》の神保が指揮を執《と》っている。

「大音様はどうなさるのだ」

源吾が訊いても、神保は貝の如く何も答えはしなかった。恐らくは大音謙八を筆頭に古参《こさん》の火消たちは、来《きた》る時に備えて出来うる限りのことをしている。近くに結集して門が開かれたと同時、少しでも早く駆け付けるといったところか。何故だか判らないが、謙八は父を買っている。恐らく父も共に行動しているのだろう。

定火消の櫓《やぐら》は府下で最も高い。源吾は用を足す以外の殆《ほとん》どの時を櫓の上で過ごした。握り飯を用意して食事も上で行う。掻《か》い巻《ま》きを羽織ってそこで眠る。謹慎中の己でも見張りくらいはしたいと言い張ったが、神保は期するものを感じたか、

「若はもうよろしいのです」

などと不安そうに言う。しかし別に屋敷の中から出る訳でもないのだから強く咎めることはなかった。

その日も夜通し櫓の上で過ごし、日の出と共に雲雀《ひばり》が喧《かまびす》しく鳴いて霜月二十三日の朝が来た。時刻は卯の刻。大欠伸《おおあくび》をしていた源吾は、勢いよく身を乗り出した。見つめる先は南の林大学頭家のある辺りに絞っているため、煙の上がる瞬間もはきと見た。

「若、あれは――」

当番の鳶が指差して声を上げる。

「ああ、火事だ。太鼓を打て」

鳶は滑るように梯子を下り、陣太鼓が打たれる。一番手は飯田町定火消。続いて近隣の町火消の半鐘が鳴る。

――内記、何してやがる。

源吾も梯子を下りながら舌を打った。己が櫓の上にいたからいいものの、本来ならば目と鼻の先の八重洲河岸定火消が一番に打つべきである。

「すでに頭は大音殿らと共に御城のそばにおられる。我らは後詰《ごづ》めを仰《おお》せつかっている。田安御門外にて……」

教練場で参集する鳶に向けて神保が指示を出している。

――やはりそうか。

源吾の予想通り、すでに選抜された一部の火消は御曲輪内近辺にいる。神保が慌ただしく支度《したく》を促しているのを幸いに、そろりと厩《うまや》に向かった。飯田町定火消で飼われている馬は三頭。父は馬に乗って出ていないため、一頭余る。馬丁が二頭の馬を引いていくのを見届けてから、残る父の乗馬に跨《また》がった。

「見捨てるなんて出来ねえだろう。頼むぜ」

鐙《あぶみ》を鳴らすと、己の意気に応えるかのように勢いよく走りだす。教練場の脇を抜けて門を目指した。こちらに気付いた鳶連中があっと声を上げ、神保は唾《つば》を飛ばしながら叫んだ。

「若を止めろ！　門を閉めるんだ！」

神保も若い頃は血気《けっき》に逸《はや》り、危うく切腹を仰せつかりそうになったこともあると、しみじみと語ってくれたことがある。そして神保は誰しもが通る道だとも付け加えた。

「神保、悪い！　俺はまだ青臭《あおくせ》えんだ！」

血相《けっそう》を変えていた神保が溜息を吐くのが見えた。屋敷を飛び出すと人馬一体となって往来を疾駆《しっく》する。早朝であるため、まだ人通りは少ない。

半町ほど進んだ時、背後から蹄《ひづめ》の音が近づいてくるのが解った。相当な良馬なのだろう。ぐんぐんと距離を詰めてきて、やがて横に並んだ。

「いい馬だな！」

黒々とした青毛の馬に跨っているのは勘九郎である。

「大黒《だいこく》と謂う。代々、加賀鳶で血を伝えし青毛よ」

「金持ちの坊《ぼん》は違うねえ」

手綱《たづな》を捌《さば》きながら皮肉を飛ばしたが、勘九郎は存外《ぞんがい》大真面目に答えた。

「火消としては恵まれた家に生まれたと思っている。だからこそ……責も大きい。それが加賀鳶だ」

「お前を倒すのは大変そうだ」

火消の名族として生まれた誇りと責務を一身に背負っている男。本心から手強いと思い苦笑した。

「珍しく気が合う。これほど諦めの悪い男は知らぬ」

「へえ、光栄なことで」

「生涯を通して勝ち続けてやる。火消を辞めるなよ。逃げ出せば嘲笑《あざわら》ってやる」

「誰が辞めるかよ。でもお前の笑う顔を見てみたい気もするな」

源吾の軽口に対し、勘九郎は大袈裟《おおげさ》に鼻を鳴らした。

「急ぐぞ」

「おう」

一ツ橋御門近くまで走ると、路地から漣次と秋仁が姿を現した。二人の管轄からここまでは近い。加えて秋仁の弟分である安治の姿もあった。駆け付けた馬を放置しては目立つので、預かってくれる者が必要と話したところ、秋仁が引き受けてくれたのだ。

「仲よく轡《くつわ》を並べて登場とはね」

漣次はこんな時も諸手を上げて驚くように戯《おど》ける。

「うるせえ。安治、巻き込んですまねえな」

源吾と勘九郎、ほぼ同時に馬から飛び降りた。

「秋仁さんの頼みだ。断る道理はねえです」

安治は肝《きも》が据わっているようで全く狼狽《うろた》えた様子は無い。秋仁は出世したら安治を招くと言っていたが、きっといい火消になると思った。

「行くぜ？」

漣次は首からぶら下げた拍子木を鳴らした。朝靄《あさもや》が漂う町に小気味よい音が響き渡る。内記はとうに門の向こうで待っているはず。これを合図に閂《かんぬき》を外し、勢いよく門を押し開けて逃げる。故《ゆえ》に一見してこちらからも確認出来る。しかし門は一分《いちぶ》たりとも動かない。

「どうなっている……」

一ツ橋御門を窺《うかが》いながら勘九郎が零した。

「遅《おせ》え……あいつ何かあったのか。漣次」

「ああ、もう一度行くぞ」

今度は二回拍子木を打った。しかしやはり動きは見られない。二人いる門番が一体何の音だと周囲を見回すのみである。

「早くしてくれ。時がねえ」

源吾が祈るように呟いた時、漣次が肩にそっと手を添えた。

「嫌な予感がしたんだ。八重洲河岸定火消の太鼓が鳴ってねえことは気付いているだろう。内記は転んだんじゃ……」

状況から見て漣次の言う通りかもしれない。だが、錠屋の女将の話が思い出され、源吾は力強く首を横に振った。

「何かあったに違いねえ。まだもう少し――」

「どちらにせよ急がねえとまずい。何があってもやりきるんだろうが。言い出したお前がそんなんでどうする」

漣次から先ほどまでの軽妙な雰囲気は消えている。

「解った。だが他に方法は……」

この策の要《かなめ》は内記であったし、上手くやると信じていた。次善《じぜん》の策を用意していなかったのが甘かったところで痛感している。

「おい」

己が最も耳が良いはずなのに、動揺していたからか勘九郎に言われて気付いた。少し離れたところから喚声《かんせい》が聞こえる。まるで鬨《とき》の声を彷彿《ほうふつ》させる猛々《たけだけ》しい声である。

「あれは……」

「父上だろう」

謙八も本復《ほんぷく》した譲羽《ゆずりは》十時《とどき》以下五十人と共に、数日前から加賀藩上屋敷に戻らないでいたらしい。やはり古参の火消たちも方法は不明だが、何か状況を打破《だは》しようとしている。叱責《しっせき》は覚悟でそちらに合流するしか、もう道は残されていないと悟った。

「行こう」

代案が無いのだから反対する者はいなかった。馬を引き取った安治を残して、四人で声の聞こえる東側へと走り出す。お濠《ほり》沿いにぐるりと回って一石橋《いちこくばし》を渡った時には、遠目にも騒動が起こっているのが解った。御曲輪内に続く鍛冶橋御門前、五郎兵衛町《ごろべえちょうかいわい》界隈に火消装束に身を固めた百ほどの集団が見える。

近づくと六尺棒を持った捕方が鍛冶橋の上に犇《ひし》めき、火消たちを遮《さえぎ》っているのも見える。火消の中には大音謙八の姿もある。

——親父がいねえ。

源吾は口を歪《ゆが》めた。運悪く今日は順番でなかったのか。あるいはこの騒動に出遅れたことも考えられる。どちらにせよ鈍間《のろま》な父らしいことである。

誰もこちらに気付くことはなく、謙八は指揮棒を振り上げ叫んだ。

「煙だけでは入ること赦されぬとは聞いたが、あれを見られよ！　すでに火の手が見えるではないか‼」

「混乱を避けるため、今暫く火消を入れるなと下知《げち》が出ている。上意《じょうい》であるぞ！」

与力が怯《ひる》まずに言い返している。以前の火付け二件は、煙、次いで暫く経って火の手が上がった。だが、今回はこれまでと異なり同時。毒煙の種が夾竹桃と割れたことで、下手人は手法を切り替えたのだ。

「朝令暮改が赦されぬのが、御公儀ではなかったか！」

「貴様、火消の分際《ぶんざい》で……今の一言は謀反《むほん》と――」

「何が謀反じゃ。命を蔑《ないがし》ろにする輩《やから》こそ、天下への謀反人ぞ！」

痛烈な罵り合い。このお上と火消の争いに、集まり始めた野次馬たちは、火消に味方してそうだそうだと囃し立てる。

「謙八、来たぞ！」

古仙が御門の向こうを指差して海鳴り声で叫んだ。林大学頭屋敷とは別に、一筋の煙が北西から立ちのぼっている。衆の前面に進み出たことで、一人だけ火消装束と異なる装いの男がいることに気が付いた。

「松平右近衛将監《うこんえのしょうげん》様屋敷から出火あり。急ぎ門を開けられよ！」

「貴殿は確か、西《にし》の丸御書院番《まるごしょいんばん》のはせ――」

「此度の火事とは別。これを見逃せとの命は出てはおらぬ」

言い掛けるのを遮り、男は一気に捲《まく》したて、火消たちも気勢を上げる。

「そういうことか……」

源吾は何が起こっているのか理解した。恐らくこの新しい火事は、幕府の処置に不満を抱いている者の捏造《ねつぞう》である。自ら火を付けたか、焚火《たきび》でも行っているのではないか。

「火消法度《はっと》の三項。火元に向かいし火消を、何人たりとも邪魔立てすること罷《まか》り成らん」

謙八は指揮棒を胸元に引き付けながら、低く言って睨《にら》みつける。捕方も事態を呑み込んだようで、一斉に喉を動かすのが見て取れた。

林大学頭家の件では混乱を避けるため、火消に自重するような命が出ている。だが別の火事が起こったとなれば話は別である。これで火消側にも大義名分が出来たことになる。

「松平様をお救いするぞ！　突っ切れ！」

謙八が鋭く指揮棒を振るうと、火消は喚声で応じて鍛冶橋御門に突貫する。

「な、ならぬぞ！　門を守れ！」

火消に突き飛ばされて濠に落下する捕方。六尺棒で腹を突かれて蹲《うずくま》る火消。

まさしく合戦。このような光景は滅多に見られるものではない。野次馬たちの歓喜も最高潮に達し、早朝の町は割れんばかりの歓声に包まれた。

捕方より、火消の数のほうが多く、徐々に御門に迫っていく。捕方もこれはまずいと思ったようで、首に掛けた呼子《よぶこ》を吹いて応援を要請した。

「俺たちも加わるぞ！」

援軍が到着して守りを固められる前に突破しなければならない。火消の最後尾で遮二無二押せと叱咤する謙八に向け、勘九郎が呼びかけた。

「父上！」

「この痴《し》れ者が……やはり兵馬を連れてきたのは間違いか」

謙八は額《ひたい》に手を当てて零した。短い時で鎮火を狙う場合、兵馬の特技は頗《すこぶ》る役立つ。昨日になって勘九郎は監視が代わったと言っていた。

「我らも加わります」

火消も殺到しているが、捕方も応援が駆け付けるまでもうすぐと守りが堅い。このままでは突破は覚束《おぼつか》ないだろう。

「下がれ。別働が間もなく日比谷御門を破る」

鍛冶橋御門は囮。援軍を引き付けた機を見計らい、日比谷御門に同じように、老中松平武元の救出を宣言して押し掛ける。その間に守りの薄くなった門を突破するという策らしい。

「しかし、あれでは！」

勘九郎は悲痛に叫んだ。今日になって急に冷たい強風が吹き始めた。そのせいで思いのほか火の回りが早い。ここからは門に遮られて屋敷そのものは見えないが、天を目指して揺れる焔が見えるほどになっている。

「何とか手を打つ」

この早さは流石に想像を超えていたようで、謙八は苦虫を嚙み潰したような顔になる。

「塀を乗り越えて行きます」

「少ない数では意味が無い」

塀を乗り越えれば二、三人は入れるかもしれない。だが、それではとても火勢に立ち向かえない。林大学頭屋敷にはさらに多い捕方に包囲されており、とてもではないが近づけないだろう。

「我らを信じて下さい。やってみせます」

「我ら……か」

謙八は勘九郎越しにこちらに視線を送った。

「死ぬるかもしれぬぞ」

このような会話を交わすのは、この泰平《たいへい》の世においては火消しか有り得ないだろう。謙八の声は常の厳《おごそ》かなものでなく、微かに震えているのを感じた。

「その時は兵馬に……」

勘九郎は途中まで言い掛けたが、頭を横に鋭く振って止める。そして謙八を真っ直ぐに見つめ、凛然《りんぜん》と言い放った。

「大音の名に懸けてどこまでも抗《あらが》い、生き残って参ります」

謙八は不敵《ふてき》な笑みを残して正面を向くと、火消たちに向けて野獣の如く咆哮《ほうこう》した。

「若火消が道を拓《ひら》く！　古火消は援《たす》けよ！」

「父上……」

「古き者の知恵でもどうにもならぬ苦難に直面した時、打ち破るのはいつの世も若き力と思い出した」

謙八は振り返らずに続ける。

「行け、勘九郎」

お濠を跨ぐように長梯子が架けられる。そうはさせるかと捕方が迫るが、巨軀《きょく》を壁のようにして、柊古仙が立ちはだかった。

「若造ども、死なずに暴れて来い！」

梯子に真っ先に取りついたのは勘九郎。次いで秋仁、源吾の順である。

「松永殿、頼むぞ」

「はい！」

謙八の声に応じ、源吾は踏み桟《さん》に掛けた手足を動かしていく。残るは漣次のみ。手を掛けようとした時、数人に腰にしがみ付かれた古仙が叫んだ。

「一人、抜けた。急げ！」

抜けた捕方は、梯子に向けて体当たりしようと猛進する。もう間に合わないと思った刹那、漣次は踏み桟を蹴って宙を翔《か》けた。飛ばされた梯子が濠に落ち、水飛沫《しぶき》が上がる。

「危ねえ」

漣次は手を伸ばして瓦《かわら》をしかと摑んでいる。片手で宙づりとなった格好である。思わず捕方からも嘆息が漏れ、火消と野次馬たちは歓声を上げた。源吾は漣次のもう一方の手を取って引き上げた。

「行くぞ！」

勘九郎が塀の向こう側に飛び降り、次々に皆がそれに続く。門を開けて追いかけよ、いやそれでは火消が雪崩《なだ》れ込むなどと、言い争っている捕方の声が聞こえる。しかしそれも束の間、さらに大きくなる先達たちの喚声が掻き消す。猛々しいその声を背に、四人は林大学頭の屋敷を目指してひた走った。

六

真っ直ぐに突っ走っていこうとすると、半町ほど先の辻からわらわらと人影が現れる。数は二十人弱といったところ。先刻の呼子を聞いて駆け付けた応援だろう。折れる道は無く、このままでは正面からぶつかってしまう。

「まずい。避けるぞ」

先頭を走っていた勘九郎が踵《きびす》を返す。大回りになるが、鍛冶橋御門の裏まで戻って左に折れる。

「漣次！」

「ああ、解っている」

一人抜け出して漣次は疾駆《しっく》すると、屋敷を取り囲む塀を蹴って難なく上った。さらにそこから間髪入れず、屈んだ全身を伸ばすように跳んで屋敷の軒庇を摑むや、一気に屋根に躰を引き上げる。まるで空を行く天狗《てんぐ》の如き技である。

「来い。まずは秋仁にしてくれ！」

最も貫目の少ない者という意味であろう。屋根の漣次は、こちら向きに腹這いになり、片手を突き出す。残る片手は瓦をしかと摑んで躰を固定していた。

遅れて塀に上がった秋仁が、思い切り跳び上がった。伸ばした手を漣次はぴしゃりと摑み、呻くような気合を発して引き上げる。

「秋仁、脚を押さえてくれ！　次！」

漣次の声に弾かれたように勘九郎が飛ぶ。勘九郎の手首を両手で捉えると、同じように引っ張る。

「急げ、源吾！」

流石に息を切らす漣次が叫ぶ。勘九郎も脚を押さえたのを見計らい、源吾は塀を強《したた》かに蹴った。宙で体勢を崩したせいで、漣次はさらに身を乗り出し、何とか指先が引っ掛かった格好で捉える。次の瞬間、残る手で二の腕を摑まれて引き上げられた。やはり凄《すさ》まじい握力である。

「……お前向かねえぜ。いい纏師を連れて来るこった」

「そうする」

源吾は苦笑しながら這うように屋根の上に進む。

「来たぞ。身を低くしろ」

勘九郎は頭をさっと下げた。正面に見えていた捕方がこちらを追って、辻を折れてきたのだ。まさか梯子もなく屋根に上がるとは思わず、眼下を通り過ぎていく。

「どっちが下手人か、解りゃしねえな」

漣次は息を弾ませて屋根に寝転がっている。

「もう時がねえ。急ごう」

屋根に上がれば林大学頭家の様子がよりよく判る。濛々《もうもう》と立ち上る白煙が風に煽《あお》られている。徐々に黒色が増えているのは炎の侵食を受けている証左。中を駆け抜けた熱波が行き場をなくし、屋根から見える火が空に向けて噴き上げる。身を屈めて屋根伝いに進む。火の手の傍《そば》にまで来ると、火付盗賊改方、奉行所の捕方が取り囲んでいるのも見えた。

「さあ……いよいよだな」

屋根の傾斜に添って腹這いになり、眼下の様子を窺う。あの中に突っ込むと考えると武者震《むしゃぶる》いがしてくる。

「打ち合わせた通り引き付けますんで、暫くはここで伏せていて下さい」

秋仁は屋根の頂《いただき》まで進むと、膝を立てて振り返った。流石に緊張を抑えられないのか、その顔は引き締まっている。

「漣次さん、やりましょうか」

「結局、二人じゃねえかよ」

漣次も秋仁の横まで進むと、手庇《てびさし》をしながら周りを窺う。

「火事と分かった時点で、安治が遣いを走らせてくれています。もうそろそろ来ている頃でさ」

「門は閉まってんだぜ？　それにこんな物騒《ぶっそう》なところに来るか？」

「一つ目の問いに対しては、乗り越えるなんざ訳もねえ。二つ目の問いについては……」

秋仁はそこで言葉を切ると、掌に拳を打ち付けて立ち上がった。

「あいつは誰からも逃げねえ。行きますよ」

「へいへい」

漣次は今日何度目かの溜息をついて立ち上がった。秋仁は胸いっぱいに息を吸い込むと、天に向けて大音声《だいおんじょう》で叫んだ。

「辰一！　俺はここだ！　掛かってこいや‼」

突然屋根の上で咆哮《ほうこう》する男が現れたことで、捕方たちは一斉にどよめいた。秋仁は悠然《ゆうぜん》と両手を広げて、今度はそちらに向けて高らかに言い放つ。

「松平様のお屋敷の火事をお救いしようと駆け付けましたが、林様のほうがさらなる難儀に遭《あ》われているご様子。火消として見過ごす訳にいかねえ。ご助力させて頂きます」

「なかなか役者じゃねえか」

漣次は項を掻きながら、からっと笑った。知ったばかりの大義名分を最大限に使う。捕まった時に言い逃れ出来るよう、ひいては江戸の火消全体へ迷惑が掛からない配慮である。浮浪の子として仲間と肩を寄せ合い、世知辛《せちがら》い世を生き抜いてきた知恵であろう。秋仁はこう見えて頭が切れる。

「何人か入ったという薦だぞ！」

「まだ捕まえてなかったのか。何をしておる」

捕方は口々に言いながらこちらに集まって来る。秋仁と漣次は屋根から滑り下り、屋敷の門を颯爽と抜けて往来に出る。

「何で邪魔しようとするんです？」

秋仁は向かってくる者たちに向け、惚《とぼ》けた調子で首を捻る。

「うるさい。今は火消を近づけるなとの命だ！」

「火事場で不要なのは火消じゃなく、あんたらだと思いますがねえ。下手人を捕まえられねえ癖に」

この容赦ない挑発に、捕方たちの顔に一斉に怒気が走った。

「煽りすぎだ。馬鹿」

漣次は早くもすたこらと逃げ始めるが、秋仁はそれほど大きくもない体軀を、微動《びどう》だにさせずに待ち構えた。先頭の者が手を伸ばして捕らえようとする。秋仁は体《たい》を開いてするりと躱《かわ》すと、痛烈な飛び膝蹴りを顎に見舞った。

「足が滑った」

けけと笑って、即座に踵《きびす》を返して走り出す。手が滑ったことにするとは言っていたが、もう無茶苦茶である。秋仁は屋根のほうに顔を向け、指で両目をくいと釣り上げた。

――十分、怒らせましたぜ。

と、いう意味であろう。まさしく悪童という名に相応《ふさわ》しい振る舞いに、源吾は笑ってしまった。

「やりおった！」

「逃げ足が速い。回り込んで押さえろ！」

追う者たちが叫んだことで、林大学頭屋敷に張り付いていた捕方の半数ほどが、先回りしようと動いた。これで囲みは相当薄くなったことになる。

「散ったぞ！　二手に分かれよ！」

漣次は漆喰《しっくい》塀の肩桁《かたげた》に手を掛け、ひょいと跳ね上る。這い上がろうとする捕方の顔を足蹴にして、そのまま狭い瓦屋根の上を疾駆した。その身軽さに誰も追いつけない。

一方の秋仁はというと、背後に迫る追手に気を取られ、屋敷地を回り込んでくる捕方から挟《はさ》み撃ちを受けそうになっている。注意を促すために叫べばこちらの存在が露見する。それでも、後を勘九郎に託して源吾が呼びかけようとしたその時、目の端に大きな影を捉えた。

「本当に来やがった……」

源吾はほくそ笑んだ。秋仁の向かう先、悠々と歩いて来るのは辰一である。

「こりゃ、どういう訳だ。あの燃えてるのは、例の下手人の仕業《しわざ》だろう?」

辰一は隆々《りゅうりゅう》とした腕を上げて煙を指差す。

「辰一! 手伝え!」

土煙を引き連れた秋仁は、しめたとばかりに手を上げて招く。

「意味が解らねえ。お前が呼び出したんだろうが」

「あー……あれ全部、俺の子分。お前を袋にしてやろうとな」

秋仁は脚を回しながら、背後の捕方を親指で差す。

「馬鹿か」

みえみえの嘘に、流石の辰一も呆れて憫笑《びんしょう》する。その時、秋仁は打って変わって訴えるように叫んだ。

「段吉に親父の潔白を見せてやるんだろ!」

辰一の肩がぴくりと動くのが遠目にも分かった。

「それと何が関係する」

「あいつら伸《の》したら段吉のためになる! 信じろ!」

秋仁は辰一の脇にまで駆け込むと、地を滑るようにして身を翻した。二人横並びになって、数十人の捕方を迎え撃つ格好である。

「子分の次はお前だ」

「上等だ」

秋仁は息を弾ませ、辰一の肩を拳でぽんと小突いた。

「新手だ！　抵抗する気だぞ！」

「たった二人だ。一気に畳みかけろ！」

などと喚きながら、捕方は猛然と向かってくる。辰一の纏う空気が一瞬の内に変じるのを感じた。

辰一は軽く身を沈めると、野生の獣《けもの》の如くしなやかに真《ま》っ向《こう》から走っていく。首を振って一人目が突き出した棒を躱すと同時、天を震わせるほどの雄叫《おたけ》びが響き渡る。辰一の巨大な掌を顔面に受け、案山子《かかし》のように地面に叩きつけられている。

「怯む――」

土煙の中、辰一の剛腕が地すれすれを疾走して顎を捉えた。二人目は、臥龍《がりゅう》が天に昇るのに巻き込まれたかのように宙を舞う。次いで身を廻して裏拳で三人目。その時には四人目の帯を摑んでおり、気合と共に放り投げた。まるで人外《じんがい》の何かに挑んだかのように、人が塵芥《ちりあくた》の如く飛んだ。

「化物め！　一斉に行け！」

三人が辰一に向けて棒を振り下ろした。一本目を素手で掴み、二本目は逆に頭突きを喰らわせてへし折り、三本目は肩を強《したた》かに打った。

「痛《いて》えな」

「ひっ――」

巨軀が旋回して背負い投げ、捕方は強かに叩きつけられる。無防備となった辰一の項を十手《じって》が襲った。その刹那、秋仁の飛び蹴りが炸裂《さくれつ》して十手の捕方は頽《くずお》れる。

「お前の『子分』じゃなかったのかよ」

辰一は腕を水車のように回してまた一人が屠《ほふ》られた。

「躾《しつけ》がなってねえから、ちょっとな」

秋仁はけろりと笑って、素早い足払いで横転させた。

「町人風情《ふぜい》がいきがりおって！　武士に勝てると思うのか！」

柔術を修めているのだろう。その隙をついて一人が秋仁の手を締め上げた。秋仁は苦悶《くもん》に顔を歪めたが、それでも抗って叫んだ。

「こちとら生きるためのすてごろよ……安穏と暮らすてめえらなんざぶっ潰して

やるよ！」

首元に噛みつかれて、ぎゃっと手を放した瞬間、秋仁の拳が頬桁《ほおげた》を貫いた。

「今、ぶっ潰すと言ったぞ！」

「あ、違う。歯と手が滑った」

千切っては投げ、殴っては蹴り、幾ら棒を受けても怯まない。二人の暴漢があまりに手強いため、呼子が吹かれてさらに林大学頭屋敷の捕方が動く。その呼子に重なって指笛の音が聞こえた。ふと見ると向かいの屋根で漣次が胡坐《あぐら》を掻いている。そろそろ行けるぞという意であろう。漣次はちょいと屋敷のほうを指差す。

「勘九郎」

「よし」

二人は屋根から飛び降りて走り出す。機会は一度だけ。こうなったら何があっても止まらぬ覚悟である。囲んでいる捕方の数は当初の三分の一ほどになり、輪は隙間だらけになっている。その間を二人は一気に駆け抜けた。

「まだいたぞ！」

勘九郎が先に走り込み、源吾が少し後ろを追う。屋敷はすでに半焼。炎が巻き込むようになっている玄関から、茫《ぼう》と赤く染まる煙が充満しているのが見えた。あと十間、五間、勘九郎が入口に辿り着いた時、源吾は襟《えり》を強く引かれて仰《の》け反《ぞ》った。捕方の一人に追いつかれて摑まれたのである。

「勘九郎！　俺を置いて――」

後ろに引き倒され、腹を思い切り踏みつけられて言葉が途切れる。勘九郎は入口前で戸惑って脚を止める。それでも源吾は歯を食い縛ると呻くように続けた。

「行け……」

複数の捕方が追いつき、無理やり立たされ羽交《はが》い締《じ》めにされる。源吾は激しく身を揺すって叫んだ。

「頼む……伊神様を止めてくれ！」

初めてその名を口に出した。

ずっと解っていたのだ。誰か一人が生き残り、余人を乗せない赤曜が離れた地で止めを刺されていた。状況に鑑《かんが》みれば伊神甚兵衛こそ下手人であると。それでも信じたくない想いが、ずっと答えを心の片隅に押し込んで曖昧《あいまい》にしていたにすぎない。

江戸の民のために生涯を捧《ささ》げた火消。ただ一人、己が憧れた火消。その男が闇に落ちた時、己は何をすべきかを考えてきた。決して無念を晴らさせてやることではない。止めてやることこそ己の為《な》すべきことだと、この段になってようやく決意出来た。

　勘九郎が下唇を嚙み締めて行こうとした時、聞き慣れた声が耳に届いた。

「それでは止められませぬ」

「お前……」

　進藤内記が捕方の間を縫《ぬ》って近づいてくる。内記はすらりと抜刀して剣先を源吾の首元に当てた。その鬼気迫る気迫に捕方も息を呑んでたじろぐのが解った。

「皆様、このような輩《やから》のため怪我をしては詰《つ》まりません。返り血も浴びる。お離れ下さい」

　そう言いながら残る左手で源吾の襟を摑んで引き寄せる。今にも首を狩らんとする言い様に捕方は二、三歩下がった。内記は襟元を引いてじりじりと動かす。

「何で……門を……」

「お人好しもいい加減にせよ。私が幕命に背くと思うか。一杯食わせたのよ」

　内記は三日月を傾けたような微笑を浮かべた。作り物めいた、人形を思わせる笑みである。

「皆はお前を信じて――」

「迷惑至極《しごく》。同じに括《くく》るな」

「笑うんじゃねえ‼」

反対に源吾が内記の襟元を締め上げる。刃が首に押し込まれ、薄皮が切れて血が流れる。内記は能面を張り付けたように笑みを崩さない。

「俺は貴様が大嫌いだ」

言うや否《いな》や、内記が左手で強く突き放して、源吾は後ろに蹌踉《よろめ》いた。刀を振りかぶる内記が遠のく。背が壁に衝突するかと思いきや、周囲が赤の景色に一変する。突き飛ばされた先は丁度入口だった。中に飛び込んだ恰好となったのである。尻餅《しりもち》をついたところに、好機を見逃さず勘九郎もすぐに突入してくる。

「怪我は⁉」

「心配ない」

煙に毒が含まれていないという保証も無く、入ってしまえば捕方が追って来ないのは予想済み。果たしてその通りとなって、何やら喚く声は聞こえるが、入って来る者はいない。

「悪運が強いな」

差し出された勘九郎の手を摑む。屋敷内は炎に燻《いぶ》され、柱が含んでいた水気を吐き出して蒸し風呂のようになっている。薄煙の向こう、先ほどまでいた屋外の光が茫と差し込んでいた。

「ああ……」

気の無い返事になってしまったのは、突き飛ばされた瞬間の光景が頭から離れなかったからである。内記は依然笑みを崩さなかったが、その両眼に何かが浮かんで見えたのは気のせいか。

「急ぐぞ」

勘九郎に急《せ》かされて我に返る。天井に溜まりきらず煙が垂れ込めている。源吾は翻した身を低くして、黒白の怨念《おんねん》を掻い潜るように、屋敷の奥へと脚を踏み出した。

第六章　鉄鯢《てっけい》と呼ばれた男

一

伊神甚兵衛は入口で蹴り倒した家臣を引きずり、憎《にく》き者を求めて廊下を進む。煙が背後から追い越してゆく。火がちろちろと揺れる。

屋敷を一瞬で燃え上がらせることも出来たが、そうはしていない。一見効率がよさそうに思えるが、

――一人も逃さぬ。

という点においては、煙の流れを使って徐々に追い詰めたほうがよい。火消《ひけし》と炎は奇妙な相関《そうかん》にある。消すための技を研鑽《けんさん》すればするほど、火を付ける技も磨かれるのである。

「隠れ鬼にもならぬぞ」

火がどのように回り、煙がどこに溜まるのか手に取るように分かる。そして火

事場で人は滑稽《こっけい》なほど同じ行動を取るのだ。まずこの男のように、たまたま出口の近くにいた者は脱出を試みる。それが無理となれば水場に集まるが、この屋敷に井戸が無いことは事前に調べている。そうなれば煙に追われて奥へ、奥へ。死地へと流れていくのだ。

まだ燃えていない襖《ふすま》を勢いよく開け放った。そこには男女十人ほどが肩を寄せ合って震えていた。煙も炎もこの部屋に来るのは最後。蒸し風呂のようになっているが、意識ははっきりしており、皆が肩を動かす。

「林鳳谷、迎えに来た」

引きずって来た男を放り、言った。地獄から迎えに来た邏卒《らそつ》の如《ごと》く映るのだろう。女はひっと短い悲鳴《ひめい》を上げ、男たちも恐怖に顔を引き攣《つ》らせる。

「伊神甚兵衛……だな」

家臣が止めようとするのを振り払い、一歩踏み出す者。林鳳谷である。

「ああ」

「焼くだけで飽き足らず、自ら息の根を止めに来たか」

流石《さすが》に儒の大家というべきか。あるいはこの数日、恐怖に苦しみ抜いた末か。鳳谷は衆の中で唯一、何とか怯《おび》えを噛《か》み殺しているように見える。

「こちらも事情が変わってな。焦《こ》げるまで見届けてやろう」

「頼む……妻子を……家臣たちを救ってくれ……私はどうなってもよい！」

鳳谷の妻子らしき者が抱き合っている。ここに来るまで煙を吸ったのだろう。ぐったりとしている家人もいた。

「まことと都合のよいことだ。あの日の俺も同じことを願った……どうなってもよい。この者たちを助けてくれとな」

「すまなかった……」

鳳谷は熱を持ち始めた畳に突っ伏して頭を下げた。再び込み上げて来た怒りに身を委《ゆだ》ね、鳳谷の頭を毬《まり》のように蹴飛ばした。悲鳴が室内に響く。

「今さら遅い。何もかもな」

甚兵衛が吐き捨てたと同時、家臣の一人が意を決したように立ち上がる。己を打ち倒して脱出を試みようとしているのだ。

「本末転倒《ほんまつてんとう》だな。少しでも生き延びるため、お主らはここに逃げ込んだのであろう？　この部屋を出れば、命を縮めるだけよ」

「それは……」

家臣は口惜しそうに拳《こぶし》を震わせる。

炎は刻一刻と屋敷の中を侵食している。甚兵衛が入ってきた経路も、すでに火《か》焔《えん》に喰《く》われ始めているはず。万が一追ってくることを考え、その頃合いぎりぎりを計って屋敷に入ったのだ。素人《しろうと》では大人《おとな》でも抜け出せぬ。子どもなら猶更《なおさら》である。

「火消の力を借りねば脱出は叶うまい。つまり、お主らを助けられるのは火を付けた俺だけ……滑稽よな」

甚兵衛は冷笑を浮かべると、入口を塞《ふさ》ぐように胡坐《あぐら》を掻《か》いて座った。

「お主らの苦しむ姿を、こうして眺めてやる」

気が狂《ふ》れていると思ったのだろう。皆の顔に戦慄《せんりつ》が走り、がたがたと震えている。

「ここから出して……」

若い女中がか細く訴える。

「消し炭になったらな」

甚兵衛は頰杖《ほおづえ》を突いて、井戸端で話でもするかのように返した。呑気《のんき》な恰好や調子に似合わぬ呪詛《じゅそ》の言葉に、女中は眩暈《めまい》がしたのか、ふらっと躰《からだ》の力が抜ける。それを別の女中が懸命に支えた。

憤怒《ふんぬ》、哀願《あいがん》、恐怖、そして諦《あきら》め。様々な感情の混じった十数の眼が己を射貫《いぬ》く。もう何を言っても無駄だと思ったのだろう。念仏を唱《とな》えるほか、口を開く者はいない。徐々《じょじょ》に迫りくる炎の慟哭《どうこく》の中、震える読経《どきょう》だけが響く。それをなぞるように、甚兵衛も心で経を読み上げていた。これでまた皆の無念も薄まり、楽土《らくど》に一歩近づけると信じている。

――荒崎自然《じねん》、吉良幸四郎《こうしろう》、穴山諸領《しょりょう》、中馬重《ちゅうまじゅう》右《え》衛門《もん》、段五郎……。

誰一人忘れることは無い。脳裏《のうり》に浮かぶ皆はあの日のまま。己だけがこのような醜《みにく》い姿を晒《さら》している。もう少しだけ生き抜けば、己もようやく休むことが出来る。

どれほど時が経《た》ったろうか。己は熱を感じないため解らないが、この部屋も相当に熱くなっているのだろう。鳳谷をはじめ皆が滝のような汗を流し、息も荒くなっている。耐えきれずに突っ伏している者もいる。

その時である。外で俄《にわ》かに大声が聞こえた。怒気《どき》が含まれている。何か言い争っているように思えた。

「火消だ！」

叫んだのは鳳谷の子であろう。妻が咄嗟《とっさ》に口に手を回して黙らせる。江戸の子

ども は武士町人に拘《かか》わらず憧《あこが》れる。火消とはそんな存在であった。鳳谷の子もそうらしい。父が火消をあれほど忌《い》まわしく思ったのに、皮肉なものである。

「幕府はお前らの命など何とも思っておらぬようだ。火消は来ぬぞ」

「嘘《うそ》だ！　きっと助けに来てくれる」

「坊主《ぼうず》、残念だが火消は来ない。俺もそう思っていた。だが所詮《しょせん》は我が身が可愛《かわい》いのだ。その点だけはお主の父が思った通り……火消なぞその程度のものよ」

きっと己は火消時代には決して見せなかった憤怒《ふんぬ》の形相《ぎょうそう》だろう。母に口を押さえられた子の目から涙が零《こぼ》れている。屋根裏を火が駆け回る音が聞こえた。煙が天井板の隙間《すきま》から滲《にじ》み出る。間もなく焰の指先も現れるだろう。天井を見上げながら悲痛な声を漏らす者たちの中、子どもだけが眼に涙を湛《たた》えてじっとこちらを見つめ続けている。

——何だ。この顔は……。

まだ諦めていない。いや瞳の奥に憧憬《どうけい》が見える。己が幾度となく見てきたあの顔である。

「坊主、心配いらねえ。助けに来たぞ」

はっとして振り返った。そこに立っていたのは若い火消が二人。一人はあの大音謙八と同じ酢酸鉄《さくさんてつ》の黒羽織。そしてもう一人は、かつてこの子と同じ眼差《まなざ》しを己に向けてくれた男。

「源吾……」

「伊神様……」

二人の声がぴたりと重なった。次の言葉が出てこない。それは源吾も同じらしい。驚愕から絶句しているという様子ではなく、筆舌《ひつぜつ》に尽くしがたい苦悶《くもん》の表情を浮かべている。己が下手人《げしゅにん》だとすでに導き出していたと悟った。梁《はり》の軋《きし》む音、柱の爆《は》ぜる音が、たった一呼吸ほどの無言の時を埋める。この音を共に耳にする時、このように相対する形ではなく、肩を並べているものと想像していたことを思い出し、甚兵衛は唇《くちびる》を小さく嚙み締めた。

二

源吾らは白煙と熱波のうねりを搔き分けて進んだ。奥に逃げ込まざるを得ないように、死地に誘われるように、計算されて火を放たれている。屈《かが》むようにして廊下を進んでいた時、子どもの叫び声が聞こえてさらに足を速めた。襖が開け放たれている一室がある。辿《たど》り着いて見た光景は、十数人の老若男女《ろうにゃくなんにょ》が肩を寄せ合っているというもの。その手前、源吾から三間ほどの距離に背を向けた男がもう一人。胡坐を掻いて、怯える者たちに相対している。男がさっと振り返り、喉《のど》を鳴らすように零した。

「源吾……」

「伊神様……」

状況がどれほど下手人は甚兵衛だと指し示そうとも、違っていて欲しいと願っていた。しかしその淡《あわ》い願いは無情《むじょう》にも打ち砕《くだ》かれた。

振り向いた甚兵衛の顔半分は炎に貪《むさぼ》り食われた無残《むざん》な痕《あと》がある。昨日今日負ったものではなくもっと古いもの。三年前の事件で刻まれたものであろう。顔だけでない。服から覗《のぞ》く首、手の甲も黒光りするほどの火傷の痕に覆《おお》われている。

それに目を奪われた一瞬を衝《つ》かれ、甚兵衛は跳ねるように立ち上がると腰の刀を抜き払った。女衆の高い悲鳴が室内に響く。屋根を進むなら少しでも身軽なようにと打ち合わせ、二人とも大小を差していない。代わりに短い鳶口《とびぐち》を腰に捻《ね》じ込んでいる。同時にそれを抜いて身構える。

「動けば斬《き》るぞ」

「このままじっとしていたら、どうせ皆死んじまうさ……」

甚兵衛は半身になって鋩《きつさき》を衆に向け、源吾は鳶口を引き付ける。天井から炎が噴出し、美しい細工の施《ほどこ》された欄間《らんま》を炙《あぶ》る。こうなればここが火に包まれるまでもう時は残されていない。源吾の耳朶《じだ》は屋敷全体が軋み始める音も捉えている。

「退《ひ》け」

「退かねえ」

「こいつは俺の配下を殺した悪党だ」

「だから関係ねえ人も巻き込むってのかい」

「大切な者が死ぬ苦しみを味わわせてやるのだ」

「そんなことを皆が望んでいるはずねえ」

「お前はまだ誰も失っちゃいねえだろう……火消になったばかりの若造が偉《えら》そうな口を利《き》くな！」

甚兵衛は引き攣れた頰を歪めて吼《ほ》えた。

「いつかあんたを超える火消だぜ」

甚兵衛はちらりと己の脇を見た。火消羽織が部屋中を躍《おど》り回る熱波に揺れている。

「鳳凰《ほうおう》の羽織か……お前は多くの者を救うと言ったな。ならば猶更《なおさら》こんなところで死ぬな」

「だから救うんだよ。そこにいる皆も。あんたもな」

源吾は凛《りん》と言い放って一歩踏み出した。反対に甚兵衛は気迫に打たれたように喉を鳴らして一歩下がる。

「どの道、たった二人で、この数を率《ひき》いて逃げられるはずがないことは、俺が一番知っている……」

「この声が聞こえねえか」

甚兵衛は眉間《みけん》に皺《しわ》を寄せ、首を捻って耳を欹《そばだ》てる。

「これは……」

甚兵衛は息を呑《の》んで顔を擡《もた》げる。少し前から外が騒がしくなり始め、それは時を追うごとに大きくなっている。喧噪《けんそう》の中で何と言っているかまでは己にしか聞こえないだろう。

松平屋敷は鎮火せり。近隣火事の応援。これは火消法度《はっと》に則《のっと》るもの。消口《けしぐち》を取る。などと言う声が矢継《やつ》ぎ早《ばや》に聞こえている。謙八たちが門を破り捕方とぶつかったのである。漣次、秋仁、辰一の三人が半数以上を引き剝《は》がしたところに、百を超える火消が突貫すれば消口を奪えるはず。捕方は下手人の逃走を防ぐため門を開くなと聞いているだけで、炎を消させるなとは命じられていない。こうなればもう為《な》す術《すべ》は無いはずである。

「ああ、これが俺たち火消の答えだ！　伊神甚兵衛‼」

源吾は全身を震わせて絞るように叫んだ。

「くそ……」

「どうする。誰かが入って来たぜ」

源吾はさらに足を踏み出す。すでにこちらに近づいてくる複数の跫音《あしおと》も聞こえている。流石の甚兵衛にも狼狽《ろうばい》の色が見えた。

「林家の方々、助かるぞ！　我らと息を合わせて下され！」

ここで畳みかけるように勘九郎が声を掛ける。

「若火消の癖に要所を押さえておるな」

甚兵衛は脇差《わきざし》にも手を掛けて舌打ちを放った。

刃を向けて制しているは複数。煙と熱で相当弱っているものの、それ以上に心が折られていたから動けなかっただけ。他にも火消が救出に向かっていると知った今、勘九郎の一言で林家の家臣たちの眼に生気が戻り始めた。

源吾と勘九郎が同時に飛び掛かったところで、家臣も命を擲《なげう》って二、三人が躍りかかれば、取り押さえることも叶う。それに甚兵衛も気付いているからこそ、状況を打破《だは》しようと目まぐるしく頭を動かしている。

「よし、今――」

勘九郎が号令を発した矢先、甚兵衛は刀を振りかぶって猛進する。その先にいるのは林鳳谷。家臣が身を挺《てい》して守ろうとするが間に合わない。甚兵衛は刀を振り下ろすことなく、咄嗟に手で顔を覆った鳳谷に肩から体当たりして押し倒した。

「来るな！　鳳谷を討《う》つぞ！」

馬乗りになった甚兵衛が周囲に睨みを利かす。これでは己たちも林家の家臣もうかつに動けない。数々の修羅場《しゅらば》を潜《くぐ》って来ただけあり、劣勢《れっせい》に追い込まれてもすぐに最善手を導く。

「皆、私から離れよ！　置いて逃げるのだ！」

下敷きになった鳳谷が哀願するように喚《わめ》いた。甚兵衛は動かない。鳳谷を押さえると判断した時点で、家族や家臣を道連れにするのは諦めていた。部屋に火の粉が舞うほどになっており、畳が黒点を振りまいたように焦げていく。その火の粉に皆が一様に顔を背《そむ》けるが、甚兵衛だけは一切たじろぐ様子が無く、眦《まなじり》を決している。

その時、新手の火消たちが駆け付けた。数は十ほどである。

「兵馬！」

「ご無事か！」

兵馬を始めどの者も黒備えの火消羽織。加賀鳶で間違いない。ただその中に一人、使い込まれた柿茶の羽織が混じっていた。煙よけに口を覆っているのはよく見慣れた薄汚れた手拭《てぬぐ》いである。

「何で……」

父、重内である。重内はこちらを一瞥《いちべつ》するだけで、すぐに奥の人々へと視線を移した。

「これは一体」

兵馬は状況を読み切れず困惑する。

「皆を救い出すぞ。甚兵衛は動けぬ」

勘九郎が飛ばした指示は的確である。標的に尾張藩が残っており、甚兵衛の復讐はまだ道半《なか》ばである。鳳谷を人質に取って、何としてもここを抜け出そうとする。脱出後に殺すことは目に見えているが、だからと言って今掛かれば鳳谷を助ける機は二度と巡って来ない。

　勘九郎ら加賀鳶はそろりと畳に足を滑らしつつ、家族、奉公人の元へと迂回《うかい》しつつ近づいていく。

「源吾、手伝え」

　重内は口元の手拭いを取って言った。普段ならば鼻で嗤《わら》うのに、何か犯《おか》しがたいものを感じて頷《うなず》いた。父は機敏《きびん》でもないが、緩慢《かんまん》でもなく、粛々《しゅくしゅく》と残る襖を取り外してゆく。退路を少しでも広く取るため、そして熱波の流れを少しでも緩くするためだと悟った。

　甚兵衛は周囲を警戒し続けるもののやはり動かない。皆の元へ辿り着いた勘九郎は、顔を煤《すす》に塗《まみ》れさせた女中の手をそっと取り、

「よし、お主はこの圭太《けいた》に付いていくのだ」

　などと、一人ずつ加賀鳶に託していく。数が足りぬと判断すれば、男の家臣は二人で一人に付いていくように臨機応変《りんきおうへん》に指図《さしず》を下す。ここで慌てては元も子もないことをよく判っており、勘九郎の声は落ち着いている。

「こいつは陣内《じんない》と謂う。煙を見るに長《た》けた火消で、きっとお主を守ってくれる。心配はいらぬぞ……必ず父上も救うからな」

明らかに最も動揺の激しい鳳谷の子には、特に優しく諭《さと》すように話しかけた。

このような勘九郎の姿はこれまでに見られなかった。

先に逃げるように促し、加賀鳶が皆の手を引いて出て行くのを見届けると、勘九郎は残る一人の元に屈《かが》む。気を失った女中である。勘九郎が腰に手を廻して抱え上げたその瞬間、兵馬が勢いよく天井を見上げて顔を強張《こわば》らせた。

「若！」

甚兵衛も含め、何が起こったのか誰も瞬時に分からなかった。兵馬が駆け出した時、部屋中に轟音《ごうおん》が鳴り響いた。屋根裏に炎が充満した時、最も先に焼き切られるのは棟木《むなぎ》と梁を繋ぐ小屋束《こやたば》。支えきれなくなって梁が天井を突き破って降ってきたのである。剝がれてささくれ立った天井板が降り注ぎ、舞い散った木屑《きくず》が宙で爆《は》ぜるように燃える。地獄絵図の如き光景に棒立ちとなった源吾の眼前に、跳ねるように炎を纏《まと》った板が向かって来る。

——駄目だ。

これを受けては死ぬ。そう思った時、ふっと躰が横に飛ばされて視界が旋回《せんかい》した。気づいた時には父の顔がすぐそばにあった。躰をぶつけて押し倒してくれたのである。

「ここからは一瞬たりとも気を抜くでないぞ」

「……解った」

これほど素直に答えたのは何時《いつ》ぶりか。そんなことを考えたのも束の間、源吾は上体を起こして周囲を見回した。

「兵馬‼」

勘九郎が悲痛な声を上げる。女中に覆いかぶさった勘九郎の前に、兵馬が諸手《もろて》を広げて仁王《におうだ》立ちで楯《たて》となっている。その肩と腿に飛散した鋭《するど》い木っ端《こぱ》が突き刺さっているのが解った。さらにもう一箇所。右目を箸《はし》ほどの木が貫《つらぬ》き、夥《おびただ》しい血が流れている。

「若、ご無事で。早くその娘を」

「眼が……」

「死にはしません。それにまだ片方残っております」

兵馬は、まるで二つある握り飯の一つを落としたかのように淡々《たんたん》と返す。

「五代目様以来の……その眼は大音の宝ぞ！」

勘九郎は身を震わせて叫んだ。その両眼から今にも涙が零れそうになっている。

「狼狽《うろた》えなさるな！」

ぴしゃりと一喝《いっかつ》し、兵馬は続けた。

「大音の宝はこのような眼ではござらぬ。この残る目が捉えるものこそ、大音始まって以来の宝でござる」

滅多に笑わぬ堅物《かたぶつ》の口元が緩んでいる。

「済まぬ……」

勘九郎はきっと唇を結ぶと、再び女中を持ち上げた。

「詠殿、その血では間もなく動けなくなる。共に退かれよ」

すでに場所を移している父をちらりと見て、兵馬は首を横に振る。熱のせいで目の流血は早くも止まっているが、呻《うめ》きもしないのは凄まじい精神力である。

「お手伝いを……」

「息子がいる。大音の宝から離れてはいかんよ」

やはりこの場にそぐわぬほど穏やかな、いや鈍重《どんじゅう》な調子。しかし今日の父は何かが違う。梃子《てこ》でも動かないような強い意志をずっと感じている。それを兵馬も感じ取ったようである。

「御武運を」

と短く残し、微《かす》かに足を引きずりながら勘九郎の後を追った。

「松永、俺もここまでだ」

「ああ、任せておけ」

火消羽織で女中を包み、勘九郎は赤い回廊を駆けていった。ついさっきまで、この部屋には何かの因縁《いんねん》に縛《しば》られたかのように、十数人が膠着《こうちゃく》していた。だが今残るのは四人。獲物が減ったことを恨《うら》めしがるように、抜け落ちた天井から炎が舌を伸ばす。

「伊神殿」

父が駆け寄った先。そこには伊神甚兵衛が瓦礫《がれき》に埋まっていた。

「しくじったわ」

屋根の半壊で最も被害を受けたのは甚兵衛であった。傾いた天井板が鎌《かま》のように宙を滑り鳳谷を襲った。その刹那《せつな》、何と甚兵衛が身を挺して庇《かば》ったのである。脳天に天井板を受けて吹き飛ばされ、そこに崩れ落ちた梁が落下した。先ほどからもがいているが、梁は床の間の隅にがっちり嚙み合い、脚が抜けないようになっていた。

「激しく動いてはならん」

父はずっと鳶口を差し込み、持ち上げようとしているが効果は無い。材木は熱を受けるほどに膨張する。一度嚙み合ってしまい、熱されている今、締まることはあっても緩まないことを火消は知っている。斧《おの》や鋸《のこぎり》で切断して引き抜くしか方法は無いのである。

「痛みは無いのですよ。あの日から……嘘じゃあない」

甚兵衛の頭がぐっしょり濡れているのは汗ではない。先ほどの衝撃で頭が割れたのである。額《ひたい》にまで血が滲《にじ》んでいる。それでも苦しげな様子もなく、確かに先刻から熱さも感じていないようであった。

「伊神様……何で……」

源吾も駆け寄って梁を引くがびくともしない。

「こいつを人質に取らねば、ここから逃げ出すのは難しい。死なれては困るのだ」

甚兵衛は億劫《おっくう》そうに顎《あご》をしゃくる。鳳谷は魂《たましい》が失《う》せたように茫然自失で座りこんでいる。

「嘘だ。あんたなら、もうここが保《も》たないことは解っているはずだ……」

源吾は首に筋を浮かべて梁を引く。それもやはり徒労に終わった。

「躰に染み付いた癖は、そう簡単に抜けないようだな」

「すまない……」

鳳谷は懺悔《ざんげ》するように瓦礫に頭を打ち付けた。

「偽善《ぎぜん》をほざくな。お前が罪の重荷から逃れたいだけ……生涯苦しめ」

甚兵衛は静かな気炎《きえん》を吐き、父のほうに向けて続けた。

「火消連中もそうだ。あの時に助けに来ず、何を今更《いまさら》……」

「あの時、幕府の密命により尾張藩が動いていると。太鼓、半鐘《はんしょう》は一切打つなと」

「何……」

すぐに有り得ることだと悟ったのであろう。甚兵衛の目尻が僅《わず》かに下がる。

「嘘ではない。皆が釈然《しゃくぜん》としなかっただろうが、それでも伊神殿なればと信じて動かずにいたのだ」

「ずっと皆に裏切られてきたと思っていた……それが違うと判っただけでもまだ救いか」

甚兵衛は唇を震わせながら、か細い声で言った。

「ああ、皆に謝って貰おう」

朴訥《ぼくとつ》な父にしては精一杯の軽口を叩き、鳶口を梁へと突き立てる。削《けず》って断《た》ち割ろうというのだ。だがそのような猶予はもう残されていない。襖、天袋、地袋と紙で出来た箇所はすでに燃え上がり、折れた柱や瓦礫にも火が移っている。間もなくこの部屋は業火に包まれる。

「源吾、林殿を連れて逃げよ」

父は繰り返し鳶口を振るう。ほんの僅か梁がささくれ立つだけ。到底《とうてい》間に合わない。

「親父はどうするんだ……」

「儂《わし》は伊神殿を救う」

喉を鳴らした源吾より早く、甚兵衛が掠《かす》れた声で言った。

「松永殿、もはや貴殿に怨《うら》みは無い。早く源吾を連れて逃げて下さい」

「いいや、まだです」

「今の私はもう仲間ではない……悪人を命を懸けて守る必要など無い」

甚兵衛は半身を起こして必死の形相で説《と》いた。父はそれでも手を緩めることは無かった。農夫が土に鍬《くわ》を入れるように、少しずつだが確実に削っていく。

「火消はどんな命でも救うものです。それが悪人であろうとも。たとえ……己が死ぬことになろうとも」

目の前に眩《まばゆ》い光が差し込むような錯覚を受ける。その光芒《こうぼう》の先に見えたのは、今よりも幾分若い父の顔。あれは確か、父が現場で腕の骨を折る大怪我を負って帰った日。確か己は五つだったたか。

火元となった長屋から、住人たちは皆逃げ去ったのに、火を付けた者だけが取り残されるという火事だった。他の火消たちが下手人だからと本気で救おうとしなかったのに、父だけが炎の渦《うず》巻く家に踏み込み救った。ただその途中、脚を滑らせて腕を折ったのだから締まらない。

——死んだらどうするんだ！　悪人なんて救わなくていい！

もし死んだら母のいない己は一人ぼっちになる。父が戻った安堵《あんど》も入り混じって、とめどなく涙を流して父の胸板を叩いたのを思い出した。父は無事なほうの手を己の肩に置き、じっと目を見つめながら、

——源吾、火消はどんな命でも救うのだ。それが悪人であろうとも。たとえ己が死ぬことになろうとも。

と、言ったのだ。

泣きじゃくり混乱していたからか。父が帰って来ないという恐怖から、その日の記憶自体を押し込めていたのか。言葉は胸に留めていたものの、誰が言ったのかを覚えていなかった。だが、今の今になってはっきりと思い出した。

「もはや時が無い。急ぐのだ」

「駄目だ……あんたはそんな人じゃないはずだ……あの時も大音様にへこへこして……」

「己より優《すぐ》れた火消がいれば任す。火消は遊びじゃない。命が懸かっているのだ」

父は平然と言って掻くように鳶口を動かす。梁を削ると同時に己の心に何かを刻むように。

「鈍《どん》くさくて……恰好悪くて……薄汚れた手拭いで……」

これほどの熱さだというのに涙も洟《はな》も止まらず声が詰まる。父は何か思い出したように鳶口を振るう以外の動作を初めてした。首元の手拭いをとって、苦笑しながらさっと胸に押し当てたのである。

「儂は汗かきでな。いつも新しい手拭いを……最後の一つをずっと捨てられなんだ」

誰が作ったのかはきと分かった。赤子であった己には父と母にどんな物語があったかも知らない。きっとこの手拭いは、その物語に挟《はさ》み込んだ最後の栞《しおり》なのだろう。

「源吾、ずっと寂しい思いをさせてすまなかった」

半年ほど前。外に出ようとした時、父は何か言おうとして手を伸ばした。本当は知っていたのに、気付かぬふりをして足を速めたのである。財布を忘れたことに気付いてそろりと戻った時、父は躰を丸めて足の爪を切っていた。その背が妙に小さく見えた。そんなことを今になって何故思い出すのか。

「何で……」

同じ屋根の下に暮らしながら、もっと話さなかったのか。もっと向き合わなかったのか。もっと知ろうとしなかったのか。もっと教えを請わなかったのか。今では目を合わすことも殆《ほとん》ど無かった。

「源吾、お主は儂と違う。多くの人を救え」

父はあの日のように真《ま》っ直《す》ぐ見つめた。

「似ているって言ってくれよ……俺は弱くて……」

「人の強さは、人の弱さを知ることだ。それを喰らって、人は強くなる」

嗚咽《おえつ》する源吾の肩をぽんと叩くと、父は汗に濡れた顔を向けて笑った。

屋敷全体が断末魔《だんまつま》の叫びを上げる。飛び交《か》う火の粉、部屋の四方は赤に塗り潰されつつある。源吾は凛然《りんぜん》と立ち上がると、もはや命を諦めて自失している鳳谷の腕を摑んで立たせた。もうふらふらとして足取りも覚束ない。火消羽織を廻すようにして鳳谷を包むと、自らの背に担《かつ》いだ。

「親父……」

「ああ、諦めるな」

たった一瞬。止まっていた時が一気に流れるかのように、親子の間には百万語の会話があった。

「喰ってやれ」

父の意志が胸に流れ込んで、源吾は力強く頷き、身を翻《ひるがえ》して先ほどよりもさらに激しく焰が渦巻く廊下に出た。もはや人の住まう世界ではない。足袋を通して足の裏が焦げるほど熱い。無数の針が肌を貫くような痛みが走る。もう涙が流れないのか。それとも流れたそばから乾くのか。

恐怖はやはりあった。それをどす黒い火焰がさらに煽《あお》ろうとする。しかし源吾は溢れ出る恐れを喰らいながら、力強く脚を前へと進めていく。

三

宝暦六年霜月二十三日の卯の刻。八重洲河岸にある林大学頭家から出火した。幕府はこれが昨今《さっこん》続く連続火付けに依《よ》るものと判断。下手人の逃走を防ぐため、八重洲河岸定火消のみで対処に当たらせ、御曲輪内外の火消を締め出すことを決めた。

しかし林大学頭家の火勢は一向に収まらず、府下の火消が殺到して開門を迫る。鍛冶橋御門では加賀鳶をはじめとする火消たちと、捕方の間で合戦かと見紛《みまが》うような騒動に発展した。

その直後、日比谷御門を飯田町定火消松永重内が突破した。確かに鍛冶橋御門に比べて門番の数は少なかったが、こちらが先に通れた訳はよく判っていない。門番の一人が後に証言したことによると、

――内側から急に門が開かれた。鶯《うぐいす》色の火消羽織の男を見た。

という。鶯色の火消羽織といえば八重洲河岸定火消のもの。幕府は問い詰めた

が、八重洲河岸定火消頭取、進藤内記は与《あずか》り知らぬと突っぱねた。これはあまりに煩雑《はんざつ》な事後処理の中、うやむやとなった。

　同時に数人の若い火消が、同じく小火《ぼや》のあった松平屋敷を救うために御曲輪内に侵入。取り押さえようとした捕方が三十余名怪我をするという事態になった。一方、若い火消側は軽い怪我を負った者もいる程度であった。

　若い火消たちが大暴れしたこと、別動隊が御曲輪内に入ったことで、鍛冶橋御門を固める捕方の一部も応援に駆け付けようと門を開く。その隙を衝いて加賀藩の大音謙八、仁正寺藩の柊古仙、に組の卯之助、い組の金五郎らが率いる火消たちが鍛冶橋御門をついに破る。御曲輪内は捕方と火消が入り乱れる大混乱となった。

　林大学頭屋敷前に到達した大音謙八は松永重内と合流。重内に配下の詠兵馬ら十人を付けて屋敷の中に踏み込むことを命じる。

　取り残されていた者たちが次々に救われていく中、詠兵馬が重傷を負って退避してきた。付き添っていたのは大音謙八の嫡男《ちゃくなん》、勘九郎である。自身も逃げ遅れた女中を担いでいた。後の調べで判ったことだが、捕方と喧嘩に発展した若い火消たちと共に、先に御曲輪内に入っていたということらしい。

さらに業火に包まれて崩れ行く林大学頭屋敷から出て来たのは、松永重内が一子、源吾。これも勘九郎と同じ経緯で、捕方の目を盗んで屋敷に踏み込んでいたことが判明する。背に負っていたのは当主林鳳谷。躰中に火傷は見られたものの命に別状はなく、大殊勲《だいしゅくん》だと褒《ほ》め称《たた》えられた。

屋敷から出て来た者はこれで最後となった。

一方の火の手は強風に乗って、近くの大名屋敷へ延焼し、鍛冶橋御門から数寄屋橋御門、日比谷御門に及ぶ武家屋敷の大半を焼き尽くす大火となった。続いて炎は郭《くるわ》を越えて町方へも広がり、京橋から木挽町《こびきちょう》などの浜辺へと延びていく。通りの町屋を悉《ことごと》く焼き、さらに築地門跡寺院《つきじもんぜきじ》内にも飛び火して周辺を灰へと変えていった。加えて火の粉が風に乗って築地からも出火し、ますます広範囲に炎は広がっていくことになる。

幕府はようやく事態を重く見て、府下の火消全てに出動の命を発する。次々に駆け込んでくる火消を、加賀藩火消大頭の大音謙八が取りまとめ、数千からなる火消連合を結成してこれに対抗した。火が消し止められたのは翌日の未《み》の刻（午後二時）のこと。実に十六刻（三十二時間）もの間燃え続けたことになる。

事件後、下手人の逃亡阻止を第一に考えたせいで、この事態を招く一因となった幕閣《ばつかく》たちは、咎《とが》めを受けることになる。火消たちの行動にも些《いささ》か問題の点はあったが、もしあの段階で駆けつけていなければ、炎はさらに広がり、城内にも雪崩れ込んでいたかもしれなかった。被害を食い止めたことが評価され、老中松平武元の取りなしもあって全てを不問《ふもん》とする沙汰《さた》が出た。

林家は将軍に儒学を講義する儒官である。庶民は日頃から口うるさく儒学道徳を説く林家に辟易《へきえき》としていた。口さがない江戸の民である。誰かが考えた洒落《しやれ》の利いた落首《らくしゆ》が広まった。

――大学が孟子《もうし》わけなき火を出して、ちんじ中庸論語同断《ちゆうようろんごどうだん》。

大学が申し訳なき火を出して、珍事中庸言語道断をもじったものである。

鎮火後に火事場見廻《かじばみまわり》の調べたところ、火元となった林大学頭屋敷の焼け跡には骸《むくろ》が二つ。一つは下手人と思《おぼ》しきもの。もう一つは入ったきり出てこなかった松永重内のものと判断された。死しても鳶口をしかと握りしめており、最後まで下手人を救うことを諦めなかったのだろうと思われた。

この日の火事は「大学火事《だいがくかじ》」と呼ばれるようになり、火事に対しての初動がいかに大切かということ、下手人の捕縛《ほばく》よりも炎の対処をすべきという教訓となり、幕閣、火消を始め江戸の民の胸に深く刻まれることになった。

終章

　大学火事から丸二年が経《た》った冬のことである。父の死を受けて飯田町定火消頭《じょうびけしとう》取《どり》に就《つ》いた松永源吾は、教練場で配下と共に訓練を行っていた。

「頭は風読《かぜよ》みが下手ですなあ」

　父の代からの頭取並である神保頼母がこっそり耳打ちする。頭に就任したとはいえ己は未熟。神保が様々なことを教えて支えてくれている。

「この二年で随分ましになっただろう。しかし……誰か長《た》けた者を抱えるほうがいいかもな。どっかに百発百中の風読みはいねえもんかね」

「そんな者がいれば、各家ですでに奪い合っていますよ」

「それもそうか」

　源吾は苦笑した頬《ほお》を引き締めた。耳朶《じだ》が捉えたのである。助けを呼ぶ声を。

「火事だ！　太鼓《たいこ》を打て！」

陣太鼓が打ち鳴らされると、続いて半鐘《はんしょう》が町中に響き渡り、慌ただしく出動の支度《したく》がされる。源吾は引かれて来た馬に跨《また》がると、配下の者たちに向けて宣言した。

「かなり近い。火元は飯田町だ！　行くぞ！」

飯田町定火消百十人は屋敷から矢のように飛び出すと、騒ぎのほうへと向かって走り出す。先頭を馬で疾駆《しっく》する源吾の目に、白煙を吐き出して燃え盛る商家が映《うつ》った。

すでに火元は大炎上で、屋根が崩れ落ちて空いた穴から、天を焦《こ》がすほどの火柱が上がっている。両隣の店もすでに類焼し始めている。この勢いは恐らく備蓄の油か何かに火が付いたものと思われる。野次馬《やじうま》が出来ており、悲鳴《ひめい》が渦《うず》巻いているのも聞こえた。

「火消が来たぞ！」

野次馬の一人がこちらを指差して叫ぶ。砂塵《さじん》を巻き上げながら近づくと、別の者がさらに声を上げた。

「火喰鳥《ひくいどり》だ！」

半年ほど前から誰かがそのように呼び始めた。確かきっかけは有馬《ありま》藩の者だったように思う。火消羽織の裏地が鳳凰《ほうおう》であること。そして己の口癖にも起因《きいん》しているのかもしれない。

源吾は配下に向けて矢継《やつ》ぎ早《ばや》に指示を出すと、不安げにこちらを見つめている野次馬に向けて言い放った。

「これ以上、広げさせねえ！　俺が屠《ほふ》ってやる！」

巻き起こる歓声《かんせい》の中、身形《みなり》の立派な男が一人もみ手をしながら近づいてくる。

「どうか先に西のお店《たな》を潰《つぶ》してくれませんか？」

どうやら近隣の富商らしい。源吾は一瞥《いちべつ》して鼻を鳴らした。

「ただとは申しません。全て終わった後にはお礼も……」

なおも続ける富商を、源吾は目を細めて睨《にら》みつけた。

「他を当たりな。俺は最も危ういところから消すだけだ」

放った怒気《どき》に気圧《けお》され、富商は顔を引き攣《つ》らせて下がっていった。命を守ることを第一に考える。それ以外は余事《よじ》と思い定めている。すでに助け出された中には、煙を吸って朦朧《もうろう》としている者もいるが、いずれも命に障《さわ》りはないように見える。

「姫《ひめ》様！　誰か姫様を見なかったか！」

必死な声が聞こえた。武士が顔を真っ赤《まっか》にして繰り返している。察するにどこかの家人《けにん》で、主君の娘を捜しているということか。

「どうした！」

源吾は馬から飛び降りて武士の元へ走った。

「姫様が……ここの主人とは……隠れ鬼で」

武士は相当混乱しているようで中々話が摑《つか》めない。

「しっかりしやがれ！　落ち着いて話せ！」

一喝すると、武士ははっとして頷く。

武士の主君とこの店の主人が昵懇《じっこん》で、時折遊びに来ていたらしい。今日も訪ねてくる予定であったが、主君は用が入って遅れてくることになり、主君の娘を連れて先に遊びに来ていたというのだ。娘は隠れ鬼が好きで、この店に来るといつもせがまれて付き合っていた。その最中に火が起こって、武士は煙を思い切り吸ってしまい、意識を失った。気が付いた時には店の外に運び出されていたという。

「わかった。俺に任せろ」

源吾は近くの手桶を取って頭から水を被った。これでは足りぬともう一杯被ろうとした時、野次馬の中から声が上がった。

「お主！　待て！」

年の頃は己と同じくらいか。装いは武士である。源吾は一瞥《いちべつ》して手桶の水をざぶんと被る。

「素人《しろうと》が口を出してはいかぬか！」

武士は何を思ったか、さらに続けた。

「別にそんなこと思ってねえさ」

「人がみすみす命を落とさんとするのを黙って見ておれるか！」

源吾はごうごうと燃え上がり、真紅に包まれている店を見つめる。そして若い武士のほうを振り向いて口元を緩めた。

「俺もそうさ」

源吾は言い残して走り出した。鳳凰を宿した火消羽織が噴き出す熱波に揺れる。崩れかけた入口に飛び込むと、屋内を探し始めた。隠れ鬼の途中だったと言っていたが、娘も火事にはすでに気付いているはず。人は炎に遭遇した時、示し合わせたように同じ行動を取る。そこに大人も子どもも関係ない。

水場を見たがおらず、煙の流れを読んで奥へと進んだ。まだ火の回りが遅い一室に辿《たど》り着くと、押し入れを勢いよく開けた。

「見つけた」

娘が押し入れの下に蹲《うずくま》っている。歳は十ほど。さぞかし恐ろしかったのだろう。躰《からだ》を小刻みに震わせている。

「もう心配ねえ」

源吾が手を伸ばすが、本能が炎から離れようとさせるのか娘は身を縮めた。

「怖《こえ》えよな。その怖さ……俺が喰ってやる」

源吾が火消羽織を脱いで微笑《ほほえ》みかけると、娘は諸手《もろて》を伸ばして抱き付いてきた。源吾はそれをしかと抱き留めて火消羽織を被せると、外に向かって紅蓮《ぐれん》の渦巻く屋敷の中を走る。ぎゅっと襟《えり》を摑んでいる娘の手の震えが収まっていく。源吾はふっと口元を緩めると、明日の差し込む出口に向けて凛々《りんりん》と駆けていった。

解説——命を繋ぐ小説

産経新聞論説委員兼科学部編集委員　中本哲也《なかもとてつや》

令和元年七月十八日、京都アニメーションのスタジオがガソリンを持ち込んだ男によって放火された。煙と炎に巻かれ、三十六人が死亡した。本書が十作目となる「羽州《うしゅう》ぼろ鳶《とび》組」シリーズは火災、放火を題材とする時代小説であるが、現実の事件と結び付けて解説を書くつもりはない。

事件から三か月が過ぎた。詳しい動機はわからない。放火した男に対してどれだけ憤《いきどお》っても、どんな刑罰が下されたとしても、亡くなった人たち、家族、関係者の無念は消えることはない。言葉が見つからない。それでも繋がっていたい。小さくても弱くてもいいから支えになりたいという思いがある。この場を借りて、犠牲者の冥福《めいふく》を心から祈りたい。

作者の今村翔吾《いまむらしょうご》、祥伝社、「ぼろ鳶組」を愛する多くの読者にも、同じ思いがあると信じる。

「黄金雛《こがねびな》」。タイトルはシリーズ定番の漢字三文字だが、十作目にして意表《いひょう》をつく「零巻」である。巻末の解説に文芸評論家でも書評家でもない素人を起用したのも、読者の意表をつく仕掛けか、どうかは知らない。いずれにしても、いささか型破りな解説になることは許容されるであろう。

「ぼろ鳶組」シリーズと今村翔吾について、解説というよりは極めて個人的な思い入れを書く。

産経新聞に、論説委員が持ち回りで執筆する「一筆多論《いっぴつたろん》」というコラムがある。平成二十九年十二月、シリーズ三作目の「九紋龍《くもんりゅう》」を読み終えた頃に、このコラムで「ぼろ鳶組」について書いた。一部を抜粋《ばっすい》して紹介する。

「とにかく面白い」という理由だけなら、一筆多論では取り上げない。

《この小説は、命を救えるかもしれない》

火災に限らず、地震、津波、土砂崩れ、洪水などの災害に遭遇したとき、「ぼろ鳶組」を読んだ人と読んでない人では生存率に有意な差が出る、ような気がするのだ。

「救えるかもしれない命」のために業火《ごうか》に立ち向かう主人公と個性豊かな火消《ひけし》た

ちのネットワークが読者の胸に長く残り、災害時に何らかのかたちで命を守る行動につながる。その可能性は小さくはないと思えるのだ。

災害、防災の報道に携《たずさ》わってきた者として、東日本大震災で大津波の犠牲になった人たちに対し、「救えたかもしれない」「無力だった」という痛切《つうせつ》な哀《かな》しみ、負《お》い目を今も消せない。その心境を「ぼろ鳶組」の主人公である松永源吾《まつながげんご》に重ねてコラムを書いた。

「一筆多論」に書いた思いは、「ぼろ鳶」が巻を重ねてさらに深まり、大きく膨《ふく》らんでもいる。「ぼろ鳶組」の各巻を貫《つらぬ》き、直木賞《なおき》候補となった『童《わらべ》の神』など今村翔吾の他の作品にも共通するのは、「繫がることで強くなる」という強いメッセージだと、私は思う。

その思いが凝縮《ぎょうしゅく》された場面を、今村翔吾としては異色の青春小説『ひゃっか！』から引用しよう。

それぞれ一輪《いちりん》だけでも美しいのだが、組み合わせによって互いの美しさがさらに際立《きわだ》つのを、祖母がいけるので目《ま》の当たりにした。それはどこか人にも似ているのかもしれないと思い、幼い頃から決して目立つ存在でなかった春乃《はるの》は、小さな勇気をもらったことをよく覚えている。

「ぼろ鳶組」には実に多くの人物が登場する。その一人一人に命を吹き込み、仲間同士の横の繋がり、組織や社会における縦《たて》の繋がり、ライバルの絆《きずな》や男女の恋愛など、多様な繋がりを絡《から》めて物語が紡《つむ》がれる。零巻「黄金雛」では、松永源吾ら「黄金の世代」の横の繋がりと、父（松永重内《じゅうない》）や大音謙八《おおとけんぱち》らの世代との縦の繋がりを交錯《こうさく》させ、黄金雛が火喰鳥《ひくいどり》へと成長していく過程《かてい》が描かれた。群像劇《ぐんぞうげき》としての「ぼろ鳶組」シリーズは、これまで『水滸伝《すいこでん》』や『南総里見八犬伝《なんそうさとみはっけんでん》』にたとえられてきた。ここでは、「ぼろ鳶組」は「麦わらの一味」であると主張する。実は「ONE PIECE」の熱心な読者ではないのだが、テレビで観た「エピソード オブ ナミ」にいたく感動した。それは、「ぼろ鳶組」に笑い、泣かされ、心をギュンと摑《つか》まれる感じと同じだった。「ぼろ鳶組」＝「麦わらの一味」という見立ては、たぶん的外《まとはず》れではあるまい。

さて、「黄金雛」を読み始めてすぐに、「いきなり菩薩《ぼさつ》かよ」と声を出しそうになった（もしくは思わず叫《さけ》んだ）読者が、少なからずいるのではないだろうか。松永源吾の若き日が描かれるであろう零巻の最初の登場人物が、よりによって八重洲河岸定火消頭取《やえすがしじょうびけしとうどり》である進藤内記《しんどうないき》なのだから無理もない。シリーズ五巻「菩薩花《ぼさつばな》」で、「ぼろ鳶組」に立ちはだかった菩薩の内記は、もしも「ぼろ鳶組総選挙」を実施すれば有力な最下位候補と目《もく》される不人気キャラである。

繋がる相手を選ばない。敵対する者、嫌な奴とも肯定的な繋がりを持たせようとする。ここにも、今村翔吾の拘《こだわ》りがあるのかもしれない。「童の神」の主人公、桜暁丸《おうぎまる》は最後まで京人《みやこびと》と繋がることを諦めなかった。「たとえば僕の嫌いな「彼」」や「何も知らずに知ろうともしなかった人」とも繋がろうとする「SEKAI NO OWARI」とも相通じる何か、があるような気がする。

この解説の見出し《タイトル》は「命を繋ぐ小説」とした。「競争」と「共生」を両輪として命を繋ぐ世界が、「ぼろ鳶組」には描かれていると思うからだ。

十年ほど前、科学記者として国立遺伝学研究所名誉教授の太田朋子《おおたともこ》さん、大阪大大学院の教授だった四方哲也《よもてつや》氏に取材する機会があった。太田さんは「分子進化のほぼ中立説」という学説で、四方氏は「大腸菌の進化実験」で、生存にとって少し不利になる遺伝子（の変異）や、単独では生存能力が低い個体が淘汰《とうた》されることなく生き残り、生物の進化と存続にとって重要な役割を果たしていることを示した。

チャールズ・ダーウィンが提唱した「自然選択説」（環境に適応した強い者が生き残り、弱者は淘汰される）だけでは進化は説明できない。地球上の生き物は「競争」（自然選択）と「共生」を両輪に命を繋いできたのだ、人の営《いとな》みも競争と共生が両輪となるのが自然な姿であろう。現代社会は競争の車輪だけで繁栄を目指し、共生の車輪はお荷物になっているようにも思える。直感的には、競争と共生の車輪をそのまま地に降ろせば、逆方向に進もうとしそうだ。競争と共生が協調して命を繋ぐ営みの両輪となる仕組みは、おそらく生物学者や進化の研究者も解明できてはいないだろう。

「ぼろ鳶組」に話を戻す。

競争社会の成功者（勝ち組）である田沼意次《たぬまおきつぐ》や大丸《だいまる》の下村彦右衛門《しもむらひこえもん》が、実に自然に「繫がることで強くなる」共生のネットワークに、溶け込んでいるではないか。競争原理と共生のネットワークを対立関係ではなく、協調する両輪にしているのは松永深雪《みゆき》である、と考えて間違いないだろう。政財界トップの田沼、下村を物語に引き込んだ「勘定小町《かんじようこまち》」、ときには「はにゃ方様」とも呼ばれる主人公の妻、「火喰鳥」の序章と「黄金雛」の終章で源吾に命を救われる少女こそが、「命を繋ぐ小説」の要《かなめ》なのだ。

できることなら、北村さゆりさんに深雪の後ろ姿を描いてもらいたい。


素人の解説も終章に入る。

「火喰鳥」でデビューしたとき、今村翔吾はすでに鳳《おおとり》であった。「ONE PIECE」や「セカオワ」の世代を巻き込んで、さらに爆発的な人気作家になる可能性を秘めていると、私は思う。

一人の読売書き（私は産経だけど）として残された時間は長くはないが、命を繋ぐ記事やコラムを書いていきたいと思っている。

二十五歳年下の今村翔吾は、「命を繋ぐ小説」を書き続けるだろう。かけがえのない「黄金雛」である。

一〇〇字書評

黄金雛

切り取り線

購買動機（新聞、雑誌名を記入するか、あるいは○をつけてください）	
□（　　　　　　　　　　　　　）の広告を見て	
□（　　　　　　　　　　　　　）の書評を見て	
□ 知人のすすめで	□ タイトルに惹かれて
□ カバーが良かったから	□ 内容が面白そうだから
□ 好きな作家だから	□ 好きな分野の本だから

・最近、最も感銘を受けた作品名をお書き下さい

・あなたのお好きな作家名をお書き下さい

・その他、ご要望がありましたらお書き下さい

住所	〒				
氏名		職業		年齢	
Eメール	※携帯には配信できません	新刊情報等のメール配信を 希望する・しない			

この本の感想を、編集部までお寄せいただけたらありがたく存じます。今後の企画の参考にさせていただきます。Eメールでも結構です。

いただいた「一〇〇字書評」は、新聞・雑誌等に紹介させていただくことがあります。その場合はお礼として特製図書カードを差し上げます。

前ページの原稿用紙に書評をお書きの上、切り取り、左記までお送り下さい。宛先の住所は不要です。

なお、ご記入いただいたお名前、ご住所等は、書評紹介の事前了解、謝礼のお届けのためだけに利用し、そのほかの目的のために利用することはありません。

〒一〇一－八七〇一
祥伝社文庫編集長　坂口芳和
電話　〇三（三二六五）二〇八〇

祥伝社ホームページの「ブックレビュー」からも、書き込めます。
www.shodensha.co.jp/bookreview

祥伝社文庫

黄金雛《こがねびな》　羽州《うしゅう》ぼろ鳶組《とびぐみ》 零《ぜろ》

令和 元 年 11 月 10 日　初版第 1 刷発行

著　者　今村 翔吾《いまむらしようご》
発行者　辻　浩明
発行所　祥伝社《しようでんしや》
東京都千代田区神田神保町 3-3
〒 101-8701
電話　03（3265）2081（販売部）
電話　03（3265）2080（編集部）
電話　03（3265）3622（業務部）
www.shodensha.co.jp

印刷所　堀内印刷
製本所　ナショナル製本
カバーフォーマットデザイン　中原達治

Printed in Japan ©2019, Shogo Imamura ISBN978-4-396-34580-8 C0193

祥伝社文庫の好評既刊

今村翔吾
火喰鳥《ひくいどり》 羽州《うしゅう》ぼろ鳶《とび》組
かつて江戸随一と呼ばれた武家火消・源吾《げんご》。クセ者揃いの火消集団を率いて、昔の輝きを取り戻せるのか⁉

今村翔吾
夜哭烏《よなきがらす》 羽州ぼろ鳶《とび》組②
「これが娘の望む父の姿だ」火消としての矜持を全うしようとする姿に、きっと涙する。最も〝熱い〟時代小説！

今村翔吾
九紋龍《くもんりゅう》 羽州ぼろ鳶《とび》組③
最強の町火消とぼろ鳶組が激突⁉ 残虐な火付け盗賊を前に、火消は一丸となれるのか。興奮必至の第三弾！

今村翔吾
鬼煙管《おにきせる》 羽州ぼろ鳶《とび》組④
京都を未曾有の大混乱に陥れる火付犯の真の狙いと、それに立ち向かう男たちの熱き姿！

今村翔吾
菩薩花《ぼさつばな》 羽州ぼろ鳶《とび》組⑤
「大物喰いだ」諦めない火消たちの悪あがきが、不審な付け火と人攫いの真相を炙り出す。

今村翔吾
夢胡蝶《ゆめこちょう》 羽州ぼろ鳶《とび》組⑥
業火の中で花魁《おいらん》と交わした約束——。消さない火消の心を動かし、吉原で頻発する火付けに、ぼろ鳶組が挑む！

祥伝社文庫の好評既刊

今村翔吾　狐花火《きつねはなび》　羽州ぼろ鳶《とび》組⑦

水では消えない火、噴き出す炎、自然発火……悪夢再び！　江戸の火消たちは団結し、全てを奪う火龍に挑む。

今村翔吾　玉麒麟《ぎょくきりん》　羽州ぼろ鳶《とび》組⑧

真実のため、命のため、鳥越新之助《とりごえしんのすけ》は江戸の全てを敵に回す！　豪商一家惨《ざん》殺《さつ》の下手人《げしゅにん》とされた男の運命は？

今村翔吾　双風神《ふたつふうじん》　羽州ぼろ鳶《とび》組⑨

人の力では止められない、最悪の災《わざわ》い火焔旋風〝緋鼬《あかいたち》〟。東と西、武士と町人いがみ合う火消達を一つにできるか？

辻堂　魁　風の市兵衛

さすらいの渡り用人、唐木市兵衛《からきいちべえ》。心中事件に隠されていた奸計《かんけい》とは？　〝風の剣〟を振るう市兵衛に瞠目！

辻堂　魁　雷神　風の市兵衛②

豪商と名門大名の陰謀で、窮地に陥った内藤新宿の老舗。そこに〝算盤《そろばん》侍〟の唐木市兵衛が現われた。

辻堂　魁　帰り船　風の市兵衛③

舞台は日本橋小網《こあみ》町の醬油問屋「広国《ひろくに》屋」。市兵衛は、店の番頭の背後にいる、古河《こが》藩の存在を摑むが――。

祥伝社文庫の好評既刊

門田泰明
秘剣双ツ竜
浮世絵宗次《そうじ》日月抄
天下一の浮世絵師・宗次颯爽登場！悲恋の姫君に迫る謎の「青忍び」！炸裂する怒濤の「撃滅」剣法！

門田泰明
半斬《はんざん》ノ蝶《ちょう》 上
浮世絵宗次日月抄
面妖な大名風集団との遭遇、それが凶事の幕開けだった――。忍び寄る黒衣の剣客！　宗次、かつてない危機に！

門田泰明
半斬ノ蝶 下
浮世絵宗次日月抄
怒濤の如き激情剣法対華麗なる揚真《ようしん》流《りゅう》最高奥義！　壮絶な終幕、そして悲しき別離……。最興奮の衝撃!!

門田泰明
皇帝の剣 上
浮世絵宗次日月抄
絢爛《けんらん》たる都で相次ぐ戦慄の事態！　悲運の大帝、重大なる秘命、強大な公家剣客集団――宗次の撃滅剣が閃《ひらめ》く！

門田泰明
皇帝の剣 下
浮世絵宗次日月抄
太平の世を乱さんとする陰謀。闇で蠢《うごめ》く幕府最高権力者――京に最大の危機!!書下ろし「悠《ゆう》と宗次の初恋旅」収録。

門田泰明
命《いのち》賭《か》け候《そうろう》 特別改訂版
浮世絵宗次日月抄
華麗な剣の舞、壮絶な男の激突。天下一の浮世絵師、哀しくも切ない出生の秘密!?　書下ろし「くノ一母情」収録。